1948-1956

北京整肃与
保卫行动纪实

朱振才 著

中国社会科学出版社

图书在版编目（CIP）数据

1948-1956：北京整肃与保卫行动纪实 / 朱振才著. —北京：
中国社会科学出版社，2013.1
ISBN 978-7-5161-2009-5

Ⅰ.①1… Ⅱ.①朱… Ⅲ.①纪实文学—中国—当代
Ⅳ.①I25

中国版本图书馆CIP数据核字(2012)第310858号

出 版 人	赵剑英	
责任编辑	王　斌	
特约编辑	陈新江	
责任校对	郭海鹏	
责任印制	王　超	

出版发行　中国社会科学出版社

社　　址　北京鼓楼西大街甲158号（邮编100720）
网　　址　http://www.csspw.com.cn
　　　　　中文域名：中国社科网　010-64070619
发 行 部　010-84083685
门 市 部　010-84029450
经　　销　新华书店及其他书店

印　　装　三河市君旺印装厂
版　　次　2013年1月第1版
印　　次　2013年1月第1次印刷

开　　本　710×1000　1 / 16
印　　张　15.75
插　　页　2
字　　数　243千字
定　　价　39.00元

前　言

北京是一座具有悠久历史的文化名城，是辽、金、元、明、清五朝古都。从地域上看，北京"左环沧海，右拥太行，北枕居庸，东入于海"，是位于华北大平原北端的重要城市。

北京有众多的皇家园林、文物古迹。优美的风景名胜，宏伟辉煌的古老建筑，多彩的民俗，神奇的传说，这些足以见证中华民族灿烂悠久的历史文化。

然而，在国民党统治时期，尤其在北京（时称北平）和平解放前夕，她的胴体上伤痕累累、血迹斑斑。当时的北平特务、间谍组织林立，散兵游勇充斥街头，乞丐比比皆是。爆炸、抢劫、强奸、杀人的案件时有发生。社会治安和社会秩序混乱不堪。

1948年12月17日，中共北平市公安局在保定市诞生。

傅作义将军顺应历史潮流，同意中共提出的解决北平问题的八项条件，1949年1月31日，北平宣告和平解放！在中共北平市委和北平市军管会的领导下，北平市公安局奉命接管国民党北平警察局。北平市公安局不辱使命，依靠群众，不失时机地进行了"肃特"斗争，打击和肃清了对人民政权构成危害的反革命武装集团和反动势力。取缔了扰乱金融秩序的金银黑市，收容了乞丐，处理了散兵游勇，整顿和处理了摊贩和棚户，整治了交通，初步建立起新的社会秩序。

北平市公安局在中央和市委的领导下，完成了对党中央进驻北平的保卫工作，完成了对开国大典、全国第一次政治协商会议以及其他重大活动的保卫工作，得到了党中央和北平市委的好评。

新中国建立初期，北京市公安局围绕党的中心工作，坚决地、彻底地封闭了摧残妇女的罪恶渊薮——妓院，大张旗鼓地开展镇压反革命运动，取缔了拥有20万道徒的一贯道，打击帝国主义间谍和清除了教会中的反动势力，配合解放军剿匪斗争，查破了一批重大抢劫杀人的治安案件。这些重大的斗争，无不留下了北京市公安局全体公安人员的足迹。

《1949—1956：北京整肃与保卫纪实行动》一书不但写了北京市公安局从建局、接管国民党北平警察局到新中国成立后的一些重大斗争，而且还写了中央社会部、中央公安部、驻北平的警卫部队和中央警卫团在保卫党中央和保卫首都所做的工作和贡献。正因为北京市公安局在中央有关部门的领导和支持下，和人民解放军及有关社会团体团结一致，共同战斗，从而取得了在新中国成立前后一些重大斗争的胜利，在保卫工作方面取得了辉煌的成绩。

《1949—1956：北京整肃与保卫纪实行动》一书披露了鲜为人知的国民党北平警察局代局长徐澍、国民党保密局北平站少将站长徐宗尧和国民党北平警察局刑警大队少将大队长聂士庆等人的情况。他们在北平市公安局接管国民党北平警察局和国民党保密局北平站的关键时刻，率部起义，积极协助人民公安机关的接管工作，为稳定当时的社会治安秩序、建立新生革命政权作出了贡献。国民党北平警察局代局长徐澍，坚定地站在人民的立场上，协助我接管人员对国民党北平警察局的接管，为此作出了贡献。时任中共北平市公安局长的谭政文很信任他，不久，就任命徐澍为北平市公安局业务研究组组长。新中国成立后，谭政文奉调广东，谭政文亲自点名让徐澍随他一起南下。三十年来，徐澍在中国共产党的领导下，为广东省人民公安工作作出了贡献。退休后，他被选为广东省政协委员。

国民党保密局北平站少将站长徐宗尧，因看清了国民党的腐败，不愿意充当蒋家王朝的殉葬品，决心投向革命，投向共产党。他在1948年底，与中共华北局城工部取得了联系，在部长刘仁同志的指挥下，毅然决然地接下了国民党任命他的北平站长这一职务，在中共北平市公安局接管国民党保密局北平站之时，徐宗尧把北平站的档案、表册、房子、物品以及他奉命布置的五个潜伏组的人员和电台统统交给了我北平市公安局。同时，他还协助市局侦讯处起获了上一任站长王蒲臣布置的5个潜伏组。还协助侦讯处进行肃特斗争，为此作出了自己的贡献。退休后，他被选为北京市政协委员。

他们在历次政治风浪中，虽然受到了冲击和迫害，但对共产党始终坚信不疑，对人民政府始终怀有感激之情。随着时间的推移，人民政府给他们平反昭雪，落实了政策，恢复了职务，提高了工资待遇，分配了住房。他们在耄耋之年过上了幸福美满的生活。

遗憾的是，聂士庆的境遇却与徐澍、徐宗尧大相径庭。聂士庆经我党地下工作者争取，毅然地站在人民一边，协助北平市公安局军管会接管了国民党北平市警察局刑警大队，功不可没。然而，他没有得到公正的对待。1949年4月，聂士庆被送到市公安局管训大队管训。1950年4月，经市公安局批准，宣布对聂劳动改造五年。1951年4月，正值全国镇压反革命高潮，山西省长治县公安机关将其押解回原籍审理。同年5月，山西省长治县人民法院竟然将聂士庆判处死刑。十年"文化大革命"浩劫的结束和中共十一届三中全会的召开，为聂士庆冤案的平反昭雪提供了机遇。1984年12月，北京市公安局刑侦处根据中央关于落实国民党起义投诚人员政策的文件精神，对聂士庆的问题进行了认真的复查，认为："聂虽为国民党高级军政人员、军统特务、汉奸，并有罪恶，但其在北平解放前夕，接受我党地下工作人员指示，营救我党地工人员王俊明同志出狱，并掩护我地工人员毛治平的安全，将逃散的军统人员召回，带领其他公职人员参加了起义，并进行了登记。稳住了刑警大队大部分军统特务……聂属于起义人员，对其历史问题既往不咎。"1985年3月，北京市公安局政治部批准了刑侦处对聂士庆的复查意见。同年8月，经山西省长治县人民法院判决，撤销了该院（51）法审字5号判决书，宣告聂士庆无罪。

当我写完书稿准备送出版社付梓之时，适逢中国共产党建党九十华诞，这本书也算一个共产党员的写作者为我党的重大节日献上一个小小的礼物吧。

2012年6月

目 录

序 幕

1949年3月23日，当一轮红日从东方的地平线上露出笑脸时，河北省平山县西柏坡这个小山村沸腾起来了：这里停放着12辆吉普车和5辆美制大卡车，辆辆引擎待发。此时，毛泽东、朱德、刘少奇、周恩来、任弼时等中共领导人率领中共中央机关和中国人民解放军总部将要离开这里，前往刚刚和平解放的北平。

西柏坡的群众都走出家门，为即将离开的、和他们朝夕相处的、亲密无间的人民解放军送行。令他们十分惊喜和高兴的是，在这里居住一年多，名为"工校校长毛校长"和"劳动大学的朱校董"原来是敬爱的毛泽东主席和朱德总司令。

西柏坡原名"柏卜"，始建于唐代。1935年，因"卜"与"坡"字音相近，当地一个教书先生将"柏卜"改为"柏坡"。从地理位置上看，"柏坡"属于冀西，便叫"西柏坡"。

西柏坡这个小山村处在华北平原和太行山的交会处，滹沱河北岸，坐落在一个向阳的马蹄状的山沟里。这里住着几十户人家。

西柏坡西扼太行山，东临冀中平原，三面环山，一面环水，距石家庄90公里。这里交通方便，易守难攻，可以向山里撤退，可以向平原进军。这里得天独厚的地理条件和自然环境被中共中央看中，选定为中共中央和人民解放军总部的驻地。1947年5月，刘少奇和朱德率领中共中央工作委员会先期来到这里。1948年5月26日，毛泽东、周恩来、任弼时率领中共中央机关和人民解放军总部也来到这里。

毛泽东在这里指挥了辽沈战役、淮海战役和平津战役，是党中央和毛泽东同志指挥推翻蒋家王朝的最后一个"农村指挥部"。

毛泽东和他的战友们，在这里召开了中共七届二中全会，全会讨论了如何建国、建立什么性质的国家等诸多问题。

选定首都在什么地方，也是一个重要问题。因首都将是这个国家的政治、经济、文化的中心，也是全国军民进行战斗的指挥部。原来毛泽东考虑过几个城市，如哈尔滨、西安、南京等，后来他听了王稼祥等同志的意见，决定定都北平。当然，这个重大问题还要经过以后召开的全国政治协商会议通过，才能正式确定下来。

一切都准备停当。每辆汽车的司机都坐在驾驶室里，等候着毛泽东等领导同志登车出发，前往北平。

这时，毛泽东、朱德、刘少奇、周恩来、任弼时等同志都走出了自己的院子，登上了这个小山村后面的柏坡岭。毛泽东一面和前来送行的群众亲切话别，一面深情地望了望这里的山山水水。此时他心潮澎湃，思绪万千。他来到西柏坡仅仅10个月，然而，这10个月，共计300多个日日夜夜，是多么不平凡啊！就在这300多天里，中国共产党彻底地改变了中国的命运，使中国历史在这里拐弯！

此时，毛泽东看到村边停放着引擎待发的汽车，把手一挥，对周恩来说："走，咱们进京赶考去！"

周恩来会意地笑了笑说："我们都应当考试合格，不要退回来！"

"退回来就失败了，我们绝不当李自成，我们都希望考个好成绩！"毛泽东做了一个强有力的手势，神情显得异常庄重而又信心十足。

毛泽东和他的战友们坐上了汽车，风驰电掣般地朝北平方向驶去！

新中国从这里走来……

第一章　进军北平

　　1945年8月，日本帝国主义宣布投降后，在神州大地上，中国共产党及其领导下的人民军队同国民党反动派的军事武装力量进行了一场两种命运、两条道路的大决战。国共两党逐鹿中原，究竟鹿死谁手？开始，国民党军队依仗美式装备，气势汹汹地大举进攻解放区，叫嚣三个月消灭共产党和人民解放军。中国共产党在毛泽东主席的领导下，依靠广大人民群众，制定正确的政策和策略，给国民党军队以沉重的打击，迫使国民党由全面进攻改为重点进攻，后两军进入了相持阶段。

　　1947年6月30日，刘伯承、邓小平率领的晋冀鲁豫野战军主力，在鲁西南强渡黄河，发起鲁西南战役，接着向南实行无后方的千里跃进，8月到达大别山地区，它像一把尖刀插向国民党统治区。刘邓大军的行动，揭开了人民解放军战略反攻的序幕。按照党中央和毛泽东的战略意图：将战争引向国民党统治区，我军主力打到外线去，在外线大量歼敌，并吸引大量国民党军队，为其他各野战部队调动、歼灭敌军创造条件。

　　随后，陈赓、谢富治率领的晋冀鲁豫野战军太岳兵团，在晋南强渡黄河，挺进豫西。陈毅、粟裕领导的华东野战军挺进陇海线，进至豫皖苏地区。三路大军纵横驰骋于江淮河汉之间，所向披靡，歼灭、调动、吸引了大量敌军，并恢复和扩大了中原解放区。10月，在朱德总司令亲自指挥下，晋察冀解放军取得了清风店战役的胜利，11月，解放了石家庄，使晋察冀和晋冀鲁豫两大解放区连成一片。

　　从整个战局来看，越来越有利于共产党和人民解放军，国民党部队只有招架之功，没有还手之力，开始由全面防御改为重点防御。埋葬蒋家王朝指日可待。原来党中央和毛泽东准备用5年时间打倒国民党反动派的估计，看来，将会大大提前！

党中央和毛泽东主席高瞻远瞩，从整个战局来看，现在已处在全国解放的前夜，他们为接管大城市和建立新中国而筹划着。为此，党中央向中央社会部和中央其他直属部门都发出了为接管大城市准备干部的紧急电文。

一　西黄泥村训练班成立

在太行山东侧的山脚下，流淌着南北走向的一条河，这条河叫滹沱河，当地老百姓称为"葡萄河"。滹沱河水养育了中华儿女，这里可以种水稻、玉米、小麦等农作物。这段流经河北省平山县的滹沱河，以河为界有两个小村庄傍河而居，河东为东黄泥村，河西为西黄泥村。两村隔河相望，鸡犬之声相闻。中共中央社会部就住在东黄泥村，与中共中央所在地西柏坡近在咫尺。

1948年4月下旬，中共中央社会部部长李克农在东黄泥村驻地召开了室以上的领导干部会议。李克农身穿一身军装，方正的脸庞，戴着一副眼镜，镜片后边两只眼睛炯炯有神。他坐在农村土炕的炕头上，身靠着土墙，多年的情报工作使他养成了沉稳老练的性格。他缓慢地操着安徽巢县口音对大家说："同志们，开会之前，我向大家通报两条好消息，一条是，西北野战军展开反攻，消灭了胡宗南的主力，于本月22日收复了延安。东北近百分之九十九地区已经解放，国民党军队只龟缩在几个大城市里边，下半年要进行战略决战。大家看到，晋察冀解放区和晋冀鲁豫解放区已经连成一片，形势越来越好，我们已经看到了全国胜利的曙光。第二条是，毛泽东主席、周恩来副主席将率中共中央机关和人民解放军总部近期来西柏坡。毛泽东主席将在这里指挥各个战场的战事。我们是中央社会部的人，这一条你们要严格保密！"

与会者听到李克农的介绍，高兴地、不约而同地鼓起掌来！

"现在的形势发展得很快。"李克农接着说，"毛泽东主席和党中央，一边指挥着人民解放军与国民党军队进行决战；另一方面在筹划着接管大城市和建立新中国的事宜。中央要求我们中央社会部为接管大城市准备干部。根据党中央和少奇同志的意见，要办几期训练班，培养公安保卫和情报方面的人才。中央要求我们从各中央局抽调政治素质好、身体好的干部来参加培训。将来这些人是我们政法战线上的骨干。这是今天会议的主旨，请大家发表意见。我考虑我们中央社会部需要指定几个人专门负责此事。"

会议经过讨论，决定办一期训练班，初定100人。由副部长谭政文牵头，一室主任罗青长、三室副主任刘涌、二室科长甘露具体负责筹备组织训练班的工作。

会议结束后，罗青长、刘涌和甘露着手进行训练班的筹备，他们拟好电文，经党中央批准，便向西北局、华北局、华东局、晋绥分局发电报，要求选调团级以上、具有初中文化、身体健康的保卫干部，于6月底前来中央社会部驻地东黄泥村报到。分配的数字为：华北局50人、华东局28人、西北局10人、晋绥分局12人，共计100人。

罗青长、刘涌和甘露分别对各中央局报来的训练班学员进行了严格政审，对不符合条件的坚决退回，另予补充，确保参加培训人员的质量。

经过两个多月的紧张工作，符合条件的100名学员，于6月底前陆续来到中央社会部报到。

不久，从北平来了8名党员大学生，共计108人（后来被戏称为一百单八将）组成训练班。

中社部任命副部长谭政文兼训练班主任，龙潜（开学不到一个月就调走了）、刘涌为副主任，刘涌任党支部书记并主持日常工作。甘露为组织科长，狄飞任教育科长，李国华任总务科长。学员编为两个班。训练班的课程主要有公安保卫、情报人员的修养和侦察、情报、审讯等业务课。

刘涌讲修养课，审讯课由谭政文同志主讲，其他业务课分别由中央社会部的领导同志按业务分工讲授。

1948年9月17日，训练班在十分简陋的条件下举行了开学典礼，由中社部部长李克农主持。中央书记处书记刘少奇、朱德、任弼时亲临大会，并做了重要讲话。

刘少奇同志首先讲话。他代表党中央，对训练班今天开学，表示热烈的祝贺。随后，他强调了办这个训练班的重要性。他告诉学员们，这个训练班是中央决定办的，在中社部李克农同志的领导下办的。这个训练班规模很小，恐怕以后还要办下去。以后要正式办一个学校，专门培养保卫干部和情报工作干部。保卫工作、情报工作是非常重要的。不论是在战争年代，还是我们建国以后，我们共产党无产阶级必须要有这个部门。中国人民要解放，必须要有这个部门，必须有相当数量的这方面的干部。没有这方面的骨干，人民就不能解放，胜利就不能保障，就是胜利了也不能巩固。

少奇同志针对一些同志不愿意做情报工作的思想谆谆教诲说，有些新来的同志说，过去你们是反对"特务"这行当的。今天又做这个工作，没有思想准备。有的同志认为这是特务工作，甚至不愿意做这项工作。如果同志们这么说也可以，我们不否认这是特务工作。蒋介石、日本帝国主义、希特勒、美帝国主义、法西斯特务工作不好。但人民的、马克思主义的特务工作是好的，不是可耻的，而是最光荣的，不是脱离群众的，不是压迫杀害群众的。相反，我们是保卫人民替人民谋利益的。只有蒋介石的特务工作才是可耻的，因为他是残害人民的，脱离群众的，为人民所痛恨的。我们的中央社会部部长李克农同志打入敌人内部做情报工作，为了保卫在上海的党的机关和一些领导同志的安全作出了卓越的贡献，是立了功的。所以毛泽东同志称他为"红色特务"嘛！

刘少奇讲到这里，微笑着看了看坐在任弼时身边的李克农，李克农不好意思地向大家点了点头，台下学员突然爆发出一阵暴风雨般的掌声。

刘少奇再一次强调了做保卫工作和做情报工作的重要性。我们党中央，把此项工作交给最可靠的、最忠实于人民的好党员来担任。今天调你们来，就是党信任你们，把生杀予夺大权交给你们，把重要的任务委托给你们。党的委托，也就是人民的委托。历史上有个包拯，人民很拥护他，因为他办了几件大案子，替老百姓做了几件好事。现在看来，是落后的，我们比他强得多。你们把这个工作真正做好，人民就会拥护你们。

最后，刘少奇神色严肃，加重了语气对学员们在政治上提出了严格要求：要具有高度的布尔什维克品质，要有足够的思想准备。许多不正确的思想，不正确的意识，爱出风头、英雄主义，在别的工作上还可以允许一点，但在你们这一行工作是不允许的，有这种思想是危险的。因此，要有严格的私人生活，保持自己的思想意识的纯洁。因为做这行工作，搞点贪污腐化，英雄宗派，打击别人，抬高自己等是很危险的。你们容易接触阴暗面，敌人也极力引诱你们。有些同志在艰苦环境里边，能有艰苦奋斗英勇牺牲的精神，但在顺利的环境下，就容易贪污腐化，经不起考验。我们的保卫干部，要有这方面的修养，即使钻入污浊的环境里，也要做到出淤泥而不染。①

当时，训练班的学员们大都是从各个战场上抽调来的，没有见过中央领导同志，今天看到这么多领导同志出席开学典礼，心情非常激动。朱德、任弼时同志也发表了重要讲话。中央领导的话深深印在他们的脑海里，对他们鼓舞很大。

出席开学典礼的还有一位非常引人注目的人。他高个子、方脸庞、宽额头，长长的睫毛下有一双乌黑的大眼睛，着一身军装，显得英姿勃发。他就是曾先后在苏联苏雅士军官学校、莫斯科列宁军政学校、伏龙芝军事学院、莫斯科东方语言学院学习近十年的毛泽东长子毛岸英。

毛岸英参加了该训练班的开学典礼后，每逢有老师来授课他都来听，认真地记笔记，但他不参加训练班的讨论、实习等活动。他是一个沉默寡言的人，但对学员们都很热情。有的学员问他，"你好"等生活用语俄语怎么说，他非常认真地回答了学员提问。中央领导同志都很喜欢他，训练班的学员们对他也非常崇敬。

训练班的开学典礼之后，学员的情绪异常高涨，纷纷写保证书、决心书。有的同志思想上的疙瘩被解开了，下定决心，好好学习，珍惜这宝贵的时间，决不辜负党中央领导的信任与期望，决不辜负人民的重托。训练班的第一课由训练班主任谭政文同志讲了训练班的宗旨、任务、目的和要求，以及学员们应注意的问题。

之后，按照安排，学员们学习了公安、情报、侦察、审讯等业务知识。

为了让学员们全面了解国民党统治下的北平情况，中央社会部书报简讯社搜集了一些北平情况资料，以手刻、油印编成了《北平概况》共四册，发给了每个学员。资料涉及了国民党军政组织机构、特务系统以及工商业管理、医院、图书馆、报纸杂志、社团文化等情况。为了解北平提供了翔实的、系统的文字材料，对以后接管北平很有帮助。

训练班的设备是极其简陋的，教室是在日伪时期实行三光政策留下的

① 刘涌：《政法春秋》（内部资料），2003年10月，第64—65页。

残垣断壁的旧地基上，由调查部总务处处长梁文英操持盖起来的。梁文英也是被抽调来学习的一名学员。这里没有桌椅，学员们拿着小板凳；睡觉没有床板，有的睡草铺，有的睡门板。谭政文、罗青长等领导同志都穿着粗布衣裳、粗布鞋，学员们都保持了延安时期艰苦朴素的好作风。

二 训练班提前结业

1948年下半年，战局的发展令人始料不及，敌我双方的力量发生了根本的变化，我人民解放军越战越强，势如破竹，将国民党部队包围在东北、华北、中原地区几个大城市里，他们只能做重点防御，已无攻击能力。国民党士兵士气低落，人心惶惶。党中央和毛泽东洞察到，和国民党战略决战的时机到了。

9月16日至24日，华东野战军攻克济南，全歼守敌11万人。

11月6日，华东、中原野战军在邓小平、刘伯承、陈毅、粟裕、谭震林等同志领导下，打响了淮海战役。首歼从海州西撤的国民党军队劲旅第七兵团，该兵团司令黄伯韬被击毙。从11月23日到12月15日，我人民解放军在宿县西南的双堆集地区围歼国民党军队十二兵团，俘虏了该兵团司令黄维，并将杜聿明所属的国民党军队三兵团包围于青龙集、陈官庄地区，待机歼灭之。

9月12日至11月2日，林彪、罗荣桓领导的东北野战军进行了辽沈战役。毛泽东批评和纠正了林彪在攻锦州打援敌问题上的犹豫，使战争取得了胜利，歼敌47万人。在稍作休整后挥师入关，于12月初和华北野战军联合将平津包围，首先将敌分割包围，截断平津之敌西窜、南逃之路，后攻克新保安、张家口和天津，北平完全陷入了人民解放军的包围之中。

1948年12月14日下午，位于滹沱河西岸的西黄泥村训练班的学员们接到通知，打好背包到东黄泥村中社部驻地待命。学员们不知有什么任务，只知道在各个战场上，我人民解放军重创国民党军队取得了辉煌的战绩。晚7时左右，训练班的所有学员集中到饭厅收听了中央新华社的电报："我第四野战军入关后，对北平和天津采取了分割包围之势，先头部队已开到北平市城外郊区县，对北平形成了包围。今天，已打下了丰台、长辛店！"听到此消息后，大家欢呼雀跃，击掌、拥抱，兴奋之情溢于言表，他们深为近在咫尺的党中央和毛泽东主席的英明指挥而感到自豪和骄傲。

这时，李克农走了进来，后边还跟着谭政文、刘涌、罗青长等训练班的领导同志。李克农满面春风地对大家说："请大家坐好，我来宣布一项重大决定！人民解放军在各个战场上取得了决定性的胜利，平津前线的军事形势发展得很快。为了适应形势的需要，根据党中央的决定，我来宣布，本期训练班提前结业！干什么去呢，你们有新的任务，那就是进军北平，你们准备接管国民党北平警察局！"

学员们听到李克农的讲话，报以热烈的掌声。他们一面鼓掌，一面相互用笑脸对视着，他们虽感到事情的突然，但也感到责任的重大。

李克农接着说："平、津解放在即，党中央高瞻远瞩，于9月份把你们抽来学习，就是为接管解放后的城市培养和准备人才的，没有想到形势发展如此之快。应谭政文同志的要求，你们108个同志都去北平，将来你们就是北平市人民公安机关的中坚和骨干，将是新中国第一代人民警察和公安干部。我给你们透个消息，经中央批准，谭政文同志将是中国人民解放军军事管制委员会北平市公安局长，任命不久由即将成立的中共北平市委来宣布！"

学员们听到这里，又一次爆发出热烈掌声，众多眼光一下子聚焦在谭政文脸上，谭政文也热情地向大家摆了摆手，然后对李克农耳语几句，就出去了。

李克农接着说："你们的首要任务是接管国民党北平市警察局，肃清特务，建立革命政权。北平是国民党反动派统治华北的大本营，社会情况十分复杂，既有清朝遗老、下野的军阀、失意的政客，又有蛰伏的特务、汉奸以及官僚资本家、逃亡地主、封建把头、恶霸、惯匪、惯窃和地痞流氓等。你们将像一支利剑，斩妖除魔，荡涤一切污泥浊水，为整个北平市的接管和以后的建国铺平道路。你们的工作任务非常艰巨，不能掉以轻心，要时刻保持高度警惕性，因为稍有不慎和疏忽，就可能给党和人民的生命财产带来无法估量的损失！"

李克农根据这些学员从战场上打拼过来，绝大多数人没有到过大城市的特点，又耐心细致地教学员们进城后如何打电话，如何使用抽水马桶等生活常识。并要求同志们进城后仍保持党的艰苦朴素的作风，不坐人力车，要严格遵守《三大纪律八项注意》，要密切联系群众，和人民群众打成一片，热心地为群众做实事。

学员们听了李克农的讲话，感到又亲切又实际，心里非常佩服曾在隐蔽战线上叱咤风云的这位领导。

是夜，李克农宣布了进城的四个队的编制（这四个队就是北京市公安局最早成立的四个处的雏形），并命令道："今天晚上由副班主任刘涌同志带队到北平去！谭政文同志已乘吉普车先行。你们将在中共北平市委领导下，完成接管国民党北平警察局的任务！"

李克农讲完话之后，学员们按照编队登车，他们分乘5辆从国民党手中缴获的美制大卡车，以饱满的精神状态、高昂的革命斗志，连夜向北平进发。

时值隆冬季节，北风呼啸，寒气逼人，况且又在夜间，学员们穿着一件单棉衣，一会儿脸和手被冻得通红，脚也被冻僵了。但是学员们毫不在乎，一路上说啊、笑啊、唱啊。不少学员情不自禁地说："这比咱们徒步行军、骑毛驴赶路快多了。"有的学员还说："到了北平，我一定要抓几个国民党特务，把他们打翻在地！"身强力壮、风华正茂的学员们憧憬着未来，每个人都有按捺不住跃跃欲试的劲头，恨不得汽车立刻开进北平城。

卡车在初冬的寒风中行驶了7个多小时，于15日凌晨到达石家庄。

石家庄是1947年11月12日解放的。石家庄是华北地区的重要城市，是华北联系全国的交通枢纽。此时的石家庄是一个不夜城，除火车在轨道上奔跑之外，大路上来自附近县的大批民工正忙着支前送粮，有的推着小车，有的担着担子，昼夜兼程，向平津方向进发。民工们唱着、吆喝着，喜悦心情溢于言表，给学员们莫大鼓舞。

刘涌带着学员们到达石家庄后，驻石家庄的中央社会部直属情报站负责人冯基平率领全部情报人员前来报到。冯基平紧紧地握着刘涌的手，操着东北口音说："我们接到中社部的通知，决定撤销中社部直属情报站，我们全部情报人员将编入接管北平的队伍中，和你们到北平去！"刘涌望了望冯基平这位东北汉子瘦削的面容，笑着说："我也接到了克农部长的通知。好，我们一起到北平去！"

刘涌带着学员们，迎着黎明时分的晨风，继续北进，行至河北武强县范镇宿营，16日从范镇出发，经献县、河间、任丘、高阳，在暮色苍茫的傍晚，开进了保定。

1998年深秋，原训练班副班主任、曾任北京市委政法部部长的八旬老人刘涌曾来西柏坡和东、西黄泥村，他望着当年训练班的旧址，这位八旬老人心情很不平静，他深情地对随行的北京市公安局年轻民警说："要发扬西柏坡艰苦奋斗的精神，艰苦奋斗是我们党克敌制胜的传家宝，是我们党立党为民的根本。我们要牢记毛泽东当年教导我们的话，务必使同志们保持谦虚谨慎戒骄戒躁的作风，务必保持艰苦奋斗的作风。"他的夫人金信（当时是中社部的干部），更是触景生情，无限感慨地说："滹沱河两岸人民养育了我们，这里的土地肥沃，气候宜人，一年种植的有小麦、水稻，有'小江南'之称。到了收获季节，十里河滩上，四处飘香。我们在延安时，只能吃小米、南瓜；在这里吃上了香喷喷的大米饭和雪白的馒头。当时，同志们的热情和干劲甭提有多高了。"

三 北平市公安局在行军途中诞生

刘涌率领训练班学员，冯基平所领导的中央直属情报站的人员，还有中社部几个同志来到保定后，见到了先期到达的谭政文。

刘涌简要地向谭政文汇报了学员们一路上的情况，便住进了由中共保定市委安排的市公安局和保定警备司令部的院子里。

谭政文同一部分学员住在保定警备司令部。

就在训练班学员们从西黄泥村出发向北平进军的同一天，中共中央和华北局就批准了北平市委和市政府的领导班子：北平市委书记彭真，第一副书记叶剑英、第二副书记赵振声。刘仁、徐冰、赵毅民、谭政文等11名同志组成中共北平市委员会。叶剑英同志兼军管会主任及市长，徐冰同志为副市长。彭真、叶剑英等同志从石家庄出发，于16日上午先期到达保定。

晚饭后，谭政文立即看望了先期到达的刘少奇同志和彭真同志，汇报了训练班学员们的情况，以及和李克农同志事先研究的组织机构和领导干部配备的情况。刘少奇、彭真同志对训练班的工作和学员们高昂的情绪表示满意。刘少奇同志说："你们的组织机构和领导干部配备就我个人意见，我是赞成的，此事还是由你们市委决定吧！"彭真接着说："少奇同志说得对，明天我们就召开市委会。我们研究一下，然后做出决定！"

谭政文听了刘少奇和彭真的指示后，心里有了底。回到驻地，高兴地与刘涌一起，找同志们谈话，了解情况，预想入城后可能遇到的问题等。直到深夜，他才拖着疲惫的身体来到自己的房间休息。

谭政文一躺下很快地就进入了梦乡，这一夜他睡得很安稳、很踏实。

谭政文，中等身材，长形脸庞，络腮胡子经常刮得铁青，浓眉下的两只眼睛炯炯有神，透出一个公安保卫干部的刚毅和干练。他思维敏捷，遇事果断，是我国公安队伍的缔造者和领导人之一。谭政文同志1910年出生于湖南资兴县一个贫民家庭，1926年参加工作，1927年在革命低潮中加入中国共产党。1928年参加湖南暴动，后随毛泽东上井冈山。历任工农红军连指导员、团政委、师政治部宣传科长、秘书处长、军委保卫局预审科长、执行部长、闽赣省保卫局长。参加了二万五千里长征。1935年到陕北后，他担任了西北保卫局执行部长。抗日战争时期，任陕甘宁边区保卫处副处长、中共中央晋绥分局社会部部长兼晋绥边区政府公安局长。解放战争时期担任中共中央社会部副部长。

是革命战争把一个农民的儿子练就成为一个公安保卫战线上的优秀指挥员。

谭政文在长期的公安保卫工作实践中，善于学习，善于总结经验，1942年在延安时，就撰写了《审讯学》，经中社部批准，列为正式教材。谭政文在长期革命斗争中，忠于职守，任劳任怨。他那艰苦奋斗和开拓精神及雷厉风行、敢于承担责任的工作作风，受到了在一起工作的同志们的尊敬和赞扬。

12月17日，由彭真主持的中共北平市委第一次会议在保定召开。会上批准了北平市公安局的组织机构和主要领导人的任命。会议还决定了其他事项。

晚上，谭政文召开会议，郑重宣布了中国人民解放军军事管制委员会北平市公安局组织机构和领导干部的任命：

谭政文同志为中共北平市委委员、市公安局局长；

刘进中同志为市公安局秘书长；

刘涌同志为第一处（秘书处）处长；

冯基平同志为第二处（侦讯处）处长；

赵苍璧同志为第三处（公安处）处长，武创辰同志为副处长；

曲日新同志为第四处（行政处）处长；

张廷桢同志为公安大队队长兼政委。

谭政文宣布市局各处负责人任命后，突然接到通知，让他立刻去市委开会。下面的任命项目由秘书处处长刘涌宣布。

刘涌宣布了"内七外五郊八"（原国民党设置的，共20个区。内城七个区、外城五个区、郊区八个区）共20个分局局长：

内一分局局长刘坚夫

内二分局局长狄飞

内三分局局长于苇

内四分局局长张杰

内五分局局长汤光礼

内六分局局长苗捷夫

内七分局局长李超

外一分局局长邢相生

外二分局局长李成

外三分局局长慕丰韵

外四分局局长惠锡礼

外五分局局长何明

郊一分局局长贺生高

郊二分局局长任成五

郊三分局局长谭兆屏

郊四分局局长徐欣三

郊五分局局长徐守身

郊六分局局长张锋

郊七分局局长朱文刚

郊八分局局长白玉山

高克同志被谭政文选调为彭真、叶剑英的警卫秘书。

刘涌传达了任命之后，接到上级命令，继续北上。刘涌受谭政文的委托，做了短暂动员之后，带领北平市公安局的全体人员，一夜行军，于18日凌晨到达涿县（现河北省涿州市）。由先期到达的谭政文召开了第一次市局扩大会议，研究部署了下一步的工作。

之后，改乘火车于20日到达北平西南的长辛店。长辛店是北平西部的交通枢纽，也是北平工业较为密集的地方。由于长辛店12月19日刚刚获得解放，离城里又近，为了安全起见，市委决定，市公安局全体人员于21号撤到良乡。

四 各路情报人员会师良乡

良乡是北平西南部的一个重镇，这里在1947年就已经解放，隶属平西解放区领导，是个老区，群众基础较好。

谭政文在这里召开了处长会议，逐条研究由秘书长刘进中起草的《侦察工作条例》和《治安工作条例》。《侦察工作条例》主要是规定了秘密侦察的范围、对象、手段、方法、纪律和注意事项；《治安工作条例》主要规定了公开管理的治安工作的范围、政策、方法等。这是接管北平第一个公安工作方面的条例，是全体公安人员从事公安保卫工作的基础和依据，非常重要。各个处长也提出了不少建设性的意见，刘进中又做了修改，使这个条例更加完善。

从这天起，中社部、华社部及部队等各系统派驻平津地区的情报人员，根据中共中央发出的"各解放区派驻平津地区的情报站、组全部撤销，全体工作人员到北平公安局报到"的电令，陆续来到了良乡。就连各大区、军区在华北地区的情报人员也遵照中央指示来这里报到。

一直从事隐蔽斗争的冯基平，深知各路情报人员是隐蔽战线上的精英，具有丰富的斗争经验，个个是难得的人才。于是，把这批人留在二处（侦讯处）的想法告诉了谭政文。谭政文觉得冯基平的想法有道理，因为二处是市局从事隐蔽斗争的单位，急需这方面的人才，便表示同意。此事也得到了彭真和中央领导的同意。为此，冯基平非常高兴。

冯基平，中等身材，面庞瘦削。1911年出生在辽宁法库县一个农民家庭。19岁考入北平中国大学，青年时投身革命，1931年参加了中国共产党。解放前，先后任中共绥蒙保安处副处长、晋绥边区驻晋察冀边区办事处政委、晋绥公安局平津工作站站长、中共中央社会部直属工作站站长等职。解放后，曾任北京市公安局处长、局长，北京市副市长，中共陕西省委常委、书记等。

冯基平在良乡的几天中，除处理侦讯处日常工作外，主要精力放在接待前来报到的各个情报站、组的情报人员。他们见到冯基平，像见到久别的亲人一样，有说不完的话，有的像孩子一样拉着冯基平跳啊、蹦啊，激动欢愉之情写在脸上。过去我们在地下，敌人在地上；我们在暗处，敌人在明处；我们在搞他们的情报，他们在侦察我们。现在整个地翻了一个个儿，能不使人高兴吗？

北平解放前夕，围绕在北平地区开展情报工作的主要有以下几个系统：中共中央社会部、中共晋察冀中央分局城市工作部、中央军委敌工部。各系统的任务虽然各有侧重，但搞情报是共同的。中共中央社会部在北平搞情报工作的就有四个单位，即晋察冀社会部、晋冀鲁豫社会部、冀察热辽社会部冀东北平情报委员会、中共中央社会部直属情报站。各单位下边又设若干情报站、情报组。如冯基平领导的中社部直属平津情报站，王兴华领导的晋察冀中央分局社会部所属的保满情报站，刘景平领导的华北局平西情报站，任远领导的东北局社会部冀热察分局情报站，李宁领导的晋察冀北岳区党委社会部平汉情报站，张烈领导的华北局社会部冀中公安局平保情报站，安林领导的冀东区党委情报处北平情报委员会，刘茂田领导的冀察热辽情报处平津站北平组，阎塘领导的房、涞、涿情报站，王森领导的中社部直属情报站以及晋绥调查局直属情报人员闵步瀛等。靠近北平地区的晋察冀中央分局社会部在北平地区设有直属情报小组和平西、平北、满城、石门、太原、冀中、冀东七个情报站。晋察冀中央分局社会部于1948年5月随着晋察冀和晋冀鲁豫两大解放区的合并，两大区的社会部合并为中共中央华北局社会部。华北局社会部负责华北地区的锄奸、保卫和情报工作。这些情报组织，从解放平津这一总的方向出发，搜集国民党军、政、警、宪、特诸多机关的情报，但以军事情报为主。

晋察冀中央分局城市工作部的前身是中共中央晋察冀分局城市工作委员会，成立于1941年初，刘仁任书记。该组织后将北平地下党组织划了过来，领导机关设在晋察冀根据地，实行异地领导，多头单线联系。这时期，晋察冀中央分局城工部坚决执行中央的"隐蔽精干、长期埋伏、积蓄力量、以待时机"的白区工作的方针政策，收到很好的效果。

1946年6月，根据中共中央《关于城市工作的指示》，晋察冀分局城市委员会改为晋察冀分局城市工作部。刘仁兼任部长。晋察冀分局城工部以及在北平周边的晋冀区党委、冀中区党委、冀热辽党委的城工部都陆续向北平派遣了一批干部，加强了北平地下党组织的力量。1948年5月，随着晋察冀和晋冀鲁豫两大解放区的合并，晋察冀分局城市工作部改为华北局城市工作部，刘仁仍为部长。

华北局城工部领导下的各委员会，如工委、铁委、警委、平委、中学委、中小教委等，其主要任务不是搞情报，但是，搜集情报是其中任务之一。

在北平周边地区的各系统的情报站，他们所搜集的情报，为人民解放军的军事进攻和为我党组织群众反对美蒋的政治斗争起到了重要作用，尤其是为北平的和平解放起到了特殊的作用，为人民建立了功勋。

冯基平召开了前来报到的各系统的情报人员的会议，除了学习中央和市委关于接管北平的文件和市局制定的《侦察工作条例》外，冯基平谈了两条意见供大家讨论。第一条意见是，各系统的同志们过去联系的内线、关系等秘密力量，继续掌握、经营和领导，继续让他们为我们提供情报，以便掌握敌人的动态，不要因为我们已经公开而放弃工作。第二条意见是，目前各系统的情报人员大多数已经到来，有的还没有报到，目前分几个组来工作和活动，组长由侦讯处指定。将来侦讯处下要设几个科，科下设股；科长、股长均由北平市委来任命。

各系统的情报人员经过热烈讨论，表示同意冯基平同志的两条意见，并就继续开展情报工作，提出了不少真知灼见。

12月31日，在冯基平的率领下，侦讯处全体人员进入香山。

五 入城前的准备

"凡事预则立，不预则废"，这是《孙子兵法》中的一条重要理论原则。毛泽东根据这一原则，总结出我党所领导下的几十年武装斗争的一句名言，那就是："不打无准备之仗，不打无把握之仗。"

接管国民党留下来的北平这样大的城市，对中国共产党来说是一个新课题，也是一个新的考验。中共中央和毛泽东同志明确指示，入城前夕，要求从政治上、思想上、组织上都要有充分的准备。

12月25日，中共中央政治局委员、北平市委书记彭真在良乡西北一个叫吕祖庙的地方，向担负接管北平任务的全体干部作报告。彭真同志代号为509，当时彭真的腿不太好，他拄着拐杖，站在一个土台子上，没有扩音器，没有讲稿。听报告的人有的坐个马扎，有的坐在砖头和土坯上，周围的人还站着。大家都屏着呼吸，聚精会神地听彭真讲话。彭真同志说："进城以后，我们总的任务是推翻旧的政权，彻底摧毁肃清反动势力的残余。具体做法，一是安定社会秩序，二是搞好接管，三是肃清特务，四是解决人民生活问题。"

他还强调说："过去我们在农村闹革命，现在进城后是执政党了，会有很多人溜须拍马，阿谀奉承，会有人用金钱美女诱惑你，可不要栽跟头。我们不能当第二个李自成。1644年，李自成率百万大军从西安出发，转战山西，后浩浩荡荡率军向北平进军。3月份，明朝守军投降，崇祯皇帝自杀，李自成农民起义军夺取了政权。但他们入城后，一些将领滋长了骄傲自满的情绪，生活腐化，丧失了立场，结果遭到了失败。我们决不能走李自成的老路。进了城以后，我们还要艰苦奋斗，要密切联系群众，和群众打成一片。要全心全意地为群众服务，为群众办好事。"

彭真在报告中，强调了团结问题，他说："新老干部之间，老区来的干部和城内工作的干部之间要搞好团结。团结就有力量，团结才能战胜各方面的挑战，团结才能完成党中央交给我们接管北平的任务。老干部不要把老资格当成包袱；新干部也不应该把自己年轻有知识当成包袱。应当取长补短，共同进步。在今后的接管工作中，如果新老干部之间闹不团结，老干部负责任；党员干部和非党员干部闹不团结，党员干部要负责任！"[1]

彭真同志的讲话得到了与会者的热烈掌声。

接着，中国人民解放军北平市军事管制委员会主任、北平市市长叶剑英讲话。叶剑英是中国人民解放军高级将领，是一位儒将，能文能武，睿

---

[1] 刘朝江：《警神》，大众文艺出版社2002年版，第17—19页。

智豁达。年轻时，孙中山平叛陈炯明时，叶剑英担任孙中山的警卫营长。红军万里长征时，他及时识破了张国焘的阴谋诡计，用自己的智慧，保卫了党中央和毛泽东同志的安全；抗日战争时期，他协助周恩来在重庆八路军办事处工作，长期与国民党反动派进行了有理、有利、有节的斗争。所以在"文化大革命"时期，毛泽东送给叶剑英两句话："诸葛一生惟谨慎，吕端大事不糊涂。"可见，毛泽东对叶剑英是非常信任的。

实际上，叶剑英在良乡向接管北平的干部已作了两次报告。他除了讲政治、讲政策、讲纪律外，还讲到一些军事形势和北平我方代表与傅作义将军代表谈判的进展情况，他知识渊博，讲话时引经据典，寓意深刻。接管干部听了之后，很受启发，很受教育。

叶剑英下意识地用手正了正军帽，扶了一下眼镜，他针对一些帝国主义分子叫嚷的"共产党军队的干部大多数是'土包子'，管不好大城市"的谬论说道："我们共产党人不但能破坏一个旧世界，我们还能建设一个新世界，只要我们接管干部模范执行党中央制定的方针、政策，模范地遵守法令和纪律，我们就能够完成党中央交给的接管北平的任务。我们也能够管理好这个城市。我们能否把北平接管好，就是对我们共产党人能否把大城市管好的一个考验！"

接着他又风趣地说："北平是个大学，我们这几千名干部都是小学生。既要向北平人学习，又要帮助他们了解党的政策，从中培养出大批新干部来。"

有人提到为什么要实行军事接管，他说："公开的武装的敌人被消灭了，是否就算反动势力一扫而光了呢？不，敌人的统治是通过多种形式与工具来压迫人民的，必须注意潜伏的反动力量。敌人的特务组织潜伏于地下，其危害不小于公开的反革命力量。因此，必须实行军事管制，肃清一切反动势力，不给敌人任何活动机会。"

最后，叶剑英讲到如何肃清反动势力时，他脸色凝重，把手一扬，带有命令的口气说："公安机关，警备司令部、纠察队联合镇压反革命势力。阶级敌人不肃清，敌人就会乘机夺取我们的宝剑砍我们的头！"[①]叶剑英讲完话之后，有的接管干部还提出了一些接管中的问题，叶剑英耐心地做了回答。

---

① 刘朝江：《警神》，大众文艺出版社2002年版，第17—19页。

北平市公安局来到良乡后，除了听取市委、市军管会领导同志报告外，秘书处处长刘涌协助谭政文组织公安局的接管干部学习和讨论。他们认真学习了毛泽东同志《关于时局的声明》，人民解放军平津前线司令部颁布的《约法八章》，学习接管城市的方针、政策；学习《接收沈阳的经验》及接收济南、石家庄的经验。为了使干部深入了解北平的情况，根据新了解的情况，对过去中央社会部编写的《北平概况》加以补充修改。重温中央领导同志关于发扬革命传统和优良思想作风的讲话。

根据彭真、叶剑英同志多次讲话精神及市委的有关指示精神，在谭政文局长主持下，结合北平的政治和治安情况，制订了《入城初期的工作计划》。市局统筹安排接管、肃特、维护治安三项任务。市局所属各处之间的分工是：对国民党警察局的人事、档案、文书等方面的接管，由秘书处负责；侦察、缉捕、审讯由侦讯处负责；治安、保卫由公安处负责；对国民党警察局的房屋、财务、枪支器械、车辆等由行政处负责接管。

为了加强党的领导，根据市委书记彭真的指示，在良乡成立了由谭政文、刘进中、刘涌、冯基平、赵苍璧、张廷桢、曲日新7位同志组成的中共北平市公安局总支委员会（7改为北京市公安局机关党委），刘涌任总支委员会书记。一些重大问题都要在总支委员会里研究决定。

在良乡，党中央为了加强北平市公安局的力量，将中央警卫团三营和四营的一部分官兵共计741人，充实到公安大队。公安大队的主要任务是，负责保卫北平市党政机关和首长的安全；配合侦讯处查封国民党特务机关；担负市公安局和20个分局的警卫和治安工作。进城后，将要向各分局和有关重要单位派驻公安队员，负责门卫和看守所的警卫。

1948年底，北平的政治、军事形势处在剧烈的、复杂的、微妙的变化之中。党中央和毛泽东高瞻远瞩，为了使古都北平免受兵燹之灾，争取以和平的方式解决北平问题。党中央号召各界名流和社会贤达，说服傅作义将军看清形势，率部起义。

1948年12月23日，傅作义将军曾给毛泽东发电报，表示愿意和平解决北平问题，但犹豫不决，对蒋介石仍存在着幻想。当时的彭泽湘、符定一（学者，毛泽东中学时的老师）、张东荪（民盟负责人）等，在为北平和平解放而奔走。北平地下党通过各种渠道，说服傅作义将军接受我党提出的和平解放北平问题的八项条件。

1949年1月14日天津宣告解放，守备司令陈长捷被活捉，在兵临城下四面楚歌的形势下，傅作义下决心起义，走和平解决北平问题的道路。

1月1日，北平市公安局侦讯处来到香山后，冯基平处长立即召开了处务会，根据市局给侦讯处的具体任务，研究进城后的分工和任务，决定临时设立情报派遣组、接收组、研究敌情动向组、交通联络组和生活管理组。冯基平在会上说："目前尚未接管，现在，当务之急是进一步了解敌情。《孙子兵法》中有一句是'知己知彼，百战不殆'，知己似乎容易一些，知彼就不容易了，且很重要。我们二处是从事隐蔽斗争的，我们要在形势多变的情况下，要有所作为，为市委和中央提出可靠的情报，为市委、中央的正确决策服务！"

处务会经过研究，决定用不同方式，用精干的人员进城，搞清我们所接管的单位，如国民党北平党部、国民党北平警察局及各系统特务组织情况。

冯基平把处务会的决定汇报给谭政文，谭政文听了之后，拍了拍冯基平的肩头说："你们的处务会决定得很好，我正为知之敌情不多而着急呢，我们都是从部队走过来的人，摸不清敌情，我们如何下决心，如何选择攻击目标呢？基平同志，你看我们这么办好不好：过几天，让秘书长刘进中带队，成员是你们二处的干部，随平津前线司令部军事谈判代表团进城，让他们了解一些情况。"

谭政文思维敏捷，很快提出了一个方案。

"好，就这么办。由我选择几个干部报你批准！"冯基平高兴地说。

1月17日，由市局秘书长刘进中带队，成员有闵步瀛、张士晶、吕岱、梁文英、袁泽等6位同志，随人民解放军平津前线司令部军事谈判代表团进入北平城区，利用谈判间隙，了解了一些有关国民党北平党部、北平警察局及国民党保密局北平站等情况和动态。

刘进中等人回来之后，整理了这次调查和搜集的情况，向谭政文做了汇报。冯基平也听取了二处干部闵步瀛的汇报。谭政文和冯基平都觉得搜集来的情报很浮浅，谭政文决定，再次派一处处长刘涌、公安大队队长张廷桢和公安处副处长武创辰，带一名警卫员进城，重点调查了解国民党警察局的情况。

1月25日刘涌等人乘坐卡车从西直门进城，住在位于西单南边的教育部街国民党北平党部里。这里的房子空无一人，原国民党北平党部的党魁要员已潜逃了，一般的工作人员也不来上班，只有几个后勤人员在守着房子。

刘涌等四人，晚上就住在这里。白天，他们顺着绒线胡同走到位于前门公安街的北平警察局，通过地下关系及与其联系的警察了解情况，晚上整理材料，研究工作，常常工作到深夜。

他们了解到国民党北平警察局局长杨清植、副局长白世雄等人已乘飞机逃到青岛。警察局局长之职由外一分局局长徐澍代理。

国民党北平警察局机构有：督察处、机要、专员等5个室，户政、政工等4个科，刑警、女警等5个大队，医院、学校、乐队、感化所，内七、外五、郊八共20个分局。分局下设84个分驻所，322个派出所。共1.3万余人。分雇员、警长、警士、工役四种。

从国民党警察局的成分来分析，大致有如下几种：第一种是国民党的骨干分子，他们大都是国民党中央警校毕业分配来的，都是科员或巡官官衔，有些是"中统"、"军统"特务；第二种是国民党接收留用的日伪警察，其中不少是巡官，而多数是一般警察，这些人中不少在日伪时期有罪恶；第三种是解放区逃来的被斗或怕被斗的地主子弟；第四种是工人、苦力、贫雇农、家境贫寒的中学生等。这几类人中除高级警官外，带家属的很少，大部分家在原籍。小职员、勤杂工等绝大部分都在大伙房包饭吃。原以为他们的伙食很好，其实，因为物价飞涨，他们吃的并不好，生活很苦。刘涌等人在调查的几天里，几乎天天和他们一道吃窝窝头、啃咸菜，有时喝点白菜汤，根本见不到肉菜。伙食远不如解放区好。

刘涌等人在几天的调查中感觉到，国民党北平警察局这些警员中，不少由于长期受统治阶级反动思想的宣传，世界观被扭曲，或多或少参与或执行过对人民镇压的行为，或染上欺压和敲诈老百姓的恶习等。调查工作刚刚开始时，旧警人员对他们有畏惧心理，不敢接近，当看到刘涌等人态度和蔼、上下平等、官兵一致，以及没有官架子、认真工作时就逐渐地变畏惧为敬佩，也愿意和刘涌等人接近了。此时，刘涌等四人向他们宣传共产党和人民政府的政策，解除思想上的顾虑，积极配合人民政府工作，争取主动。现在，人民解放军已兵临城下，北平就要回到人民的手中，鼓励他们要抓住这个千载难逢的机会，为自己的前途创造条件。有些有正义感的警察本身就对国民党嫡系警官、特务分子不满。经教育后，他们工作积极，开始向他们靠拢，并主动地向刘涌等人提供警察局的内部情况。

在这次入城调查中，有一件事使刘涌感触颇深。有一次，刘涌等人在王府井十字路口看到一个满脸长着大麻子的旧警，形态彪悍，样子很凶。刘涌曾听华北局城工部地下工作者赵凡同志说过，他经常去东安市场联系工作，看到这个大麻子旧警就发怵，有凶狠不良的印象。但刘涌这次调查了解到，此人很能干，并没有欺压过老百姓，所以这件事对刘涌教育很深。了解一个人不要看表面，不要只看现象不看本质，要实事求是。

刘涌等人回到海淀办公地点后，向谭政文交出已经写好的书面调查报告。

谭政文连夜召开局务会议，研究刘进中和刘涌的调查报告。经讨论研究后，修改接管计划，制定了有关条例，详细列出了分批逮捕的特务名单和需要查封接管单位的名称、地址等，还部署了分工接管的任务。

"万事俱备，只欠东风"了，北平市公安局全体接管干部已经作好了充分准备，只要市委和市军管会命令一下达，他们就像在战壕里蓄势已久的战士一样，跃出战壕，根据分工，奔向各自接管的岗位！

主要参考文献：

刘朝江：《警神》，大众文艺出版社2002年版。

刘光人、赵益民、于行前：《冯基平传》，群众出版社1997年版。

第二章　接管北平警察局

　　接管国民党北平警察局是接管北平市工作的重中之重。按照马列主义的观点，警察、法庭、监狱是国家机器的重要组成部分，是一个阶级压迫另一个阶级的工具。接管北平警察局，就意味着彻底砸碎旧的国家机器，建立新的人民政权。

　　谭政文率领北平市公安局的接管干部，坚决执行党中央、北平市委关于接管北平市一系列方针、政策。接管工作是一个新事物，谭政文等接管人员过去没有接触过，他们审时度势，充分发挥旧警人员的积极性，克服困难，排除阻力，推动接管工作的顺利进行。接管工作中不但有不同心态的心理交锋，还有过去是通缉的"要犯"、现在是接管干部的生动故事。

一　谭政文到职视事

　　1949年1月31日，这是个让北平人难以忘怀的日子。就在这一天，傅作义将军顺应历史潮流，终于同意中共提出的和平解决北平问题八项条件，北平宣告和平解放！

　　寒冬已经过去，春意已降临古城北平。

　　1月31日，是农历正月初三，这一天，北平终于迎来了自己历史上的黎明。

　　古城春晓，霞光四射。沉默多日的沙滩北大民主广场上的人又多了起来，有青年人，也有老年人，有学者，也有工人，他们拖着黎明时分长长的剪影，热烈地谈论着解放军何日入城的话题。

虽然人们从1月22日开始，就看到傅作义的部队在向城外撤，但解放军具体入城日期是不知道的，因为当时的舆论工具还掌握在国民党手里。

1月31日接近中午时分，沙滩民主广场西墙的木板上，赫然贴出一张用白纸毛笔书写且墨迹未干的海报，上写："人民解放军于1月31日中午1时自西直门入城"。广场上的人看到这几个字，兴奋和喜悦一起涌上心头，他们顾不上手里应该拿着什么，也来不及通知家人和知己好友，就三三两两组合在一起，蹬上自行车向西直门奔去！

下午1时整，东北野战军某师，参加过塔山阻击战的英雄们，先行从西直门入城，他们是从傅作义守城部队手中正式接管西直门、德胜门、朝阳门、复兴门防务的。其他接管部队于次日也开始开进城里。

入城的解放军，在军乐队吹奏的《三大纪律八项注意》军乐声中，昂首阔步，肩扛枪械，成四列纵队开进西直门。每个战士的脸上充满了喜悦、骄傲与自豪。

这时，闻讯从四面八方蜂拥而来的各界群众把西直门通向城内的道路挤得水泄不通。有的双手鼓掌向解放军致敬，有的唱着《解放区的天》，有的从旁边商店里借来锣鼓敲起来，有的带头扭起秧歌。一位头戴黑缎子瓜皮帽，身着古铜色长袍、外罩黑马褂的绅士模样的老者，从路边商店讨来一支白粉笔，求身边的一位大学生在他的脊背和胸前书写了"天亮了"三个大字，然后挤进青年人的洪流中，像孩子般的扭起秧歌。群众的喜悦之情可见一斑。

人们得到人民解放军从西直门进城的消息，应当归功于北平地下党。1月29日，华北局城工部负责人刘仁同志用电报打给北平地下电台负责人，告知了人民解放军于"1月31日中午1时自西直门入城"这个振奋人心的消息。

这个英雄的电台在向北平民众播出这个有历史意义的消息后，第二天奉命"停止联络"，结束了它在北平两年多的艰辛的战斗历程。当它最后向北平市民播出"再见"时，充满了胜利者的自豪和欢愉，它完成了党和人民交给的光荣的历史使命。北平的和平解放，这些忍辱负重、默默无闻地战斗在隐蔽战线上的无名英雄，同样是功不可没的。

谭政文率领北平市公安局的158名接管干部随部队从西直门率先进城，

张廷桢率领的公安大队和其他人员也后续入城。他们进城后，暂住在西单教育部街国民党北平市党部里。由于人多床少，有的同志睡在地上，不少同志见有的房间的地板上铺着豪华的地毯，用手摸了摸，高兴地说："这不是很好的床吗？"打开背包，往地毯上一铺就住下了。那个年月，艰苦的生活对共和国的创业者来说，已经是习以为常、司空见惯的事了。

当天下午，谭政文接到北平市军管会主任叶剑英的通知，要他和刘涌一起来颐和园军管会驻地和国民党北平市政府和警察局等有关人士见面，并研究有关交接事宜。

谭政文和刘涌来到颐和园，他们看到见证历史沧桑的皇家园林颐和园现如今已回到人民手中，心里很高兴。更使他俩欣慰的是，虽是春寒料峭，他们见到颐和园昆明湖的坚冰正在慢慢消融。

前来颐和园参加会议的原定有国民党北平市市长刘瑶章、警察局代局长徐澍、社会局局长翁独健。刘瑶章没有来，他派民政局局长程厚之代表他来到颐和园。

北平市军管会主任、北平市市长叶剑英见交接双方的代表已经到齐，又见他们不约而同地、泾渭分明地各自站在屋子里一侧，便谦和地微笑着，不慌不忙地介绍着国共双方人员。

"这位是新任命的北平市公安局局长谭政文！"叶剑英指了指谭政文说。

谭政文微微点点头，以标准的军人姿态站在那里。

"这位是国民党北平警察局代局长徐澍！"叶剑英又指了指站在谭政文对面穿着一身便服的一位中年男子介绍道。

谭政文上前与徐澍握手，四只眼睛霎时对视一下，双方从对视的眼神中释放出来的坦诚与信赖，奠定了今后两人30多年真诚合作的风雨路程。

徐澍，时年39岁，浙江吴兴县人，国民党内政部高等警官学校毕业，先后在湖北省、重庆市担任巡官、分局长等职。1945年10月，调任北平市警察局，担任科长和外一分局长。当时的警察局局长汤永咸对他说："外一分局是商业区，是个肥缺，调你去当副局长吧。"后来他回忆说："北平市外一区，商店林立，市场繁荣，确实是个肥缺。我当时住河泊厂13号，家有妻子和3个孩子，尽管生活不富裕，然而，我一点油水也没沾。"

1949年1月22日，傅作义将军在和平解放北平问题的协议书上签字，当时任北平警察局局长的杨清植觉得徐澍在警察局的官警中有一定威信，便向傅作义推荐由他代理局长。之后，杨清植便和副局长白世雄逃到青岛去了。傅作义在中南海怀仁堂对徐澍说："北平的治安任务很重，在此期间，不得发生任何问题！"

徐澍在我党接管国民党警察局的过程中，积极配合以谭政文为首的接管人员进行工作，谭政文对徐澍非常信任，不久任命他为北平市公安局业务研究组组长。后来，谭政文南调广东省任职，谭政文把徐澍带到广东省公安机关工作。30余年来，他与共产党合作，风雨同舟，和衷共济，为人民公安机关作出了贡献。对他这样一个旧警官，共产党给予他的信任和重用，使他感到无比的荣幸和惭愧。他说："我是一个人民的罪人，解放后，共产党不但没有给我处分，而且一直留在公安机关工作，给了我一个为人民服务的机会。这是少有的事例。"徐澍虽然在"文化大革命"中受到了冲击，但对中国共产党的信念坚定不移，对叶剑英、谭政文等共产党人终生充满着尊重和敬佩。

徐澍退休后，为广东省政协委员。

会议决定，2月2日开始正式接管国民党北平市警察局本部和局属各分局，并研究了接管中的具体程序和步骤。

2月2日上午，谭政文率领刘涌、冯基平、赵苍璧、曲日新4名处长和公安大队队长张廷桢十多人，来到了北平前门内的公安街北平警察局。他们身着军装，威风凛凛地站在那里，以中国人民解放军北平市军事管制委员会军事代表的身份主持了仪式，宣布对国民党北平警察局所属单位进行接管。国民党警察局方面参加接管的有徐澍和部分内、外城以及远郊分局的分局长。

徐澍向前来接管的谭政文等人介绍了北平警察局总局的机构和人员构成情况。随后召集巡官以上的旧警人员在礼堂开大会。介绍谭政文同各位旧警人员见面，谭政文等军事代表讲话。

谭政文在大会上首先宣布了北平人民政府任命北平市公安局局长的命令。然后，他操着一口浓重的湖南乡音说："诸位官警先生们，今天我很高兴同大家见面。从今天开始，我们将在一起，为维护北平的治安，保护北平人民的生命财产而贡献力量。"台下坐着身着黑色服装的官警，都聚精会神地倾听着这位陌生的人民解放军局长的讲话。没有一个人讲话，没有一个人交头接耳，他们把谭政文的讲话每个字都印在脑海里。

谭政文着重讲了中国共产党所领导的这次革命与历史上改朝换代截然不同，中国几千年的历史是一个封建王朝换了另一个封建王朝，是封建王朝的更替，而我们共产党所要建立的国家，是人民当家做主的国家，是一个新型的国家。她开创了中国历史的新纪元，过去每个封建王朝都是少数人剥削和压迫多数人，现在是多数人当家做主，劳苦大众当家做主。

当他谈到国民党的旧警察机关与人民公安机关有本质不同时说："旧警察机关是少数统治阶级镇压人民的工具，是剥削人民的，是保护少数人利益的，人民公安机关是保护人民的，它的宗旨是全心全意为人民服务的。旧警察机关是镇压好人，保护坏人的；人民公安机关是保护好人，镇压坏人的。"

接着，谭政文又讲了中国人民解放军北平军管会和北平市人民政府关于接管的一些政策，号召他们解除疑虑，勇敢地站到人民方面来，争取立功赎罪，坚守岗位，做好北平社会治安和协助军代表做好接管工作。最后公布了《员警八项守则》：（1）尊重群众利益，不得仗势欺人。（2）维护法令，服从命令，严格遵守纪律。（3）爱护公物公产，不得玩忽职守。（4）廉洁奉公，不得贪赃舞弊。（5）保护社会治安，不得包庇敌特，袒护坏人。（6）积极忠诚服务，不得消极怠工，阳奉阴违。（7）铲除恶习，改造自己，不得赌博宿娼。（8）加强改造自新，努力立功，将功折罪，不许言行相违，心怀叵测。

谭政文讲到这里，徐澍突然走上讲台，小声对谭政文说道："有人向我报告，有些人在粮库哄抢粮食！"

"老徐，你说怎么办好？"谭政文皱了皱眉头，想听听徐澍的意见。

"应当派人去劝阻！"徐澍斩钉截铁地说，"根据目前的情况，由军管人员劝阻更为合适！"

谭政文点点头。他知道徐澍的意思，派旧警人员去可能适得其反，越劝越乱。于是他做出决定，让秘书处处长刘涌向市军管会报告此事，请求派人去劝阻。

这些天来，由于市民生活极为困难，哄抢事件时有发生。在接管北平的前一天，有数百名由警察局管理的清道夫（清洁工人）冲到徐澍家要求发放工资，解决吃饭问题。经过徐澍耐心的解释，反复讲道理才平息下来。

谭政文讲完话后，率领军代表于当天就接管了国民党北平警察局机关的处、科、室等单位。

随后，谭政文召开北平警察局科长、分局长以上人员会议。会上宣布，在警察局设立军事代表办事处，指派刘涌、张廷桢和武创辰三人为军事代表，代表局长监督指导工作。军事代表办事处是临时的权力机关，是谭政文审时度势、创造性地采用的一种工作形式。

在这次会上，还公布了军代表对下属各分局接管日期、步骤和军代表名单。

最后，谭政文、刘涌、张廷桢、武创辰等军代表和国民党北平市警察局科长、分局长以上官警们合影留念。这是一张很有历史意义的照片，它标志着国民党北平警察局的结束，崭新的人民公安机关的开始。在这张照片上，谭政文、徐澍坐在当中，两边和后三排分别是接管干部和北平警察局科长以上的官警，前边一排席地而坐的是全副武装的公安人员。这张照片目前陈列在北京警察博物馆里。

二 接管北平警察局全面铺开

2月3日，北平举行了隆重的人民解放军入城仪式，北平市公安局公安大队全部出动，投入到紧张的现场保卫工作中。他们各负其责，各司其职，确保这次重大活动的安全。

上午10时，四颗信号弹腾空而起，入城仪式正式开始，挂着红色指挥旗的指挥车，由永定门向前门徐徐开来，后面是两辆载着毛主席、朱总司令巨幅画像的大卡车。再往后依次是军乐队、装甲车队、坦克车队、炮兵队、骑兵队、步兵方队。人民解放军官兵迈着矫健的步伐，雄赳赳气昂昂向城内走来。

叶剑英、林彪、聂荣臻等在前门箭楼检阅了入城的部队。

北平的各界群众又一次沸腾了。永定门至前门的两旁站满了穿各式服装的人，他们举着红旗、横幅，随着队伍前进，并高喊着"欢迎人民解放军入城！""共产党万岁！"等口号，一些学生兴奋地爬到坦克上贴标语，还有几个小伙子骑到大炮上，神气地向人们摆着手，把人们扔过来的花环套在炮筒上……

谭政文又一次看到了这一盛况。他和刘涌爬到市局值班室的楼顶上（现在国家博物馆西侧），看到解放军的车队，经前门箭楼的东侧，开过了东交民巷。此地从1900年以来，一直为帝国主义租借地，西方列强的兵营、使馆都设在这里。平时这里为禁地，老百姓是不敢在这里穿行的，更何况中国的军队进入。今天，人民解放军威风凛凛地开了过来。谭政文看到这里，无不感慨地对刘涌说："中国共产党领导中国革命的胜利，结束了中国人民近百年来受屈辱的历史，中国人民从此站起来了！"刘涌也兴奋地说："西方列强在中国人民头上作威作福的日子一去不复返了！"

人民解放军的入城，给接管工作提供了坚实的保障，也增加了接管干部的信心。

2月4日，市局向全市内城7个分局、外城5个分局、郊区8个分局派出了公安军事代表、联络员67人。这些公安军事代表和联络员迅速到位，至此，接管工作从上到下逐级层层展开。

接管中，一项重要工作是收缴国民党北平警察局的印信。印信是权力的象征。谭政文下达命令：责令警察局所属各单位，即日起，将印信、官章迅速上缴，同时宣布：

嗣后关于人事、文书、收发用印等事项希与刘涌先生接洽办理；

嗣后关于武装部分事项希与张廷桢先生接洽办理；

嗣后关于总务、财会事项与陈白先生接洽办理。

所有本局各单位往来经办结文件应留待移交。首先完成市局一级的权力接管。

接着，市公安局向各分局（原警察局分局长）发出训令："在未接到接管命令以前，应与公安军事代表共同办理事务，对外行文则公安军事代表副署；各分局改称北平市人民政府公安××分局，印信由公安军事代表或指派专人保管。"

2月10日，北平市公安局发出了局字第001号文件。文件重申了上述规定，文件比原来的规定更具体、更完善。文件宣布：北平市军事管制委员会命令接管北平市警察局，谭政文于2月2日到职视事，原警察局各分局长在未接到接管命令以前，应与公安局军事代表共同负责办理事务；对外行文由公安军事代表签字。宣布从1949年2月10日起，各警察分局的名字改为"北平市人民政府公安局××分局"。印信由公安军事代表或指派专人负责管理。

2月14日，市公安局正式任命了在保定确定的，以训练班及中社部为主的"内七、外五、郊八"的分局长。此外，还陆续任命了一批接管干部担任的分局科、股及分驻所一级领导的职务。

2月17日，北平市公安局长谭政文召开了20个分局长、旧警察局中警士代表和机关科室中新旧工作人员100多人大会，会上，谭政文重申了人民公安机关与国民党警察局本质上的区别，再次勉励旧警人员要全心全意做人民的警卫员，忠于革命事业，为北平治安保卫作出自己的贡献。同时宣布："北平人民政府公安局对原北平警察局所属单位已经正式接管。从即日起，停止军事代表制！"宣布对原北平警察局的组训室、政工科、机要室、督察处、专员室撤销！

是日，由谭政文签名，向全市印发了400多张《北平市人民政府公安局布告》，原文如下：

奉北平市军事管制委员会命令，接管本市警察局事务，谭政文于2月2日到职视事，为人民服务，启用公安局新印，并将旧警察局名称取消，改为北平市人民政府公安局，希各界人士等知照。此布。

据统计，共接管国民党北平警察局人员13561人。其中雇员2094人，警长1375人，警士7839人，工役2253人。

2月18日，北平市人民政府公安局工作员进入前门公安街国民党北平警察局办公，启用公安局新印。大门赫然挂出"北平市人民政府公安局"的牌子。身着解放军服装的警卫战士，替换下了一身乌鸦色服装的国民党警察门卫。这意味着，国民党警察统治北平的时代已经结束。

三　收缴保警总队武器

谭政文局长2月2日到职视事当天，从资料和获得情报得知，国民党北平保警总队不但人员众多，而且武器也多，应当说这是接管的重点单位。他立即和刘涌、张廷桢做了研究，确定由张廷桢负责，通过内线关系把该单位情况摸清，然后确定接管策略，总的目的，要收缴他们的武器、弹药。

据内线介绍：国民党北平保警总队是由国民党特务和嫡系军官控制的武装队伍，总队共有官兵2900多人，编为6个大队，18个中队，1个车巡大队、1个军乐队。总队长马起群是军统特务，现已潜逃，去向不明；三个副总队长，有两个是军统特务，一个中统特务。20多名大、中队长中特务占了百分之七十以上。每个大队配有两个步枪中队，一个机枪中队；每个中队有一个手枪班，其他人配有"三八"式步枪。在机枪中队中，配有重机枪4挺，轻机枪2挺，步枪62支，其他为驳壳枪、勃朗宁手枪等。

可以说，保警总队是一支装备精良，有一定战斗力的反动警察部队。保警总队过去担负着国民党重大活动警卫和镇压革命的任务。从"五四运动"以来，保警总队参与了历次镇压爱国学生运动和民主运动。是一支沾满志士仁人的鲜血、极其残忍反动的警察部队。

目前，保警总队官警们思想混乱、波动很大，总队长、副总队长都已潜逃，现处在群龙无首、彷徨犹豫、无所适从的境地。有的思想顽固的官警，企图把部队拉到山上打游击，或者向绥远撤退；已接受潜伏任务的特务，虽然表面上不动声色，却时刻伺机进行挑拨离间或破坏活动。有的官警想控制部队，在和平接管中捞个一官半职；有个别的官警出去持枪抢劫、破坏仓库。多数的员警害怕改编成人民解放军，或被遣送回家、失掉饭碗等。

谭政文得知此情况后，在繁忙的接管工作中，抽出时间来，多次召集刘进中、刘涌、张廷桢等同志开会，研究对保警总队的接管，主要是收缴他们的武器问题。

"收缴他们的武器，我们没有兵力作为后盾，我看很困难，要不，多调一些我们公安大队的人来。"公安大队队长张廷桢首先说。

"调几个公安大队的人来协助收缴武器还可以，但人不要多，多了他们会产生对立和抵触情绪，现在我们是军代表制，和平接管！"谭政文考虑张廷桢的意见，觉得不太稳妥。

"只要我们采取正确策略，依靠保警总队下层员警，收缴他们武器我看没有太大问题。"刘进中接着说。

谭政文见刘涌在思考什么，没有发言，便"将"了他一军说："刘涌同志，大家都讲你是一百单八将中的'智多星'，你说一说你的意见。"

刘涌听到谭政文点他名让他发言。他抬起头，胸有成竹地说："我考虑，我们虽然手里没有兵，但是，我们在政治上有绝对优势，现在我们胜利了，国民党失败了，这是大趋势，保警总队的员警们会看到的。况且有了强大的军事力量做后盾。2月3日，人民解放军举行了盛大入城式，给他们以精神上的震慑。正像进中同志讲的，只要我们采取正确政策和策略，依靠保警总队的下层员警，开展政治攻势，细致地做员警的思想教育工作。我看，促其缴械是有可能的！"

谭政文看到大家意见趋于一致，最后带有总结口气说："收缴保警总队武器事关重大，对消灭城内反动武装有重要意义。市委和彭真同志很重视收缴国民党有关单位的武器问题。收缴了他们的武器，是消灭社会混乱现象的基础，是釜底抽薪地维护了社会治安。所以，我们收缴保警总队的武器这件事一定要做好，防止拒缴或携械潜逃的事件发生。"

最后，会议决定，依靠我们政治上、军事上的优势，用和平接管的合法权力进行接管。大力宣传入城接管的有关政策，宣传争取改造、立功赎罪方针。发挥内线作用，提出民主改编，责令他们有组织有秩序地上缴武器。

以上策略收到了良好的效果。

首先，由公安大队长张廷桢以军事代表的身份召集保警总队大队长以上的官警开会，除宣传有关政策和进行思想动员外，宣称，保警总队整个建制要进行集训，集训是不带武器的，要求各大队按组织系统上缴武器。并要求各大队长率先垂范，把自己的武器先交出来。各大队上缴武器做得好的，要记功。发生问题者由大队长负责。对于各中队也要照此办理。这样就稳住了中队以上官警的情绪。

这些官警看到当前大的趋势，又看到部队已不好掌握，自动地上交了武器。在争取改造、立功赎罪的口号感召下，认真负责地把自己所管辖的单位的武器交了出来。

整个收缴保警总队武器的工作比较顺利，只有个别的思想转不过弯来的官警提出质问："这么好的武器就白白地交出来了？"企图挑拨别人拒缴。这个官警的话刚一出口，就受到了保警队长的斥责和军代表的批评。他的阴谋没有得逞。

收缴保警总队武器的工作，从2月4日开始至8日结束，共收缴轻重机枪

129挺，各种长短枪2231支，以及弹筒、刺刀和大量子弹。加上国民党北平警察局有关单位在这里存放的武器，共收缴机枪152挺、长短枪9989支、战刀873把、手榴弹5954枚、子弹114万余发。北平市人民政府公安局依靠政治优势和思想工作终于完成了对保警总队武器的收缴任务。

四 通缉的"要犯"当上了刑警队副队长

国民党北平警察局所属的刑事警察大队，是警察局内一支重要力量，它的主要任务是侦察政治和刑事案件。刑事警察大队下设5个中队，并设有业务、总务和预审三个股。大队部驻在前门外鹞儿胡同。全大队600多人。大队长叫聂士庆，此人身份为少将军衔，军统特务。

分工接管刑事警察大队任务的是北平市人民政府公安局第三处，即公安处。处长赵苍璧，副处长武创辰。根据刑事警察大队状况，经市局局长谭政文批准，成立以市委组织部分配来的朱培鑫为首，包括打入刑事警察大队的地下党员在内的6名军事代表的接管小组。市局已决定，把国民党北平警察局的刑事警察大队接管过来，在此基础上成立新的刑事警察大队，划归公安处领导，朱培鑫已被任命为北平市人民政府公安局刑事警察大队的副大队长。

接管国民党警察局刑事警察大队很具有戏剧性。

朱培鑫，出生在河北曲阳县河柳村一个贫农家庭，念过几天私塾，13岁就去张家口一家首饰楼当学徒，受尽了老板打骂和虐待。后逃来北平乞讨和打零工，他觉得北平同样黑暗，感受到了人间的冷暖，世态炎凉。在他年轻的心灵上，产生了对当时社会的愤愤不平和反抗。

1944年，朱培鑫参加了革命，同年参加了中国共产党。后由晋察冀城工部派到北平做地下工作，任基层党支部书记。此时，他结识了不少北平的市民朋友，为在北平做地下工作打下了良好基础，几次虎口脱险都得到了市民朋友帮助。

1945年9月，当时正值国共两党谈判之际，国民党那些接收大员们把精力放在抓权力、抢房子、弄金子上，朱培鑫乘机以化名朱吉平打入北平警察局外五分局当了一名内勤民警，他以警察的名义，为开展地下工作创造有利条件，几次组织上让他弄身份证、通行证等事情，他都巧妙地完成了。

朱培鑫当时隶属中共北平地下警察工作委员会领导，该委员会由徐振戎、徐溅和韩涌三人组成，徐振戎为书记。警察委员会的任务是，负责北平市警察系统的建党工作，待机里应外合，配合人民解放军解放北平。

朱培鑫在北平地下警察委员会领导下，努力工作。曾担任第二和第三党支部书记。

正当朱培鑫如火如荼地开展工作之时，却遭到了叛徒的出卖。

1947年11月初，朱培鑫接到组织通知，警委会已经有人被捕，命令他迅速转移。

朱培鑫离开北平，到河北省泊镇华北局城工部驻地报到。经过一段时间学习后，又奉命于1948年2月化装成游民来到北平，住在平民朋友王世祥家中，三天后和组织接上了关系。

1949年1月31日，北平和平解放。不久，在彭真、刘仁的主持下，在北京医学院四院召开了地下党和解放区来的共产党员会师大会，会上，许多地下党员，过去曾见过面，打过交道，由于秘密工作的要求，只是单线联系，不经组织批准，是不准轻易与别人联系的。今天见面，各自露出"庐山真面目"，他们互相握手拥抱，有不少同志流下激动的热泪。

会师大会不久，朱培鑫奉命参加接管国民党北平警察局刑事警察大队的任务。

2月28日，当朱培鑫穿着人民解放军棉制服，佩戴着军管会臂章，和其他5名军事代表一起，雄赳赳气昂昂地出现在刑事警察大队，并宣布朱培鑫为刑事警察大队副队长时，不少留用官警大吃一惊，有的直吐舌头，私下议论："这不是过去要通缉捉拿的共产党'要犯'朱吉平吗？现在当上了我们的副队长！"因刑事警察大队有不少旧警人员参加过缉捕朱培鑫的行动。

朱培鑫在大会上向旧警人员说："我就是过去通缉的朱吉平！请大家放心，此事与你们无关，你们是执行你们上司命令的。"

朱培鑫勉励旧警人员，安心工作，重新做人，为维护北平的治安作出贡献。并且说，除罪大恶极特务分子要依法惩处外，其他人做一下检查就行了。旧警人员听了他的话，忐忑不安的心情稍稍平静了一些。

以朱培鑫为首的接管小组，认真地贯彻了上级党组织关于接管的方针、政策，经过几天紧张工作，到3月8日止，顺利完成了对国民党北平警察局刑事警察大队的接管，收缴了旧警人员的武器，调整了机构。更主要的是旧警人员的情绪稳定，没有出现一个逃跑或闹事的。

对刑事警察大队的接管之所以顺利，与国民党北平警察局刑事警察大队长聂士庆的积极配合分不开。

在接管中，旧警人员看到自己的大队长聂士庆，一不抵阻，二不怠慢，积极配合军代表接管。并和接管的军代表朱培鑫、毛治平很融洽。"兵随将令"，"上行下效"，自己大队长如此这样，旧警人员也安下心来。

但是，旧警人员也有疑惑，聂士庆为什么转变这么块，他可是军统里边身份较高的特务，又是有血债的啊？

实际上，在接管前，地下党员、曾在聂身边工作的毛治平，对聂做了争取工作，让其争取在解放北平斗争中，站在人民一边，率部起义，争取立功！

地下党员毛治平与聂士庆的交往，可追溯到抗日战争时期。

毛治平出生在山西沁县的一个贫苦农民家庭里。抗日战争时期，参加了薄一波领导的山西抗日救国牺牲同盟会及工人武装自卫队（改为旅）积极从事抗日救亡的工作。

1941年春，毛治平受八路军太行三分区敌工部的指派，以阎锡山部失业军官的名义，打入侵华日军驻山西的特务机关——安青委员会沁县分会任联络员，担负县分会和省会的联络工作。他以此身份为掩护，不但为太行等抗日根据地搜集提供了不少日军动态的情报，还利用敌人旧部的矛盾，把4名作恶多端的军统特务除掉。1943年秋，太行军分区敌工部又派毛治平打入日军在太原建立的"急进建设团"充任该团的屯留县大队长。1944年春，毛治平在被调任"急进建设团"太原市大队副大队长时，被敌人怀疑为地下共产党（当时他没有入党），被"急进建设团"省本部的日军逮捕。当时审讯他的，除日军山内中佐外，便是"急进建设团"山西省本部副本部长的聂士庆。毛治平据理力争，说服聂士庆，经聂士庆与日本人交涉并出保，将毛治平释放。之后，毛治平根据太行三分区敌工部指示，打入聂士庆所属的"急进建设团"太原大队。利用聂士庆搜集日军情况，聂士庆很欣赏毛治平的才干，毛也利用送烟土、送钱、送物等手段进行拉拢，时间不长，毛治平成了聂士庆家中的座上客。毛治平通过聂士庆结识了伪山西省保安司令赵瑞以及"剿共"军师长段柄昌等人，并通过这些人先后为太行根据地搜集了保安队对该根据地的行动计划、"剿共"军活动情况，以及"急进建设团"的保密军事工程等重要情况。

1945年春，毛治平同中共晋冀鲁豫社会部太原情报站张效良接上关系，毛以聂士庆等人为掩护，把张效良接到太原城内开展地下工作。1946年，张效良对毛治平前一段地下工作的审查，及当时的表现，将其发展为中共地下共产党员。是年冬天，毛治平利用聂士庆打入国民党保密局（军统）太原站，为晋冀鲁豫社会部情报站搜集提供了保密局太原站、国民党国防部二厅绥靖大队和独立支台特务组织的人员名单和分布情况以及下达的文件、命令、指示等情报。

1948年夏，在阎锡山部队第八纵队担任营长的中共地下工作人员王俊明因遭叛徒出卖而被逮捕。毛治平知道此事后，利用保密局太原站在太原的特权，以重金赎买，将王俊明营救出来，并安全转移到北平。后敌人发现王俊明失踪与毛治平有关，便下令逮捕他。

为了摆脱敌人的抓捕，经华北局社会部批准，毛治平于是年秋天来到北平。此时，聂士庆已调任北平警察局刑事警察大队长，毛利用聂士庆留在刑事警察大队工作。

1948年12月，我东北野战军迅速入关，和华北野战军将北平包围，北平之敌成为瓮中之鳖。国民党政府急令北平及东北、华北逃到北平的特务机关及人员南逃，又命令保密局北平站、警察局纠集数百名武装特务配合国民党国防部的爆破纵队，采用暗杀、爆破、焚烧等手段，妄图阻止和破坏傅作义将军与人民解放军的和谈，另一方面，对中共地工人员以及稍有倾向中共的人员进行疯狂的镇压。

毛治平从一次电话中，得知聂士庆已办好逃往南京的飞机票，一些中下级特务已陆续南逃。情况紧急，事不宜迟！毛治平经过周密思考以后，决定对聂士庆做争取工作。

毛治平选择一个晚上，其他特务都离开聂家，聂士庆准备就寝的时机，他推开聂家大门，在客厅落座后，就开门见山地问聂士庆："你打算什么时候走？路费够用吗？"

"近期就走，钱没有问题。"聂士庆沮丧地说。

"你想过没有，你走以后，家属怎么办？到了南京会怎么样？"毛治平问道。

聂士庆若有所思，未有作答。

"你我相处四年之多，我还是了解你的。第一，你没有捞到大批黄金；第二，你多年效忠党国所换来的处境并不好。马汉三、乔家才（马被蒋介石枪毙，乔被判无期徒刑，是聂的上司）是你的前车之鉴，我觉得你去南京是下策。"毛治平不紧不慢地说。

"不，不！我得走，到了南京能见到蒋委员长，什么事情都好办了！"聂士庆气急败坏地站起身来说道。

"你算了吧，马汉三不是也到了南京见到蒋委员长了吗？结果如何呢，不是被老蒋枪毙了吗？我断定你，到了南京也不会有好结果，弄不好，见不到蒋介石就上了断头台！"毛治平加重了语气说道。

聂士庆听后，点点头，心想，毛治平说得也对呀。

蒋介石为人他也非常清楚，便像撒了气的皮球一屁股坐在沙发上。

毛治平看到此情景，认为争取聂士庆投诚的时机已经成熟。仍不紧不慢地说："我倒想说说我的想法。"

聂士庆抬起头来看看毛治平说："好，好，我愿听你的高见！"

毛治平说："刚才说我了解你，只说了一半，我是了解你，你对共产党确实有罪恶，但你也为共产党做了一些好事！"

聂士庆有些不解，神色狐疑地说："我为共产党做了什么事情了？"

"你不要急，听我说，一、营救我党地下工作者王俊明。二、多年来掩护我做地下工作，尤其前些日子，天津警备司令部通缉我，是你把我保下来了。三、前几天，我搞几十份《通行证》给人民解放军便衣用的，你没有反对，还有……"

毛治平还没有说完，聂士庆又站了起来，哆哆嗦嗦地问："你原来……真是共产党？"

"对。我就是共产党！"毛治平干脆地答道，"我看这对你来讲也是一件好事！"

毛治平非常严肃地对聂士庆说："士庆，你不要对蒋介石以及对你们党国抱有幻想。这几天，你的住宅周围有不少国民党特务在活动，你的处境也是非常危险的，不过，我已经派20名解放军便衣（实际上是2名）保护你了！"

聂士庆惊异地张了张嘴，竟没有说出话来。

这时，聂士庆的父亲和妻子从里间屋子里走出来。聂的父亲恳求地对毛治平说："看在过去你们有交情的面上，你无论如何得救救我们这一家子！"

毛治平说："我这不正在为你们想办法吗！但真正的办法还要靠士庆自己！"

"这么多年来，我做了不少坏事，我的手上沾满了共产党和人民的鲜血呀。只要共产党原谅我，给我一条生路的话，你们叫我干什么都行。"此时的聂士庆脸色苍白。解放军进驻北平后，他考虑最多的是这件事。他说完这句话，两眼望着毛治平，期待着他的答复。

"那好，咱们一言为定。"毛治平见聂士庆已经缴械了，又一次斩钉截铁地说，"目前，人民解放军已开始军事接管，我已把你的情况报告给军管会首长，他们会找你谈话的。当务之急，你要打消南逃的想法，并劝阻别人不要南逃！"

毛治平首先把聂士庆的情况向朱培鑫作了汇报，后二人一起去市局向谭政文局长作了汇报。

谭政文对此事很重视，经研究后，立刻带着刘涌、武创辰、朱培鑫等人找聂士庆谈话。

谭政文等人驱车来到外二区油坊19号聂士庆的住宅。双方见面后，谭政文首先对聂士庆站到人民一边来表示欢迎。并勉励他，今后要努力学习，重新做人，为北平的社会治安工作作出贡献。最后，谭政文对他提出四条要求："第一，通知各个中队立即停止一切破坏活动，所有的枪支弹药和爆破器材限明天上午一律交大队部，并派专人保管好。第二，你明天到各中队传达中国人民解放军和平解放北平的约法八章，严令所属人员不准外逃。第三，通知你所了解的各级军统人员到指定地点登记。第四，为了保证你的安全，你到什么地方去活动事先必须告诉军事代表，我们会派人保护你的。"

谭政文提出的四条要求，聂士庆不折不扣地照办了。

截至3月8日，以朱培鑫为首的接管小组，在聂士庆的配合下，顺利地完成了国民党北平警察局刑事警察的接管工作。

毛治平对聂士庆争取工作的成功，使北平市人民政府公安局不但顺利地接管了国民党警察局刑事警察大队，而且为创建一支新型的人民公安刑事警察队伍创造了条件。

聶士庆协助接管国民党北平警察局刑警大队，是有功劳的。然而，他没有得到公正的对待。1949年4月，聶士庆被送到市公安局管理训练大队管训，接受教育。1950年4月，经市公安局批准，对聶进行劳动改造五年。1951年4月，正值全国镇压反革命高潮，山西省长治县（聶的原籍）将其解回审理。同年5月，山西省长治县人民法院竟然将聶士庆判处死刑，立即执行。随着时间的推移，尤其十年"文化大革命"浩劫的结束和中共十一届三中全会的召开，为聶士庆冤案的平反昭雪提供了机遇。1984年12月，北京市公安局刑侦处根据中央关于落实国民党起义投诚人员政策的文件精神，对聶士庆的问题进行了认真的复查。认为："聶虽为国民党高级军政人员，军统特务、汉奸，并有罪恶。但其在北平解放前夕，接受我党地下工作人员指示，营救我党地工人员王俊明出狱，并掩护我地下工作人员毛治平的安全，将逃散的军统人员召回，带领其他公职人员参加起义，并进行了登记。稳住了刑警大队大部分军统特务。聶属起义人员，对其历史问题既往不咎。"1985年3月，北京市公安局政治部批准了刑侦处对聶士庆的复查意见。同年8月，经山西省长治县人民法院判决，撤销该院（51）法审字5号判决书，宣告聶士庆无罪，还原了历史的真面目。

主要参考文献：

刘朝江：《警神》，大众文艺出版社2002年版。

刘涌：《政法春秋》（内部资料），2003年10月。

李志信：《地下党员毛治平》，《公安史料》1991年第2期。

第三章　打掉两个阴谋武装暴动的反革命集团

　　冯基平率领侦讯处于12月31日来到了香山。此时，以谭政文为首的市局机关和各业务处仍在良乡，侦讯处远离市局本部，他们在生活上和工作上遇到了诸多困难，但是，在冯基平等一班人的领导下，侦讯处很快地投入到了对案件的侦破工作中去。

　　经市局批准，冯基平首先对侦讯处机构进行了调整，撤销原来成立的小组，成立了侦察科、审讯科、执行科。还成立了工作队和看守所。分别任命了科长、工作队长和看守所长。

　　时值隆冬季节，位于北平西郊的香山，北风呼啸，寒气逼人。侦讯处的侦察员们却忙得热火朝天，冯基平连续三天召开汇报会，主要听取原各情报站关于目前北平的敌情和社情的汇报。

　　经过几天的汇报，有两个反革命武装集团浮出水面，一个是"张荫梧反革命武装集团"，另一个是所谓的"'民促会华北分会'反革命武装集团"。这两个反革命集团有一套军队的组织系统，拥有人和武器，对新生政权构成威胁，必须尽快打掉它！

　　冯基平一方面指定专人整理材料上报市局、市委和党中央；另一方面密令打入这两个反革命集团内部的特工人员，密切注意这两个反革命集团的动向，发现情况及时报告。待上级批准后，坚决消灭之。

一 智擒国民党上将张荫梧

1949年1月31日，北平宣告和平解放。傅作义将军的部队到指定的位置接受改编，北平国民党政府向我以叶剑英同志为主任的市军事管制委员会移交，北平警察局亦被我军事接管。根据长期侦察，党中央、市军管会认为，张荫梧组织的"华北敌后游击策动委员会"实际上是企图阴谋暴动的组织，应迅速予以打掉。2月15日，在北平市公安局二处处长冯基平同志亲自组织、指挥下，迅速巧妙地将张荫梧及其同伙逮捕归案，此案乃是我人民解放军入城后侦破的第一个大案。

（一）张荫梧其人

张荫梧，字桐轩，河北博野人。毕业于保定军官学校，后投靠晋军阎锡山。曾任晋军山西教导团团长、师长。1928年奉军张作霖沿平汉线北撤，阎锡山出娘子关截击，打头阵的是担任晋军师长的张荫梧。张作霖部溃不成军，张荫梧乘胜追击，直至北平。阎锡山任命张荫梧为北平市长、北平警备司令。冯玉祥、阎锡山联合反蒋时，张荫梧曾任第一陆军总指挥。冯、阎在中原大战失败后，阎退回山西。张荫梧与阎锡山脱离了关系，之后回到河北省，在博野、蠡县、安国等县搞乡村自治。

1929年，张荫梧在博野窃取了"四存小学"校长的职务。"四存小学"是在1920年徐世昌担任大总统时建立的。当时为弘扬颜习斋的学术思想，徐世昌在北平成立了一个"四存学会"，后改为"习斋学会"，第二年，又在北平府右街建立了一所"四存中学"，并在颜习斋的故里——河北省博野县杨村建立了一所"四存小学"。张荫梧到博野后，便在"四存小学"的基础上，扩充了一所亦军亦农亦学的"四存中学"。所谓"四存"乃是以颜习斋四部书，即存性、存人、存学、存治而得名的。张荫梧非常崇拜封建思想家颜习斋、李恕谷的学说，并依此作为笼络人心的凭借。以后他控制了北平的整个"习斋学会"，并在各地普设分会，广招会员，还成立了若干个组织，为自己的反革命"总战略"服务。

抗日战争后，张荫梧退到了河南和山西的交界处林县、陵川一带，以四存中学的教员和学生为核心建立了河北民军。蒋介石任命张荫梧为保定行营民训处处长及河北民军总指挥。抗战初期，张荫梧打着抗日的旗号，与八路军有一定的联系，他请来共产党员温健公任河北民军秘书长兼政治部主任。但张荫梧是一个野心家、投机分子。1938年夏，张荫梧在武汉受到陈诚（张与陈诚是保定军校的同学）召见时，陈即任命他为河北省三青团总干事及民政厅长。从此，张荫梧公开反共反八路军，千方百计地进行反共摩擦。

1938年12月，他发动住在博野的民军兵变，但他不知道博野民军是在共产党帮助下建立起来的，且民军的一些领导人中就有共产党员，因而兵变未成反被八路军收编。张荫梧又密令在冀中的一支土匪武装先投降日本，美其名曰："曲线救国"。1939年6月，张荫梧在河北深县残酷地杀害了我八路军后方干部战士400余人，并恶狠狠地对他的部下说："捕了共产党，杀无赦。"

1939年6月，我军发动了对张荫梧部的进攻，在河北省深县南部张骞寺村把张荫梧的部队团团围住，予以歼灭。张荫梧只带几个卫兵逃脱，跑到重庆向蒋介石告状。国民党企图利用张荫梧事件诬蔑八路军破坏抗战，还派人调查。深县八路军利用在战斗中缴获的张荫梧日记，揭露张荫梧策划部队投降日军，残害八路军后方留守人员的罪恶行径，白纸黑字，事实俱在，调查人员哑口无言。1940年秋，第一战区司令长官程潜因河北民军与八路军闹摩擦，将张荫梧撤职。但蒋介石有意培植张荫梧成为一支反共力量，蒋让人捎信给张荫梧，安慰他说，第一战区程长官对他的处分，事前蒋不知道，要他忍耐，以后还要重用他的。1941年蒋介石任命张荫梧为国民党中央军校第9分校主任。由于国民党的军政部和军训部的干涉，筹备很久，没有建成，这时，蒋介石一直把张荫梧留在重庆，每月给他优厚的待遇，供他享用。

1943年春，张荫梧以河北支团代表的身份，参加了重庆召开的三青团第一次全国代表大会，被选为主席团成员，并当选为中央干事会干事。1945年5月，张荫梧以三青团的资格参加了国民党第六次全国代表大会。

（二）张荫梧的阴谋

张荫梧有极强的"领袖欲"。蒋介石深知张荫梧的为人，为了反共的需要，虽然极力扶植他，但蒋并没有交给张荫梧多大的兵权。解放战争时期，他在保定被任命为平汉路北段护路司令，实际上是个"空头支票"，无一兵一卒。张荫梧在保定又办了一个四存中学，1948年秋，保定被我人民解放军包围，四存中学搬到了北平，与北平的四存中学合并。张荫梧在北平被蒋介石任命为傅作义将军的上将参议，这也是个挂名的差事，没有实际的兵权。但是，由于张荫梧誓与人民为敌，不甘寂寞，千方百计地扩充自己的实力。他向傅将军申请了一些经费，成立了一个所谓的"华北民众自救会"。其"执行委员会"由20多人组成，是封建遗老、落魄军阀政客、青红帮上层人物的集合体。"自救会"下设若干个组织，其中一个组织叫"华北敌后游击策动委员会"，张荫梧兼任主任委员。"策动委员会"成立4个区队，每个区队下设3个总队，总队下设大队，大队下设小队，自称已联络了9万人，实际上其联络的对象是国民党地方团队，这些以地主武装为主的乌合之众，在平津被我人民解放军包围的过程中，逐渐化为散兵游勇。

　　抗日战争时期和解放战争初期，因张荫梧部有不少共产党员，对张的情况比较好掌握。张来北平后，我平西情报站、冀东情报站、平北情报站的同志，侦知到不少关于张的情报。但是还需要物色一名得力的内线，把张在北平成立的各个组织及其阴谋活动搞清楚。北平市公安局二处处长冯基平与有关同志经过多次研究，积极着手物色人员打入张荫梧内部。

　　北平市公安局二处的关系王某，于1948年11月由锦州转北平做地下工作。他在国民党的报纸上发现张荫梧成立了"华北民众自救会"，王遂以过去国民党新八军团长的身份报到，并谎称有一团的武装在山海关一带，经采用不同的手段进行拉拢，取得了张部第九纵队司令金明甫的信任，经金的推荐，张任命王某为第九纵队少将参谋长，并参加多次秘密会议。鉴于王某曾当过国民党的营长、警察局科长等职，他的言行适合敌人的口味，王在张荫梧内部又已取得了合法地位，作为内线是具备条件的。因此，二处派熟悉业务的负责干部安林与王某联系，并指导王的工作。

　　根据王某报告的情况，张荫梧的阴谋活动是随着时局的变化而变化的。

　　在我人民解放军围困北平之时，张荫梧曾说，傅作义没有很大的毅力和魄力，应付不了时局。他觉得，接替傅作义唯有他张荫梧才行，妄图取代傅在北平及华北的地位，与共产党顽抗到底。张还和美特分子张某秘密勾结，并炮制了1000多张《致杜鲁门呼吁书》，要求美国以"实际行动"援助他们。

张荫梧还向傅作义要了1000多套军服，申请了部分经费，把北平四存中学的学生组织起来，搞了一个"冬令营"，实际上是一次军事演习。共网罗了700多人，组成一个总队，张荫梧任主任。张曾扬言："必要时，让青年学生参加守城战斗！"他公开对学生讲："不愿受共产党宰割的就参加我的工作。"他秘密策划把队伍拉出去，上山打游击，妄图长期与我解放军进行周旋。他把"策动委员会"改编成适应战斗需要的总指挥部，自任总指挥，葛润琴为副总指挥（葛原是保定四存中学副校长），李云清为参谋长，崔建勋为秘书长，刘贵权任随从参谋。各纵队任命了司令、副司令、参谋长（实际上是空架子）。

1949年1月22日，张荫梧听到傅作义将军已接受我党提出的和平解放北平的条件，便慌了手脚，急急忙忙以书面通知各个"委员"称："因时局将变，策动委员会立即停止活动"。当天晚上，佟寿山将"策动委员会"的一切文件全部焚烧。1月25日佟又以"民众自救会"的名义在报上声明：停止活动，立即解散。

1月31日，北平和平解放。张荫梧看到时局并没有按他的主观愿望发展，内心有了新的盘算。他认为，共产党搞不了大城市，把搞乡下的方法搬来搞北平这样的大城市是行不通的，他们没有人才，不能领导城市，将来必然要请他张荫梧出来干。如果共产党的政府不重视他，就以退为进，等待第三次世界大战的到来，依靠美国东山再起。市公安局二处曾多次利用内线敦促张荫梧交出全部武器，但张一直置若罔闻。

（三）智擒张荫梧

市公安局侦讯处接到上级的命令："应立即逮捕张荫梧"。就如何逮捕张荫梧，在冯基平处长的主持下，二处召开了专门会议，进行了多次研究。鉴于张荫梧是国民党的高级军官，是"知名人士"，像张荫梧这样的高级军官，北平还不少，加之张的面目，一般人还不了解，连傅作义将军等人对张的有些情况也不甚清楚。考虑到公开逮捕张荫梧对稳定大局不利，决定密捕。2月15日白天，冯基平派曾打入敌人内部并与张荫梧有过联系的刘光人同志和二处干部刘永和一起到张荫梧住处，侦知到，张荫梧在府右街四存中学的办公室内。晚7时许，二处全体同志行动起来，在冯基平的组织指挥下，以侦察科任远、刘景平，预审科吕岱、吴文藻，执行科长常真等同志为主。其他科室都做了逮捕工作的准备。尔后，冯基平派常真以北平市军管会主任叶剑英代表的身份，带领杨永暄驱车来到府右街四存中学门前。常真写了一个条子，自称是市军管会主任叶剑英的代表来访，让门房工友送给张荫梧。不一会儿，张从小楼上走了下来，他身穿长袍，头戴一圆帽，一副绅士打扮，很客气地接待了叶剑英的"代表"。常真自我介绍："我是市军管会叶剑英主任派来的，我军刚刚入城，对各方面的情况不太熟悉，今邀请张先生去谈谈教育界的情况，不知张先生今晚能不能同我一起去见见叶主任，有车子在外面等候。"张听了非常高兴，这是他梦寐以求的事情，心想这是共产党请他"出山了"。因常真的几句话与他当时的思想非常合拍，丝毫没有引起他的怀疑，便满口应允："可以，可以。"说完，又换了件衣服，同"代表"一起出来坐上了汽车。这时，司机因不了解情况问常真："咱们去哪儿？"常真当着张荫梧的面对司机说："去市军管会。"当汽车开出四存中学的大门口后，常真悄悄地告诉司机："开到王佐胡同（二处所在地）。"汽车向王佐胡同的方向急驶而去。张觉察到汽车并未驶向市军管会所在地——东交民巷，知道情况有了变化，又见常真和杨永暄在他左右，怒目而视不说话，自知大势已去，便无可奈何地低下头来。

汽车开到王佐胡同的二处驻地之后，常真把张荫梧带到一间房子里，负责审讯他的吕岱、吴文藻已等候在这里。吕、吴二人开门见山、单刀直入地对张说："张荫梧，你的戏不要再演了，你放聪明点！不要执迷不悟，你在北平想干什么，你心里明白，我们也清楚。坦白从宽、抗拒从严，如果你不走我们指给你的路，那你将自作自受！"这时，张荫梧已六神无主，慌慌张张，不知所措。他有气无力地说："我错了，你们该怎么办就怎么办吧！"随即，二处负责搜查的同志，把从四存中学地下室内搜出来的机枪、步枪、手枪和子弹以及电台等罪证摆在张的面前，张荫梧见罢，叹了一口气说："我交代，我向人民低头。"接着，他交代了他们的行动计划及组织情况，并写出了书面口供。

二处根据原定的部署，为扩大战果，决定全线出击。当夜，由安林带领几名侦察员，以查户口、谈判等名义，逮捕了其他案犯。从15日晚至16日凌晨7时，张荫梧部纵队司令以上的主犯如佟寿山、张建侯、李国昌、金明甫、马希援、赵连庆等全部逮捕归案。逮捕时，这些要犯有的正策划于密室，有的已做好近日潜逃的准备。他们做梦也没有想到，会这么快和他们的主子一起落入人民的法网。

市公安局二处没有费一枪一弹，成功地粉碎了张荫梧武装阴谋集团。北平各界人士无不拍手称快。居住在府右街附近的居民说："解放军真是天兵天将，没有听到动静就把张荫梧一伙逮捕了。"此次共缴获了轻机枪3挺、卡宾枪2支、长枪229支、弹筒1个、手榴弹2箱和电台1部。

张荫梧入狱后不久，即发现其患有胃癌，后保外就医，于当年5月27日病死。作为政治垃圾的张荫梧，就这样从政治舞台上灰飞烟灭了。

二 假"民促会华北分会"现形记

1949年2月26日，北平中南海怀仁堂的大厅里，掌声雷动，呼声震天。平津战役前线司令部、中共北平市委、北平市军管会、北平市人民政府联合在这里举行盛大集会，热烈欢迎李济深、蔡廷锴、马叙伦、李德全、郭沫若等35位民主人士由沈阳来北平。他们是应中国共产党和毛泽东主席的邀请，来北平参加第一届全国人民政治协商会议，商讨建国等国是的。会上，北平市委书记彭真致开幕词，李济深等14位民主人士发表了热情洋溢的讲话，他们欢呼人民解放军的伟大胜利，坚决拥护共产党的领导。

会议刚刚结束，中国民主促进会常务理事马叙伦、王绍鏊、许广平三人急忙回到下榻处，为了一个非同寻常的事件联名向新闻界起草了一份紧急声明，声明中称："顷有王敏候者，用'中国民主促进会'的名义，迭在北平报上登载启事，其第二个启事称，'北平市未解放前，本会有响应军事之临时组织'云云。查本会在华北尚未成立分会，更无军事组织可言，该项启事，显然与本会无关，除另行查究兼呈军事管制委员会外，合即声明。"

3月2日，党中央机关报《人民日报》在第一版显著位置上，全文刊登了马叙伦等人的紧急声明。

北平市公安局受命对此案进行了长期的侦察，结论是：所谓"民促会华北分会"，是一个集特务、汉奸、野心家、投机分子为一体的阴谋组织。北平解放前夕，他们打着李济深、蔡廷锴的旗号，冒充民主党派，拼凑、集结武装力量，妄图促成华北第三势力。解放后，又企图挤进民主党派行列，变非法为合法。没有达到目的，又阴谋进行暴动。为此，经党中央、北平市委批准，市公安局迅速采取果断措施，将王敏候、吴雷远等15名案犯逮捕归案，粉碎了他们妄图暴动的阴谋。

（一）

1947年10月10日，国内的战局发生了根本的变化，中国人民解放军由"战略相持"转入了"战略反攻"，为此，中国人民解放军总部发表了《中国人民解放军宣言》。《宣言》向全国人民发出了"打倒蒋介石，解放全中国"的伟大号召，隆隆炮声呼唤着新中国的黎明。

就在这一天，在天津国民饭店二楼上，国民党要员王葆真借庆祝"双十节"的名义，以聚餐为掩护，召开了他筹建的"民促会"华北会员的秘密会议。参加会议的有40多人。其中，北平的王敏候、吴雷远、李迪安、刘佛航、傅觉民等参加了会议。会议将要结束时，王葆真说："蒋介石祸国殃民，非打倒不可，请同志们要本着'倒蒋'之宗旨，努力工作。"又说："今天军界的同志来了不少，按照我们的计划，努力联系（意指策反国民党部队）。"当时，因饭店人员复杂，他们每个人拿出法币6元，聚餐一顿后，便匆匆离去。

第二天，王葆真就到香港去了。

王葆真去香港后不久，陈迪安（王葆真的原秘书）两次对王敏候说，王葆真几次来信，要我们成立"华北分公司"（意指成立华北分会的意思）。王敏候（原国民党31军军长，后任保密局外围组织"中国生产促进会"顾问）虽然内心愿意重登政治舞台，但是觉得自己年事已高，体弱多病，成立分会又困难重重，所以此事就暂时搁置起来。

1948年底，东北全境解放，东北野战军迅速挥师入关，和华北解放军一起对平津形成了包围之势。12月8日，刘佛航（汉奸县长）慌慌张张找到王敏候说："时局紧张，我们应该把'分会'组织起来。"

吴雷远也早已按捺不住，极力促成此事。吴当时41岁，年轻气盛，属少壮派。抗日战争时期，吴雷远曾任热河国民抗日军第五路总指挥、鲁东抗日联军总指挥部参议。当时，他指挥的民军经常和八路军闹摩擦，残害抗日军民。后回家赋闲。抗日战争胜利后，经戴笠的秘书刘玉珠推荐，被戴笠派到北平任策反专员、保密局北平站专员。像吴雷远这样一个保密局特务，他之所以极力说服王敏候尽快成立"分会"，有其不可告人的目的。王敏候听了刘佛航和吴雷远的劝说，同意开会商量一下。

翌日上午，他们在东城如意胡同1号召开神秘会议，会上一致同意成立"分会"，由王敏候代理主任委员，还设有常委、监察委员等。

"分会"还增设了宗教委员会和军事部门，为拉起武装做了组织上的准备。不难看出，王敏候、吴雷远一伙成立的"分会"，已经脱离了王葆真要求成立"分会"的宗旨，王葆真意在"倒蒋"，而王敏候、吴雷远一伙意在对付共产党，对付人民解放军。他们以成立民主党派的组织之名，行反革命阴谋活动之实。

（二）

1949年1月14日，人民解放军攻克了天津。北平已陷入了人民解放军的重重包围之中。人民解放军坚决执行党中央和毛泽东主席的战略方针，即对北平围而不打，争取以和平的方式解决北平问题。王敏候、吴雷远这一伙见到这种形势，急忙密谋建立一支"别动队"，企图打着"配合人民解放军攻城"的幌子，拉起武装，窥测时机，妄图与解放军对抗。

这支"别动队"是以普济学会和要正清从保定带来的国民党保安军第八团20多个溃兵为骨干组织起来的。他们推举吴雷远为总指挥，李冠群（保密局冀热辽察边区特务）、郭兴汉（普济佛学会反动教徒）为副总指挥，下设15个纵队，要正清、黄正权等15人为纵队长。总指挥部和各纵队都发了大旗，同时，还制作了臂章、符号等。

要正清一伙仅带来了3支步枪，几支冲锋枪，武器很少。于是，普济佛学会会长姜明"慷慨解囊"，从普济佛学会拿出一部分钱，让普济佛学会的会计马某某在前门打磨厂刀剪铺秘密购买了大刀300把。李冠群又亲自买了3支冲锋枪。吴雷远还觉得不够，便让姜明在普济佛学会院内自己铸造大刀、长矛。本来肃穆、宁静的广宁寺，霎时间，火光冲天，人声鼎沸，杀气腾腾。

同时，王敏候、吴雷远等人又命令各个"委员"，暗中加紧勾结拉拢国民党军方人士。李冠英（原国民党少将师长、汉奸）介绍原国民党治安集团军司令、有名的大汉奸齐荣加入"民促会华北分会"，并要他再拉拢国民党一〇一军的八一五团团长李玉祥、八一八团团长郑希成，以及联勤总部的通讯大队。王敏候亲自联络并委任原国民党军界人物王玉勤、刘耀宗、李玉奇为军事特派员；又委任刘复汉为"民主革命军"第二军团总司令，并发给了委任状。

（三）

王敏候、吴雷远一伙为了增加军事实力，还与反共摩擦家、阴谋家张荫梧进行勾结，他们互相利用，狼狈为奸。

原来，早在1948年11月，张荫梧就在北平成立了一个所谓"华北民众自救会"。吴雷远指令李冠群怂恿姜明参加这个组织，将来说不定对"华北分会"有好处。姜表示同意。李冠群又出主意对姜明说："我有一个朋友叫杨宾楼，他和张荫梧的关系很密切，让他和张荫梧说一下就可以了。"两人立即来到了铁匠营杨宾楼家中，说明了来意，杨宾楼答应和张荫梧说一下。

在杨宾楼的安排下，张荫梧和姜明于第二天中午在杨宾楼家中见了面……不久，姜明参加了张荫梧在丰泽园召开的会议，并被张荫梧任命为"华北民众自救会宗教委员会"的主任委员。

姜明对此受宠若惊，遂在普济佛学会内宴请张荫梧、杨宾楼等人。饭后，请张荫梧给佛学会理事和会员讲话，张荫梧趁机大放厥词："国民党是国民的罪人，共产党是国民的敌人，我们现在应该打倒敌人，制裁罪人……"姜明等人报以热烈的掌声。

12月中旬的一天早晨，王敏候、吴雷远二人来到了普济佛学会，姜明向他们汇报了如何联系上了张荫梧，以及普济佛学会自制大刀、长矛的情况，吴雷远赞扬他为"民促会华北分会"立下了一大功。

12月底，北平的国民党部队正加紧拆除城外民房，赶修东单飞机场，积极做守城准备。张荫梧为此组织四存中学的学生搞了一次冬令营。冬令营实际上是一次军事演习，张荫梧想把这些青年学生训练为一股守城力量。王敏候、吴雷远不甘寂寞，积极参与，建议姜明挑选一部分佛学会的青年会员参加冬令营。

1949年1月1日，普济佛学会挑选出男会员160人、女会员20人参加了冬令营。当李冠群、郭兴汉、姜明把这些受训的会员送到府右街四存中学时，张荫梧高兴地笑了。

（四）

1949年1月31日，北平宣告和平解放。

王敏候、吴雷远一伙，犹如热锅上的蚂蚁，惶惶不可终日。他们急急忙忙将会址由北长街95号迁到北长街12号。一方面秘密登记会员，造花名册；一方面在《世界日报》上刊登启事："民促会华北分会"停止一切活动。

在这之前的1月29日（这一天是春节），北平和平解放的消息传出后，王敏候等人曾在东单镇江胡同傅觉民家中召开秘密会议（傅系王葆真的女婿，原军统上海负责人，深受蒋介石的器重），密谋了对付共产党的应急对策：一方面，他们想得到李济深、蔡廷锴的承认，挤入民主党派，把他们掩护起来；另一方面，他们又千方百计寻觅关系和共产党接触，想得到共产党的承认，取得合法地位，得到合法存在。

王敏候有一个朋友朴某某（朝鲜人）在天津，与林彪关系密切，他便赴天津找到朴某某，朴让王敏候将他们的军队人数和武器列出一个清单，好向林彪说话，王便写信让金伯公、李贯一来津商办此事。由于他们的人数和武器的底数都是虚的，无法弄清，只好作罢。

此后，王敏候又想起新的招数，把"民促会华北分会"的章程改头换面，变为"新民主促进会章程"，交给自己的好友金某某（共产党员），让他转交天津军管会并呈政府备案，被天津市军管会和市政府理所当然地否定了。

王敏候在天津期间，吴雷远为了使"华北分会"成为合法的民主党派，曾两次去北平军管会联系，表示愿意交出"别动军"的武器。

3月4日，平津卫戍区司令部纠察队来人接收"别动军"的武器，他们共交出步枪3支、冲锋枪3支、铁矛300余支、旗子15面，臂章44枚。

吴雷远等人交给平津卫戍司令部的武器，是他们的武器的一部分，他们没有把全部武器和联络工具交出来，他们这么做，只不过是一个瞒天过海的伎俩而已，以为交出部分武器，他们的卑鄙目的就可望得逞了。

马叙伦等3人的紧急声明在《人民日报》发表以后（这时武器并没有交出），"分会"有些会员当面质问吴雷远："这是怎么回事？"

吴答道："我们是李济深领导的民促会，不是马叙伦领导的民促会。"

但私下和李冠群密谋："如果共产党给我们位置，即与他们合作，否则，即把道徒（指别动队）拉出去，打游击去！"

吴和李说的这些话，道破了他们妄图暴动的"天机"，也是他们成立"华北分会"，组建"别动军"的真正目的！

挤进民主党派，作为晋身之阶，变非法为合法，给"民促会华北分会"涂上一层保护色，这是王敏候、吴雷远一伙为之努力的目标。除王敏候、吴雷远四处奔走，到处寻觅关系以外，他们的骨干分子刘佛航也十分"热心"，当他知道他们同院的李敬安是民盟盟员时，便想通过民盟和共产党拉关系，他极力说服李参加"民促会华北分会"，并欺骗李说他们是李济深、蔡廷锴领导的组织。李敬安向民盟负责人之一的沈一帆先生谈及此事，沈说，待民盟开会研究一下再决定。民盟还没有开会，刘佛航便迫不及待地送给李敬安一张"民促会华北分会"的聘书，聘李为委员。

李济深、蔡廷锴在沈阳时，已经见到王敏候派人送来的"中国民主促进会华北分会"工作报告，他们来北平后，吴雷远、刘佛航两次会见李、蔡。3月5日，王敏候由天津回到北平，没有休息立即奔向北平饭店会见李、蔡，向他们递交了"民促会华北分会"的花名册。并请李、蔡二人去他们那里视察讲话，以捞取政治资本。李济深、蔡廷锴在不明真相的情况下，答应在3月8日上午到北长街12号看一看。

（五）

我党地下情报组织——平津情报站的梁某，于1946年在天津结识了青帮头子李仲宸，梁经常到李家做客。后来，梁某在李仲宸家又认识了军统特务刘亨中（北平行辕二处电检科科长）和吴雷远。梁与刘、吴接触中得知，二人正在策划组织民主党派，企图为自己特务身份披上民主党派的外衣。如果国民党失败，就在平津潜伏下来，准备长期与共产党周旋。梁与刘、吴交上了朋友，并随时掌握他们的阴谋活动，同时将此情况及时报告给平津情报站站长冯基平同志。冯指示，继续与刘、吴保持密切联系，取得信任，趁机打入其组织内部。梁某在刘家帮助清理文件时，曾亲眼看到他们的工作记录，其中有1946年叶剑英、黄华等领导同志在北平期间的会客情况，外出跟踪记录，通电话登记等机密情报。他不动声色地监视着这些伪君子的一切阴谋伎俩，及时把情报报告给平津情报站和解放后的公安机关……

当王敏候、吴雷远和李济深、蔡廷锴频频接触的时候，北平市公安局侦讯处将情况逐级上报。此事引起了党中央的高度重视，刘少奇同志看完材料后批示："立即破案，坚决打掉。"3月3日，彭真同志在谭政文呈请的"逮捕民促会华北分会的首要分子"报告上批示："叶，我同意逮捕，请你再斟酌的批示。"翌日，叶剑英批示："同意。"

破案时机的选择，是非常巧妙和适时的。

3月7日下午5时许，夕阳的余晖给燕山山脉涂上了一层金黄色。王敏候、吴雷远等人在北长街12号兴致勃勃地演练着翌日迎接李济深、蔡廷锴的欢迎仪式。这时，市公安局侦讯处的科长梁占祥同志，带领崔潮等侦察员，突然出现在他们面前。当宣布对王敏候、吴雷远、傅觉民、李冠群等实施逮捕时，这些家伙顿时呆若木鸡，无可奈何地伸出手来，被戴上了手铐。

从7日下午5时到8日上午9时，一共逮捕案犯21名，其中15名主犯全部落网。并缴获手枪5支、子弹120发、卡宾枪1支、大刀8把、长矛8支、匕首3把、油印机2架、打字机1架、照相机1架、军衣150套、关防铃记图章120个、旗子4面。

在普济佛学会马棚地下的暗道里，起获了姜明、李冠群隐藏的电台8部。

（六）

3月17日，北平市公安局遵照市委、彭真同志的指示，就假"民促会华北分会"一案，在北平饭店二楼会议室召开报告会，报告会由市公安局秘书长刘进中主持。并且将主犯"民促会华北分会"代主委王敏候押赴会场。

会议之前，根据彭真同志的指示，由统战部的齐燕铭同志与李济深、蔡廷锴等民主人士就有关问题进行充分的磋商。

8时半，应邀参加报告会的民主人士李济深、蔡廷锴、马叙伦（民促会负责人）、李民欣（民促会会员）、林一元（民促会会员）、梅龚彬、李锡九（与民促会华北分会发起有关）、朱蕴山、陈此生等陆续来到会议室。市公安局代表梁占祥同志操着浓重的天津口音，详细地报告了假"民促会华北分会"从建立到被取缔所从事的种种阴谋活动，并出示了他们阴谋暴动所用的电台、枪支、图章、军服等8种罪证。

王敏候站在会议室的一角，一面听着报告，一面用手帕擦着额头渗出的汗水……

报告完毕，民主人士异常气愤，纷纷发言。

蔡廷锴先生首先发言道："王敏候，你见到我，为什么不讲你参加军统的情况？其他人的特务身份都不讲，对我都不坦白，对我都不忠实……"

有的民主人士在发言中谈到，"华北分会"的组织者都是特务，像吴雷远、傅觉民、江洪涛（保密局北平站行动组长）是有名的大特务！民促会包庇和掩护了为数不少的特务、汉奸！

有的民主人士尖锐地指出："所谓的'民促会华北分会'完全是一个哥老会式的封建团体，是打着民主党派旗号的乌合之众。在国民党节节败退的形势下，企图变换手法、伪装革命，为自己在政治上寻找出路！"

马叙伦先生口气坚定地说："我们不承认有'华北分会'这一组织！"然后又加重语气补充道，"该'华北分会'连解散的资格都没有！"因为气愤，脸涨得红红的。

原来，王葆真领导的"民促会"，全称为"中国国民党民主促进会"，后与"民革"合并，由蔡廷锴领导。马叙伦领导的是"中国民主促进会"。又因东北全境解放后，王葆真由香港北上，路经上海时，被南京政府扣留。王敏候、吴雷远等人不了解这一情况，一直沿用"中国民主促进会"这一名称，遭到了马叙伦等人的坚决反对。

李济深先生讲话时，冷静沉着，言简意赅。他从王敏候、吴雷远这一伙人的思想动机入手，痛斥了他们的阴谋活动。其他民主人士静静地听着他的讲话，有的不时点头，有的发表赞同的插话，讲话即将结束时，李济深提高嗓门说："我认为，整个组织是反革命的！"

与会的民主人士代表们群情激昂，热烈的气氛达到了高潮，会议达到了预期的目的。

北平市公安局侦讯处对案犯进行了认真的审理，根据不同的罪行作了不同的处理。根据罗瑞卿部长的批示，王敏候、吴雷远给予"管训"，王敏候因年高体弱，素有心脏病及慢性胃炎，于1949年9月29日因病情加重死亡。吴雷远于1952年2月19日患急性心脏麻痹症死亡。刘佛航、郭兴汉、李冠英被判处有期徒刑；李敬安、王毓琨、李宜昌等从犯，经审查没有罪恶，均取保释放。至于李冠群、姜明、傅觉民于1954年因发现其他问题而改判死刑，已不属于此案所陈述的范畴。

假"民促会华北分会"一案，犹如一幕短短的闹剧，就这样匆匆收场了。

主要参考文献：

系作者所写。被《警神》、《政法春秋》、《冯基平传》等书采用。

第四章　肃特斗争

解放前的北平，是国民党统治华北的政治军事中心。在人民解放军节节胜利，国民党军队节节败退之际，华北各地，以及东北、西北各地的国民党特务退到了北平。麋集的人数之多，系统之杂，居全国之首。

入城前，侦讯处根据北平周边几个情报站提供的情况，就掌握了国民党各系统特务组织的变化、动态以及特务的破坏活动情况。北平一解放，根据当时形势，进行肃特斗争，打击敌特嚣张气焰已成为北平市公安局当务之急，这是形势之需要，也是接管北平工作之必需。因此，北平市公安局侦讯处在市局、市委和党中央的领导下，不失时机进行了声势浩大的肃特斗争。

一　肃特前的敌特组织情况和敌情动态

侦讯处调查摸底得知，盘踞在北平的特务组织有：国民党保密局、国防部二厅、党通局、华北"剿总"二处、傅作义和阎锡山的特务系统，还有没有形成系统自成一体的特务组织如"清共先锋队"等，加之英美等帝国主义间谍组织，据统计为八大系统，110个单位，约有8500多人。其中国民党保密局、国防部二厅、党通局三大系统人数最多，有7000余人，占特务总数的三分之二。再加上反动党团如国民党北平党部、河北省党部、三青团、民社党、青年党等12个单位的骨干分子6000多人，以及系统不明的特务分子2000多人，总数有16000余人，这与当时北平总人口156万人相比，竟达到了百分之一，即一百人中，就有一个特务分子或反动党团分子。

平津战役前夕，国民党特务机关预感到平津难保，会落到共产党手里。国民党国防部保密局在北平的力量最强，活动非常猖獗。为了挽救他们的失败，保密局在北平区设有北平站、北平支台、华北特别站、华北军政督导组（后称冀察热绥策反组），各站、台、组又设有名目不同的若干特务组织。下设有第一、第二情报组，特情组，行动组，学运组，侦防组以及密云、房山、南口、固安等情报组。为了在公开单位开展特务活动，在北平市所辖机关、团体还分别建立了几个情报组，统由北平站指挥。就连警察局也在他们控制之下，被编为第五组，在每个分局建立了16个小组，以公开警政做掩护从事特务活动。北平站设有秘密监狱，关押、刑讯中共北平地工人员和爱国进步人士。北平站的任务除搜集情报外，还搞暗杀破坏活动。

国民党国防部二厅在北平地区设"剿总"第二处，北平行辕第二处，北平警备司令部第二处和稽查处、绥靖大队第一大队；还有宪兵司令部第二处、特高第二组、华北督察组、华北"剿总"电信监察科。这些组织下边还设有各式各样的情报组、谍报组、督察组、侦查所。华北"剿总"第二处是国防部二厅派驻华北的主要特务机构。先后在天津、承德、唐山、保定、大同、锦州、密云等15个地区设立了情报组，专门搜集中共军事情报。

党通局全称为国民党党员通讯局，其前身为中统局。它在北平设立华北办事处和北平区华北办事处，主要负责指挥督导北平、华北和东北地区的特务组织活动；党通局北平区在国民党北平党部内建立北平市区和一、二、三、四分区，在这些区中，下设若干中心小组和通讯组、学运组。学运组在全市47个大专院校和中学成立中心组和小组，监控、迫害革命师生，镇压学生运动。党通局还成立了平汉铁路特别党部调查室和平津铁路特别党部调查室，主要发展组织、搜集情报、破坏工人运动。并提出"应变"策略，全部隐蔽，"整退零进"，布置"多层多线的潜伏网"，妄图等待时机东山再起。

国民党特务头子郑介民曾亲自来北平布置潜伏。1948年4月，国民党保密局在南京召开了本系统站长以上人员会议。保密局在大会上提出"全力准备潜伏"、"寻机掌握武器"的方针，并调集一批特务，在南京进行爆破训练，试图回到解放区潜伏时，伺机进行爆炸等破坏活动。1949年1月，正值我党与傅作义将军就有关和平解放北平谈判时，国民党保密局派二处处长叶翔之匆匆来到北平研究布置潜伏工作。国民党特务们利用和平谈判这一时机，较为从容地布置了潜伏。此时，保密局北平站站长王蒲臣就布置了6个潜伏台组，接替王蒲臣的徐宗尧奉保密局之命又布置了5个潜伏台组。国民党国防部二厅华北督察组傅家骏布置了7个潜伏组。专门从事暗杀、爆破的特务组织保密局华北特别站（又名华北技术总队，代号0760部队），在中校大队长陈济汉指挥下，大队60多人全部潜入傅作义的一〇四军工兵营内；国民党党通局河北区台的特务，潜入华北"剿总"暂三军通信兵内，变特务为士兵，企图逃脱人民机关的清查和追捕。与此同时，国民党机关转移，焚烧文件、罪证；特务人员搬家改户，更名换性，纷纷隐蔽。

由于聚集在北平的特务来自不同的系统，潜伏各行其是，呈现出多头多线的状态。这是这一时期的显著特点。

在我党与傅作义谈判和北平宣告和平解放的一段时间里，逃走了一部分特务组织的上层分子。其中一部分是傅作义将军有意放走的。如1月22日上午，北平和平解放的签字仪式刚刚进行完毕。下午，傅作义就在怀仁堂召集北平国民党特务组织的头子开会。参加的有，北平警察局局长杨清植、北平警备司令部稽查处处长毛惕园、保密局北平站站长王蒲臣和来平接任的徐宗尧、北平支台台长阎守仁等人。傅作义将军告诉他们，和平协议已签字，要他们停止活动，对他们的生命财产安全负责，否则，概不负责；愿回南京的，负责用飞机送走。杨清植、毛惕园等人乘机逃走。像北平警察局处级的一些特务，自知罪恶深重，也畏罪潜逃，有的逃到南京，有的逃到其他省市隐匿起来。随着人民公安机关的清查和追捕，以及后来的全国范围的轰轰烈烈的镇压反革命运动的开展，这些潜伏特务逐步被清查和揭露出来，并依法给予惩处。在蒋家王朝即将覆灭之际，其特务营垒和国民党的部队一样，亦分崩离析，四分五裂。在时局混乱、迷茫之时，就个人来讲，又是在人生需要抉择的十字路口上，各有各的打算，各有各的选择。东北军军官出身、新上任的保密局北平站少将站长徐宗尧，不甘心做蒋家王朝的殉葬品，率部起义。他说："我下决心投奔共产党、投奔革命。"还有一些识时务的特务，和徐宗尧一样与我党的地下人员接上关系，交出组织，提供线索，协助人民公安机关工作。

潜伏下来的并死心塌地效忠国民党反动派的特务，进行搜集情报、暗杀、纵火，无所不用其极。如国民党青年军二〇八师政工队的特务李克勤，在北平西郊圆明园三仙洞内，将北平流动军人处理委员会接管干部董俊岭杀害。北平解放前，曾潜入傅作义一〇四军工兵营的国民党保密局华北技术总队第一大队队长陈济汉，北平解放后，竟然将华北军区第六纵队的连长王振忠杀害。还有的特务冒充军管会人员公开行抢，破坏人民解放军的声誉。4月25日，使北平电车厂被烧毁机车42辆、拖车17辆，厂房104间。在西直门火车站烧毁棉花7万多斤。制造假人民币，破坏金融秩序。这些都是国民党特务所为，反革命气焰十分嚣张。

二 从神秘自首到公开登记

1949年1月，侦讯处按照党中央"首恶必办，胁从不问，立功受奖"的方针和中央社会部对北平即将开展肃特斗争的指示："在肃特中，不仅要注意破获敌特电台，更要注意摧毁一切敌特公开的、潜伏的、外围的组织；清楚地了解敌特新的活动方式方法，坚决地彻底地肃清敌特分子。"在组织上、思想上做了充分的准备。

一天晚上，时钟已敲响午夜12点，冯基平和原晋绥调查局的闵步瀛谈完工作，准备就寝时，突然接到谭政文的电话。谭政文操着浓重的湖南口音说："基平同志，彭真书记让你和我到他的办公驻地，他要了解一下关于肃特斗争的准备情况，你在单位等着，我一会坐车到你那里，咱们一起向彭真同志作一下汇报！"

"好，我把汇报的材料准备好。"冯基平答应道。说完把已经拟好的汇报材料装到文件包里，等待着谭政文的到来。

那时，谭政文和市局机关还在良乡，唯有侦讯处远离市局机关在香山办公。

时间不长，谭政文坐着汽车风驰电掣般地驶来，没等谭政文说话，冯基平迅速地打开车门坐上汽车，汽车又飞快地朝北平市人民政府驻地圆明园方向奔去。

彭真见到谭政文、冯基平，非常高兴，忙迎上前去，和他们亲切握手，让他们坐下。

冯基平看到彭真同志已工作到深夜，毫无倦意，仍精神饱满，谈笑风生。

冯基平详细汇报了肃特斗争的准备情况，最后很有信心地向彭真同志保证说："请领导放心，我们有党中央、市委和市局的领导，有解放前在北平周边从事隐蔽斗争的各情报站的同志作为中坚力量，他们熟悉了解北平敌特的情况，我们有信心完成上级交给我们的肃特任务！"

彭真高兴地点点头，对冯基平关于肃特方式、方法和准备工作比较满意。他从北平的实际情况出发，又指示，特务组织必须肃清，方式应当注意，方法要灵活，态度要慎重，人要少捕，不要乱捕。彭真同志考虑到侦讯处面对数量很大的敌特和严峻的敌情以及我们接管干部少的特点，指示肃特斗争要分轻重缓急，要先上后下，先大后小，先武后文，先行动后情报，先国内后国外。

彭真最后告诉谭政文，"接管北平，公安局任务最重，公安局里边侦讯处任务最重。我们现在进行肃清国民党特务，不久的将来，我们还要进行打击帝国主义间谍的斗争。我知道你们需要干部，我已经和组织部长刘仁同志商定好了，从大专院校调出100名地下党员充实到公安局，都充实到侦讯处去"。

"好，照书记的意见办！"谭政文高兴地回答道。

谭政文和冯基平听到彭真重要指示后，心里亮堂多了，思路更清晰了，对即将进行的肃特斗争更有信心了。

冯基平带领侦讯处人员迅速入城。在冯基平的指挥下，按照分工，先后查封了设在南池子的国民党保密局北平总发报台、设在王佐胡同的保密局北平站的北平支台、国防部二厅通讯总所直属第一组、华北"剿总"电监科以及各个特务据点。与此同时，各个缉捕小组按照已拉出的名单，以迅雷不及掩耳之势，积极慎重地搜捕了一批特务，仅2月2日、3日两天就搜捕、审查、处理了特务108名。这次搜捕行动收缴电台3部，发报机、测向机等80部，另外还有一批手枪、子弹等。

这是进城后与国民党敌特的第一次较量。这一次搜捕打击了敌特的器张气焰。用冯基平的一句话来形容这次搜捕行动，这叫"牛刀小试"。

这次搜捕行动，揭开了北平肃特的序幕。

侦讯处对敌特进行了第一次搜捕之后，冯基平洞察到部分特务对共产党的政策不摸底，不知共产党如何处理他们；对北平和平接管方式，存在着幻想和错觉，呈现出惊惶、观望、躲避、试探、不知所措等心理状态。在政治前途上，有急于找出路的思想要求。另外，第一次的搜捕行动，只是根据各情报站提供的线索，仅仅打掉了面上的特务机构和组织，潜伏比较深的特务远远没有暴露出来。冯基平把握住当时的政治优势，审时度势，经市局、市委和中央社会部批准，决定在肃特斗争中，实施"秘密自首"的策略。

秘密自首就是秘密地向人民公安机关缴械投诚，并利用关系，互相劝告，牵引，到指定的地点，交一份自首书，交出枪支、电台。侦讯处的干部把秘密自首人员及枪支、电台等物品登记造册，汇集起来。

侦讯处在北长街老爷庙18号建立秘密自首登记处，并布置了原各情报站的干部，要通过关系策动特务来秘密自首。

侦讯处以市局的名义向天津市公安局借调岳登洲、牛登鳌等8名在北平有影响、能活动、有联系对象的特务人员，进行劝说、引导，使原来身份很高的几个特务头子前来秘密自首。如：华北"剿总"的商庆升，国民党警察局刑警大队的聂士庆，华北警备司令部督察处的英绳厚、李大章、刘大章，平津铁路局警务处的陈冠儒等。这些人秘密自首后，说服他们，由他们再去策动、联系、说服本系统特务秘密自首。这种做法像刨花生一样，一提一嘟噜似的把特务分子挖了出来。军统分子、原国民党警察局刑警大队队长聂士庆自己秘密自首后，他一个人就策动国民党警察局刑警大队102名军统特务来秘密自首。从1949年2月1日至29日前来秘密自首的特务人员达363人。当时，侦讯处只让他们交上一份自白书，交出藏匿的枪支、电台，还没有顾得上让他们交代其特务组织。

与北长街老爷庙18号秘密自首登记处相并列的，还有东板桥14号成立的军统人员登记处，该处是原保密局北平站站长徐宗尧的家。为了使军统特务更好地秘密自首，侦讯处征得徐宗尧同意在其家中成立秘密自首登记处，徐宗尧对此事很负责、很认真，并积极奔走，向属下的军统人员做说服工作。他一个人就动员100多名军统人员来秘密自首。

秘密自首这一措施，瓦解了特务营垒，控制了彷徨犹豫的特务人员，进而也争取了一些在歧路上动荡不定的特务人员，如从北平逃到青岛的特务崔汉光，听说其同伙在北平已经自首，可以得到人民政府的从宽处理，便很快从青岛返回北平，进行了秘密登记，还写了一份特务组织的活动材料。

从2月1日至29日，共计28天中，全市秘密自首的特务人员共计808人，其中站、组长以上的特务就有217人，还缴获电台291部，各种枪支625支。

由我们情报关系能联系上的特务基本上都来秘密自首之后，侦讯处对大量分散在社会上的特务，则采取公开登记措施。

3月5日，北平市公安局发布第一号布告，全文如下：

公字第一号

查近有不少特务分子企图隐蔽，拒不交出证件、武器，并仍继续进行破坏活动，危害社会治安，各界人民对此莫不痛恨切齿。本局现已接获大批控告信件。兹为肃清特务活动，保护市民安全，安定治安秩序，并贯彻宽大政策起见，特再布告如下：

1. 所有特务组织人员，应即来本局投案登记，并交出组织证件与武器等；凡自动投案、真诚悔改者政府决予从宽处理。

2. 前项人员如确有戴罪立功、协助人民政府破获重要案件者，政府准予将功赎罪，并酌予奖励。

3. 如不登记者，隐蔽武器或继续进行破坏活动者，一经查获，定予严惩不贷。

我各界人民亟应提高警惕，群策群力，检举特务分子及其破坏活动，以共维本市之治安，共保各界人民生命财产之安全。此布

局长 谭政文
一九四九年三月五日

3月11日，北平市人民政府颁布了《北平市国民党特务人员申请悔过登记实施办法》，用公告的形式贴在北平的大街小巷的墙上。这个《实施办法》有八条，内容较3月5日公安局的布告更全面。包括哪些人员属于特务人员，进行登记需带什么证件，去什么地方登记，以及够什么条件可减免

罪行和给予奖励等等。

两个布告张贴出来之后，对尚未登记的特务震动很大。可以这么说，以北平市公安局名义颁发的第一个布告，是给尚未登记的特务以警示，也可以说是下个"毛毛雨"；以北平市人民政府发布的布告，给来登记的特务，指出了方向和方法。所以，自3月11日以来，有大批特务前来登记。

登记工作是由侦讯处负责的。冯基平指定得力干部梁文英负责此事。

总登记处设在东四北大街426号，总登记处下设登记组和审查组。

各分局也成立了登记处，由分局二科（侦察科）负责。

从事登记的侦察干部向前来登记的特务提出三条要求：（1）随传随到，听候处理；（2）审查时期没有公民权；（3）不能迁移地址。

公开登记进行到6月份，共登记特务人员3533名。7月份，北平市人民政府颁布了《反动党派人员履行登记工作实施办法》。这是对特务人员登记的继续，这项工作一直持续到1950年5月，共登记反动党团人员3293名。这期间，又有1000多名特务人员进行了登记。

三　成立清河训练大队

政策与方法来源于实践，这是唯物史观的一个基本原则。在对国民党特务人员进行秘密自首的过程中，有些特务假自首、真摸底，只交代一份自白书，而不交代组织、证件等。这样，我们只掌握这些特务的表面情况，实质情况不清楚，而且这些特务仍流散在社会上，他们在干什么，我们控制不了。另外，冯基平还看到，秘密自首和公开登记，要有几千名特务暴露出来，这些特务中，有身份较高的将官、校官，他们长期受到国民党反共、反人民的思想教育；对这些人如何转变他们的立场，确实从思想上、政治上拥护共产党，拥护新生政权，站在人民的立场上来，是一个很重要的问题，需要教育和改造。于是，冯基平向谭政文建议，成立训练大队。该训练大队的全称为"清河训练大队"，之所以取名"清河"，就是以清清的河水来洗涤自身的污浊，重新做人的意思。

谭政文同意冯基平的建议，以市局的名义向市委和彭真同志写了报告。

市局拟成立"清河训练大队"的报告报到市委书记彭真那里，彭真看完报告后，很高兴，认为这是查清问题、改造特务的好形式，很快批准了这个报告。并在报告上批示道："要通过我们的政治思想工作，使他们认清国民党是人民的敌人，共产党是人民的代表，树立国民党必败，而且已败，共产党必胜，而且已胜的观念，进而确定自己的人生观。"

1949年2月25日，在东城区北新桥炮局胡同17号正式成立了清河训练大队，处级建制，直属市局领导。侦讯处干部安林任大队长兼政委。

安林，中等身材，三十岁上下。他原是冀东情报处北平站站长、北平情报委员会书记。他有丰富的隐蔽斗争经验，对北平的特务情况也比较了解。他当训练大队队长是合适的人选。他上任不久就看到，清河训练大队主要是集中训练国民党特务骨干的地方，是同国民党特务面对面地激烈斗争的场所，这与原来从事情报工作在方式上、特点上有很大不同，想到这里，安林心里有点忐忑不安。

谭政文看出了安林的心事，便找他谈话。谭政文说："安林同志，组织上决定你为清河训练大队队长兼政委，是经过认真考虑的。此项工作，是项新工作，工作中可能会遇到这样或那样的困难，我相信你，你会带领周围的同志战胜这些困难的。有问题、有困难解决不了的，可以直接找我。另外，还有市局和市委做你的后盾。"谭政文还说："安林同志，可能有些新的问题暴露出来，希你时刻注意和牢记党的政策，对敌特人员要争取大多数，孤立少数，利用矛盾，各个击破。我相信你会在这个岗位上干得很好的！"

安林向他保证说："尽管此项工作有不少困难，请领导放心，我一定尽自己最大力量，完成好上级交给我的任务！"

安林不负领导所望，他走上了新的工作岗位后第一件要做的事，就是把党支部建立起来，重大的问题要经过党支部决定才能执行。

当时调到清河训练大队的同志共17名，安林把这些同志分成三个组，并进行了业务上的分工。

北新桥炮局胡同17号，原来是国民党北平警察局的一个监所，这里设备极其简陋。没有房子，干部住监房；没有床铺，就睡在地上；被褥不够，就两个人合着盖一条被子；没有食堂，大家都在院子里蹲着吃。创业期间，百废待兴，安林和干部们每天工作到深夜两三点钟，没有节假日，工作虽然紧张劳累，但大家没有一个叫苦的，情绪高涨。

来参加训练的绝大多数是国民党特务中站、组长以上的骨干分子。这些人是按照公安局的通知自己带着行李来报到的。有的是单位派人送来的，也有的是自己要求来学习的。原国民党警察局送来受训的人最多，仅保警总队就来了50名，侦缉大队来了100名，大部分是自己来的。国民党警察局刑事警察大队长聂士庆策动一些特务人员秘密自首后，也被送到清河训练大队参加学习。

原国民党保密局北平站站长徐宗尧，接到公安局侦讯处的通知，和被他策动的秘密自首的100名特务一起，先到后马厂胡同10号集中，后由侦讯处派车，把他们送到清河训练大队来参加学习。

来到这里受训的人，动机各异，思想复杂，有些特务是诚心诚意来这里接受共产党的再教育，脱胎换骨，重新做人的。但也有不少特务各怀鬼胎，有的是为了取得合法的地位；有的想进来受训镀镀金后，成为一个革命者，回去后好弄个一官半职。也有的怕受到打击，来这里避风，认为只有这样自己过去的罪行才能瞒过。但是，当他们踏进训练大队的门槛之后，才发现这里的情况同他们想象的完全不同。他们住的是原来的铁窗监房，不准回家，外出要请假。还有其他严格的纪律，像是监狱，开始有些人认为上当了，说来这里受训是软禁；有的认为训练是骗人的，早晚要入狱当囚犯；还有的认为，训练队是集中营，是变相管制。有的悲观失望，情绪低落，有的造谣煽惑，制造恐慌心理和对立情绪。这是长期从事特务活动的特务由其反动思想所致。如今，他们从分散又集中到一起，臭味相投，自恃又有了帮腔的，反动气焰又嚣张起来。

当时，清河训练大队只有17名干部和17名战士，而且，前来受训的特务陆续前来报到，由几百人上升到几千人，如果在这种情况下，发生成批的逃跑事件，将给我们的接管工作和肃特斗争造成很坏的影响。

为此，安林和训练大队的管训干部们心里很着急。

谭政文对此也不放心，曾多次提醒安林同志要提高警惕，不要发生问题。有时间，他夜间两三点钟还亲自来这里了解情况，视察指导工作。

安林连续召集党支部会议和管理干部大会，研究情况，拿出对策来。安林和其他管理干部一致表示：下定决心，加大管理力度，迅速扭转目前被动的局面。为此，他们采取了几项举措：首先，加大宣传力度，做细致思想工作。他们反映自己住的是监房，管理干部大部分住的也是监房；他们反映纪律太严了，管理干部向他们解释说："共产党就讲纪律严明，我们是训练大队，不同于别的单位，纪律不严，一盘散沙，能搞好训练吗？"这些道理，还让徐宗尧、聂士庆身份较高的人员做原下属特务的工作。其次，人格上尊重他们，不打骂，不侮辱。管理干部称这些受训人员为"同学"，互相称呼也叫"同学"。再次，在生活安排上，尽可能宽松一些。清河训练大队设有俱乐部、图书馆。开展了各种文体活动，成立一个有100人参加的剧团，有京剧、话剧、歌剧、曲艺，每个人会什么就演什么，做到各尽其能，各展其才。有些剧目还搬到社会上去演。每个周末有文艺晚会和电影晚会。伙食尽量改善，饭菜多样化，菜、蛋、肉、汤搭配合理，这些人比较满意，对立情绪慢慢缓和下来。

随着市局和侦讯处又调一批管理干部和战士来训练大队，增加了管训的力量，原来的局面得到了彻底改变。

要想这些多年受国民党反动思想教育的特务们，从世界观上变过来，不是一朝一夕能做到的。他们仍然对管理干部观察、摸底，采取种种方式对抗。他们还互称官衔，上级支配下级，随便招呼使唤；下级对上级毕恭毕敬，唯命是从。让他们选班长，结果都选了大特务。小特务打水扫地，甚至给大特务铺床叠被。管理干部找他们谈话，都是一个腔调，一个口径。他们从思想深处存有一个念头：幻想美国会发动第三次世界大战，蒋介石会卷土重来，将来北平乃至整个中国的天下，仍是国民党的。

针对这些问题，安林同志和领导班子研究决定，在政治上从严要求，瓦解他们的反动思想，促使他们转变立场，尽快地站到人民的立场上来。他们又采取几条措施，组织他们学习政治理论，上大课，由政治教员讲解《人民公敌蒋介石》、《蒋宋孔陈四大家族》，使他们认清蒋家王朝的反动本质；讲解《美帝侵华史》、《论白皮书》，启发他们对美帝国主义等西方列强的认识；讲解《中国革命和中国共产党》、《论人民民主专政》等，纠正他们对中国共产党和中国革命的错误观点和认识；讲解《社会发展史》、《新人生观》，使他们重新认识社会、认识自己，转变自己的世界观和人生观。课后组织讨论，管理人员分别辅导。结合当前的形势进行教育，使他们丢掉幻想，回到现实生活当中来，老老实实地接受教育重新做人。政治教员和管理干部给他们讲，人民解放军从北到南势如破竹，节节胜利，新政协会议即将召开，新中国即将诞生，仅仅几个月的时间，中国就发生了翻天覆地的变化，这是历史的必然。对他们震动很大。

在促使交代问题上，采取从小到大，从下到上，各个击破的措施。管训干部发现，上层人员和下层人员有明显的不同。下层人员稍加启发教育，就能坦白自己的罪行和检举他人；上层人员因为他们在国民党阵营里身份较高，中毒也深，管训干部如果没有充分材料和证据，他们是不会交代问题的。因此，管训干部们从职务较低、罪行较轻的特务人员入手，逐个谈话，摆事实，讲道理，突破他们思想上的防线，鼓励他们戴罪立功，争取宽大处理。这样，掀起了坦白检举的高潮。

一些身份较高的特务，受到下层特务的揭发检举，就有点坐不住了。另外，北平和全国的群众揭发材料纷至沓来。还有北平的群众来到清河训练大队，揭发检举他们的罪行，使管训干部掌握了他们的罪行证据。这些使身份较高的特务们不得不低下头来，老实地坦白自己的罪行。

清河训练大队在市局、市委的关怀和支持下，办起了清河织袜厂、建筑队，让受训人员进行劳动。通过劳动来转变立场，改造自己的世界观。随着时间的推移，这些受训人员的立场、观点开始向正确的道路上靠拢，觉悟有明显的提高。不管是小特务还是大特务，都坦白交代了罪行，隐藏的枪支、弹药以及电台都交了出来。

清河训练大队历经一年，共集训了国民党特务人员2490人，挖出北平地区和其他地区的特务线索5248件，枪支线索1124件，潜伏活动线索31件，收缴枪支217支、子弹7150发、电台2部。清河训练大队组织力量适时编写军统、中统特务组织概况材料323件。这些材料和线索对正在进行肃特斗争的侦讯处是有力的支持。也可以这么说，清河训练大队的工作，是肃特斗争的一部分。

1950年初，已被提升为北京市公安局副局长的冯基平仍牵挂着清河训练大队的情况，他知道，在训练大队受训的国民党特务人员大部分已经查清，极少数血债累累和有严重罪行的特务已被逮捕判刑。但多数人还在训练大队。他考虑这些人下一步的改造和就业问题，如果将千余名组长以上的国民党特务放在社会上，放在首都北京，放在党中央身边，群众难以接受，而且让人难以放心。

冯基平深谋远虑，具有战略眼光，决定在外地建立劳改农场，把这部分人迁出北京，在离首都远一些的劳改农场接受改造和就业。他经请示北京市市长聂荣臻和公安部部长罗瑞卿同意后，和河北省人民政府商量，决定在河北省宁河县（现为天津市宁河县）茶淀地区建立新中国第一个大型劳改农场。地址确定以后，给党中央写了筹建农场的报告。

2月24日，经政务院总理周恩来批准，由农业部划拨土地，财政部拨两千万斤小米作为建场费用，北京清河农场在河北省茶淀地区正式建成。"清河"两字仍沿用原清河训练大队的含义。这里有115平方公里未开垦的盐碱荒滩，京山铁路贯穿其中，冀运河、金钟河、增洁河三条河流汇流此地，后流入渤海。

清河农场成立后，清河训练大队除清河袜厂的人员外，其他人员都转移到清河农场劳动改造。清河训练大队结束了自己的历史使命，宣布撤销。

1950年6月28日，北京市公安局根据形势的需要成立管训处，后改为劳改处，安林任副处长兼清河农场场长。清河农场在市局、市委及中央的领导下，认真执行了改造与生产相结合的方针，取得了举世瞩目的成就，受到了市委、党中央的好评。

主要参考文献：

刘朝江：《警神》，大众文艺出版社2002年版。

六涌：《政法春秋》（内部资料），2003年10月。

刘光人、赵益民、于行前：《冯基平传》，群众出版社1997年版。

第五章　不平坦的起义投诚之路

1949年2月3日上午，冯基平参加了激动人心的人民解放军的入城式之后，下午5时许，他在内一区弓弦胡同14号，接待了前来投诚的国民党保密局北平站少将站长徐宗尧。参加接待的还有侦讯处侦察科长任远。

徐宗尧是在侦讯处科长肖德带领下找到冯基平的。

徐宗尧与其说是来投诚，不如说是来接关系更为准确。因徐宗尧在被国民党任命为保密局北平站站长之前，就已经和中共华北局城工部有了联系。他表示：投诚起义，站到人民这边来。

冯基平对徐宗尧的情况是了解的，入城前，中共华北局城工部部长刘仁给他介绍过徐宗尧的情况，后来，侦讯处肖德科长也向他汇报了徐宗尧的情况。

冯基平望了望这位身材高大、原张学良属下的东北军军官徐宗尧，热情地和他握手，说道："欢迎你的到来，欢迎你弃暗投明的行动！"

徐宗尧对冯基平的热情接待非常感动，他把国民党保密局人员名册、25本密码，还有物资清册恭恭敬敬地交给了冯基平，然后说："我有自知之明，我不像傅作义那样还要谈判，我是和盘托出，投向革命！"接着他又向冯基平报告了国民党保密局"北平站"在南京的授意下，布置了几个潜伏组的情况。

冯基平听了很高兴，再次为他决心投向革命表示欢迎。至于工作问题，冯基平说："你先配合我们做些工作，尤其配合我们目前进行的肃特斗争，等任务完成了，我再请示上级，安排你的工作。"

徐宗尧听了冯基平的话，非常感动，看到共产党对在国民党营垒里混了多年的他如此信任，不胜感激。他诚恳地对冯基平说："我在旧社会混了多年，中反动派的毒是很深的，恐怕很难做好工作，等我把'北平站'的事情交代清楚了，我请求领导给我一个学习的机会，好好学习学习，以便脱胎换骨重新做人，将来为人民为社会做点事情！"

冯基平以共产党人宽阔的胸襟，大度地说："好，这件事我们以后再商量。我们共产党说话是算数的，革命不分先后，只要你一心一意地投向革命，前途是光明的！"

徐宗尧一身轻松，高高兴兴地回到家中。当向他的妻妾和子女们谈起冯基平说的话时，不时地伸出大拇指说："共产党英明，共产党伟大！"他勤快地忙着家务事和处理一些外部事务，嘴里经常哼着小曲。

一　出乎意料的任命

1948年底，人民解放军进行了辽沈战役并迅速地解放了东北全境。国民党保密局的冀辽热察边区特别站失去容身之地，身为该站站长的徐宗尧及其部属数人随着逃亡人员一起逃来北平。

徐宗尧来到北平后，走投无路，一筹莫展，他一方面命令部属选房子安顿妻女，一方面向南京保密局局长毛人凤递呈文，请求撤销冀辽热察地区特别站，他本人回南京述职。

他对时局忧心忡忡，北平能保得住吗？他看到蒋家王朝气数已尽，北平也是短暂的落脚地，人民解放军攻克北平是时间问题。其间，他在北平除访问一些朋友外，就是焦急地等待着南京的回复。

南京的复电来了，毛人凤同意撤销冀辽热察边区特别站，并对徐宗尧说："我兄不要南来，另有重要任务委派。"过了几天，毛人凤就发来了徐宗尧接任北平站站长的电报。

这个任命大大出乎徐宗尧的意料，反而使走投无路、彷徨苦闷的徐宗尧清醒起来。他认识到，此时让他当北平站站长，这不是把自己推向前沿炮火中充当即将灭亡的蒋家王朝的殉葬品吗？他心里十分清楚：过去北平站这个宝座，是保密局内部争相角逐的肥缺，没有特殊背景和有力的靠山是争不到的。就现任少将站长王蒲臣来说，他和毛人凤是浙江江山县同乡、同学，更亲一层的是，他们互为表兄弟。在这种关系的背景下，毛人凤才把北平站交给王蒲臣。在正常的情况下，北平站站长这个位置，无论如何也轮不到他这个非嫡系的东北杂牌军军官、"半路出家"的军统少将的身上。

接下这个位置还是不接这个位置，一直困扰着徐宗尧，使他几天来食不甘味，夜不能寝，不摸底细的妻子和子女为他担心起来。

徐宗尧在思绪纷乱之际，忽然想起来他的老朋友池峰城。徐在保定任警察局局长时，池峰城是保定警备司令。徐宗尧对这位追随冯玉祥将军多年，在抗日战争中率领三十军参加徐州会战，在台儿庄消灭日军精锐的第十四师团而建立功勋的池峰城深深敬佩。在交往过程中，二人无话不谈，互为知己。徐宗尧有什么难题总向池峰城求教。

这次徐宗尧见到池峰城，满腹的牢骚与不平，像开了闸门一样倾泻出来，他大骂毛人凤不是东西，任人唯亲，玩弄权术，眼看着北平快要完了，让他出任北平站站长，这不是明摆着拿他"送礼"，叫他当替死鬼吗！

池峰城静静地听着徐宗尧的话，后慢条斯理饶有风趣地说道："他拿你'送礼'，你不会拿他们'送礼'呀！"

徐宗尧听了池峰城的这句话，如醍醐灌顶，大彻大悟，在茫茫的黑暗中看到了一线光明。他知道池峰城话中的意思，心想，这是池峰城老兄明确地给自己指路呀！

徐宗尧在这段彷徨苦闷的日子里，也曾朦朦胧胧地想到投靠共产党，但一时找不到门路，他也担心自己有国民党高级特务身份，共产党会不会宽恕自己。关于这一点，他曾询问过池峰城，他认为池是国民党的高级将领，对共产党的政策了解得比自己深刻；另则，池是军统组织以外的人，看问题比较客观、透彻。但是，与池的几次谈话都没有使徐宗尧得到满意的答复。徐猜想池峰城和共产党有联系，但在当时，在这个异常敏感的问题上，怎能直言探询呢？

其实，正像徐宗尧猜想的那样，当时的池峰城，早已和中共华北局城工部有了联系，并在李霄露领导下进行地下工作。就在徐宗尧这次来访之后，池峰城把徐宗尧面临接北平站以及内心的疑虑，详细地向李霄露作了汇报。李霄露听后，及时地向刘仁部长作了汇报。刘仁非常重视此事，指示池峰城劝说徐宗尧尽快接下北平站,这样可以掌握军统内部特务活动的情况。北平解放之后,他可以戴罪立功,协助政府肃清军统系统的潜伏特务。让池峰城明确地告诉徐宗尧:"只要老老实实戴罪立功,就是军统局的重要人物也不杀头。"

当徐宗尧再次造访池峰城时,池主动地劝说徐宗尧接下北平站,徐宗尧老话重提:"北平解放了,生命有保障吗?"池峰城因有刘仁的明确指示,口气肯定地说:"有保障。"

徐宗尧稍加思忖,觉得池峰城口气肯定,不像过去闪烁其词,从而悟出池峰城的来头,他以信任并带有惊奇的目光注视着池峰城:"老兄,莫不是与中共方面早有联系了吧?"

池峰城微笑着告诉徐宗尧:"我有几个亲戚朋友是中共方面的人士,很早就有接触。"

徐宗尧仍以惊奇的目光看着池峰城:"是吗?我过去听你的话语,像是有来头的……"

池峰城收敛起笑容,郑重地告诉徐宗尧:"徐老弟,你的情况中共的高层已经知道了,我告诉你,12月18日,中共华北局城工部的同志要和你见面。记住,12月18日上午到我家里来。"

徐宗尧听罢池峰城的话,只觉得浑身热血沸腾。他快步走上前去,紧紧地握着池峰城的手说:"池老兄,小弟十分感谢你,是你把小弟拉上了光明之路啊!"

徐宗尧回到家里,他感到一身轻松,欢愉的心情写在脸上。1948年12月18日,对他来说是多么重要的日子,他企盼着这一天的快些到来!

二 我要投奔共产党,投奔革命

12月18日9时,徐宗尧准时来到池峰城家里。池峰城把已经到来的李霄露介绍来的王甦(当时化名叫王博生)介绍给徐宗尧。徐宗尧像是见了亲人一样,向王甦诉说自己的苦闷和愤怒,并详细汇报了南京毛人凤来电委任他为北平站站长、保密局对北平的指示以及命令他布置五个潜伏组的情况。最后他恳切地对王甦说:"我是全盘托出,我把毛人凤的任命和让我布置的潜伏组的事全部交出来。我下决心投奔共产党，投奔革命！"

王甦代表中共华北局城工部，对徐宗尧弃暗投明的行动表示欢迎，并勉励他好好学习，将来做一个对人民对社会有用之人。

此时，徐宗尧向王甦提出个人的建议："把我布置的5个潜伏组，请城工部派人充当各组负责人兼译电员，掌握全组的人事、往返电报和档案；另外，请城工部派得力人员随同我去南京（因为毛人凤曾来电报告徐，必要时可离开北平去南京）。到南京后，由我介绍参加保密局，打入内部。在南京设电台和北平潜伏组联系。南京发来电报是真实情报，北平各潜伏组发出的情报则是假的。这样，可源源不断地获得南京的重要情报，何时不需要北平潜伏组，可随时撤销。"

王甦说："这个建议不错，但是，我需要请示一下刘仁部长再定！"

过了几天，王甦第二次在池峰城家里会见了徐宗尧，告诉徐："城工部刘仁部长认为你的建议很好，他本人同意，已向党中央毛主席请示，等复电之后，再作决定。"

也可能是中央看到蒋家王朝失败的大局已定，那么搞没有必要，抑或党中央有更深层的考虑，故没有复电同意徐宗尧的建议。

徐宗尧把自己与中共华北局取得联系的机密，向私交颇深的原军统四平站少将站长冯贤年（又名冯兰亭）和过去在东北军的老同事、军统热辽边区特别站站长李英透露了，希望共事多年的挚友携手共进，同走弃暗投明之路。冯贤年表示支持徐的选择，他们二人也愿意投奔共产党。

徐宗尧向冯贤年谈到，南京命令王蒲臣尽快交出北平站，但王蒲臣有意拖延，是因为风传大局将有逆转的缘故。针对此种情况，冯和徐计议，采取以退为进的策略，给毛人凤发报，表示如果王蒲臣再拖延不交出北平站，徐就不准备接了。

这招还真灵，毛人凤立即派保密局二处处长叶翔之飞来北平。1949年1月6日，叶翔之在北平站总部邀请王蒲臣、徐宗尧等保密局要员吃饭。席间，叶翔之宣布了此次来平的使命：（1）奉毛人凤局长之命来慰问在平人员；（2）处理北平站交接问题；（3）是处理东北、华北撤销单位资遣问题；（4）传达愿意撤退南京的自筹路费，到南京后实报实销；（5）大老板（军统内部对蒋介石的称呼）有什么不好消息时，大家不要惊慌，要坚守岗位。

饭后，叶翔之问王蒲臣："你什么时候交接？"王答："要清查完各项物资造完册，要1月19日交接。"叶又问："北平站还有多少存款？"王答："只够发给全站一个月的薪酬。"此时，徐宗尧向叶翔之提出："毛人凤局长令我布置5个潜伏组，需要200万元，怎么办？"叶翔之答道："200万元数额巨大，我回去请示毛局长，如他同意一并汇来，请徐老兄放心。"

　　后来，徐宗尧才知道，王蒲臣之所以迟迟不办交接，是在转移贵重物资。待到1月19日交接时，贵重物资已转移完毕，只不过是走走形式而已。北平站的贵重物资徐宗尧一件也没有捞到。

　　徐宗尧也有自己的小算盘，他以防变为由，向王蒲臣要了50支美式左轮手枪，每只配有100发子弹。据徐后来说，他为了立功赎罪，曾想搞些轻、重武器，武装一个团，一旦中共和傅作义谈判破裂，想用这些武器为人民解放军攻城派上用场！

　　1月19日，王蒲臣向徐宗尧交接完毕，以保密局北平督察的身份，要求徐宗尧当着全站人员的面把北平站的全部档案烧毁。徐和冯贤年议论：北平站的主要档案早已烧毁，剩下来的是不重要的。关键的问题是要把北平站全部人员的底册拿到手，以备后用。当徐向北平站人事室主任张玉振要全站人员底册时，张告诉徐，在他接收之前，王蒲臣就命令把底册烧毁了。张恐怕徐不相信，还亲自带徐去现场查看了残迹。以上种种迹象说明，保密局在提防着徐宗尧，对徐留一手。徐宗尧十分清楚，在今后的日子里，这种明争暗斗仍在继续。

　　一天，北平看守所所长周正和法官崔汉光来到站部，向徐宗尧交了两个签呈：一个是签请释放100多名政治犯，徐宗尧批示："如拟。"另一个是签请枪毙三个人，这时的徐宗尧知道自己应该怎么做。他推辞说，请示保密局后再做批复。

　　1949年1月22日下午5时，傅作义在怀仁堂召集军统头子开会。参加的人有徐宗尧、王蒲臣、北平警察局局长杨清植、北平警备司令部稽查处处长毛惕园、北平支台台长阎守仁等十余人。傅作义讲话很简短，他说："回忆过去，惭愧得很，今天上午10时已签了字，你们也要停止活动，对你们的生命财产负责，保障安全，否则，不负责。愿意去南京的，负责用飞机送你们去南京！"说完就走了。徐宗尧离开怀仁堂急急忙忙去找池峰城，要池及时把情况汇报给王甦，建议扣留这批军统要员。池峰城认为傅作义决定让他们回去，何必得罪人呢。徐宗尧没有找到王甦，此事只好作罢。

1月23日，徐宗尧同北平站代理总务科长王泰、科员朱世林将北平站所用的几处院落王佐胡同2号、弓弦胡同14号及15号的大门封闭起来，并派人看守，加以保护起来。

在徐宗尧接受王甦的领导，接任北平站站长之时，徐在平汉铁路管理局的同事郑熙来访，明确提出给徐宗尧牵线搭桥要徐投靠共产党。徐如实地告诉郑熙自己和中共取得了联系。郑熙第二次找徐，执意要徐去西郊会见中共某领导人，徐估计王是城工部的，郑熙介绍的人可能是作战部的，不知该怎么处理好。于是，徐向王甦汇报了以上情况，王不同意徐到处联系。最后，郑熙与徐宗尧相约，等人民解放军入城后再见。

2月3日，人民解放军举行入城式。之后，郑熙约徐在郑家与中共北平市人民政府公安局的李士贵等三人见了面。徐向他们谈了同华北局城工部的王甦联系的全部经过。

李士贵想了想，对徐宗尧说：“把北平站的各种表册拿来给首长看一下，让他们来决定接管的问题。”

徐宗尧表示同意，当即拿出各类表册若干份给李士贵等人。李拿着表册对徐宗尧说：“你在这里等着，我去请示领导，很快就回来。”

下午5时许，李士贵领着北平市公安局侦讯处肖德科长来到郑熙家中，李给肖德介绍了徐宗尧的情况。肖德立即带着徐宗尧会见了侦讯处处长冯基平和侦察科科长任远。

第二天，徐宗尧带着任远来到池峰城家，任远用电话和王甦沟通了情况，打通了关系。由此，徐宗尧的关系从城工部转到北平市人民政府公安局。

据王甦后来回忆，把徐宗尧的关系以文字的形式转到市公安局是在进城后，已任北平市委组织部长的刘仁，亲自写信给市公安局局长谭政文，信中说明了徐宗尧在进城之前投向革命的情况。明确指示把徐宗尧交给市公安局，以后在市公安局领导下进行工作。信是王甦送的。王甦到了市公安局，没有见到谭政文，由秘书长刘进中接见的。王甦把信交给刘进中，说明来意，交代清楚就走了。

三 他惦记着失踪的潜伏组

徐宗尧接下北平站之后，经中共华北局城工部王甦同意，把自己亲手布置的5个潜伏组控制起来，随后让他们交出了电台和密码本。徐宗尧估计前站长王蒲臣移交前也可能布置了潜伏组，于是，就让熟悉北平军统人员情况的冯贤年进行调查，果不出徐宗尧所料，王蒲臣也布置了5个潜伏组。徐宗尧当机立断，领着侦讯处侦察科长任远和几名侦察员，先到潜伏组组长韩北辰家中起获了电台1部、密码2本。后到潜伏组组长周受轩家中也起获了电台1部、密码2本。还有龙超潜伏组和路捷言潜伏组的电台也先后被起获。

唯独秦应麟潜伏组失踪了。秦应麟这个人是由北平站内勤专员吴宗汉介绍来的。徐宗尧不清楚此人的底细，仅知道他曾当过军统保定站涞水组的组长。据秦应麟的同事涞水组副组长刘海章介绍，秦当过土匪，是天主教徒，为"天主教和平救国军"系统。

徐宗尧认为自己没有完成任务，心里很愧疚。

秦应麟从北平逃走之后，先到南京后到台湾。随后，由保密局的特务曹阳富派来天津潜伏，刚到天津就被天津市公安局逮捕。据秦交代说，他与吴宗汉知道徐宗尧投降共产党之后，决心不交出电台。徐宗尧曾两次到吴宗汉家中劝说吴宗汉交出电台。秦、吴二人非常恼火，计划把徐处死，只因怕连累家人没敢动手。后秦、吴二人去了天津，在天津买了两张"解放士兵"的遣散证，骗过检查，经济南、徐州、南京到达上海去保密局报到。二人写了从北平逃出后的经过，后被保密局送到该局的招待所。上海解放前夕，保密局把住招待所的200多名特务分子分别编入交警部队、警察局和技术总队，吴宗汉随部队去了南翔，秦应麟随技术总队去了台湾，在台湾接受潜伏任务后被派到天津。

秦应麟和吴宗汉的逃走，使徐宗尧处于困难的境地。他一直牵挂着此事，直到1950年冬季，徐宗尧在《人民日报》上看到秦应麟在天津被捕，心里才像一块石头落了地。

四 用"清河"之水洗涤污毒

自徐宗尧的关系转到市公安局侦讯处之后，便在冯基平的安排下，投入到紧张的肃特斗争中去，由于徐宗尧熟悉军统的情况，对肃清该系统的特务起到了重要的作用。

2月6日，在冯基平的授意下，在徐的家中东板桥14号成立了军统人员登记处。徐对此项工作非常认真尽力，到处奔走，苦口婆心地劝说动员军统人员前来登记，经过徐宗尧17天的工作，共登记了军统人员100多人，还收缴了一部分枪支。

2月22日，侦察科科长任远打电话通知徐宗尧，把已经登记的军统人员于翌日中午集中到后马厂10号开会。

徐宗尧接到通知后，准时把全部人员带到后马厂10号。

任远见到徐宗尧，对他说："你不是曾向冯基平处长要求给予学习机会吗？今天就答应你的要求，送你到清河训练大队学习，以清河之水洗涤污毒，以后再分配工作，希望你要好好学习。你带来的军统人员也一起去。"

徐宗尧欣然同意，并向任远提出回家去取行李和对家中做一下安排，并表示把自用的小汽车、私人手枪取来一并上交。

任远同意徐的要求。因其他军统也没有带行李，任远派车派人把这些人的行李取来。自己和徐宗尧乘车来到徐家。

徐宗尧把事情办完就想回去。任远说："还是和家人一起吃过晚饭再回去吧。"徐提出让任远和他家人一起吃晚饭，否则就回去。任远为了照顾徐宗尧在去清河训练大队前能和家人吃个团圆饭，便在徐家和徐一起吃了晚饭，后乘车返回后马厂。

当晚9时许，市公安局用汽车把徐宗尧等人送到清河训练大队驻地。

徐宗尧来到清河训练大队以后，抱着走向新生的真诚愿望，下决心改造自己。他认真学习马列主义和毛泽东思想，学习清河训练大队所规定的一些文件、书籍和材料。努力改造自己的旧思想，树立为人民服务的新思想，为其他军统人员做出了榜样。他通过学习，联系自己，作了"沉沦容易自拔难"的反省陈述。陈述报告讲了他从一个贫农家庭出身的木厂学徒成为一名军统少将后又获得新生的全过程。

　　往事不堪回首。徐宗尧出生在天津一个贫农家庭里，16岁就到天津三条石的德聚庆木厂当学徒工。当时，直奉军阀混战，东北军席卷华北，三渡黄河，过长江，声威盛极一时。这些深深触动了这个年轻木工。徐宗尧在丹桂戏院看戏时与东北陆军二十七旅的少尉副官李文彬拉上关系，后经李推荐徐到司令部参谋处当中士文书。由此17年来步步高升，先后当过中士、上士、中尉副官、少校军需官。"九一八"事变后，接受几次军官训练，由军需转为带兵军官，从上校团长升至少将旅长。1941年，徐宗尧以第一战区河北游击司令部少将高参的身份，去包头策反投降日寇的伪东亚同盟军总司令白凤翔，在白的司令部遇上了第八战区司令部调查统计室少将主任、军统人员冯贤年，经冯的介绍，徐参加了军统。不久，戴笠任命徐宗尧为军统局五原办事处少将通讯员，接着，又命令徐宗尧在敌后成立平津特别组。日本投降后，徐被任命为河北省保定警察局局长。1948年春，徐被保密局任命为冀辽热察边区特别站站长。适逢辽西大战正酣，人民解放军将很快解放东北全境。徐感到时局危险，逃来北平。向毛人凤建议撤销冀辽热察边区特别站，毛人凤很快同意了徐的建议，但在北平危急之时，把徐宗尧推上了保密局北平站的"宝座"。

　　徐宗尧陈述了自己的简历之后，内心充满了内疚，非常惭愧地说："七年为虎作伥的军统特务生涯中，给蒋介石的反动统治卖命，干了许多残害人民的事，只有在今后的有生之年彻底改造自己，以求将功补过。"

五　弃暗投明的曲折轨迹

　　清河训练大队建立的初衷，是配合肃特斗争而采取的措施，按照党的一贯政策，对参加训练大队学习的军统人员，在弄清案件、区别主次之后，应对有关人员落实政策，给予出路。由于当时的诸多复杂的因素，在北平解放前主动与中共地工人员联系并积极参加起义和在接管北平工作中做了一些有益工作的徐宗尧，并未得到应有的对待。相反，被以军统特务首要分子的罪名逮捕。1951年2月3日，北京监狱在审查"保密局北平站少将站长徐宗尧"的案犯处理呈请批示表上这样写着："根据审查了解，徐犯系匪军统首恶分子，一贯积极从事反革命活动，解放前夕，接受潜伏任务，妄图蠢动。管训后不彻底坦白罪行，怙恶不悛，提议处死刑。"呈上后，市局管训处科长、处长都批示："应处死刑。"3月10日，市局一位副局长也批示："处死刑。"

徐宗尧案件判决后，材料呈报到北京市委，主持市委政法工作的刘仁同志因熟悉徐宗尧的情况，提出反对意见，所以徐的案件迟迟没有执行。

1954年5月，市公安局劳改处管教科科长高伯万，看到了徐宗尧的案件材料。高在解放前长期从事地下工作，并对徐宗尧的一些情况有所了解。他详细地翻阅了徐的案件材料，作了些调查研究，认为对徐宗尧的如此处理是不符合党的政策的。于是，在5月20日，他用红笔写出意见："对徐宗尧死刑缓期两年执行，强迫劳动以观后效。"高伯万的意见，得到了市局主要领导的肯定和赞同。这样，从法律上保住了徐宗尧的性命。

随着时间的推移，逐渐端正和检验了党的政策，北京市委、北京市公安局对徐宗尧案件已经摆在议事日程上。当时，北京市清理积案委员会对徐宗尧案件做出了"不结案不判刑"的决定。

1956年，是徐宗尧一生最难忘的一年。有一次他病了，正赶上时任市局副局长、原清河训练大队队长安林来监狱视察，见到徐宗尧就走过来，主动和徐握手，还嘘寒问暖，完全不是一个领导者对待一个罪犯的态度。这似乎是一个信号，徐宗尧预感到，他的问题有望解决了。

1956年下半年，北京市公安局党委在市委的关怀下，多次召开会议讨论，根据党的八大会议精神和我党历来倡导的实事求是的原则，党委成员都认为徐宗尧的案件到了应该解决的时候了。是年12月10日，市公安局局长冯基平签发了上报公安部呈请释放在押犯徐宗尧的请示，请示中提出如下处理意见："该犯系军统重要人员，罪恶重大，但根据该犯以上表现，关押期间表现较好，今后控制使用还将有价值，我们的意见，予以宽大释放，此事已请示刘仁同志同意。当否，请批示。"12月25日，公安部同意释放在押犯徐宗尧。

12月31日，徐宗尧在北京监狱被宣布释放，并发给100元生活补助费。徐宗尧满怀感激政府的心情回到了分离8年的家，与妻子、儿女团圆。

徐宗尧出狱后近一年中，由于家庭经济生活无来源，由市公安局劳改处每月予以接济。后来，女儿就业，他在街道办事处也找到了工作，生活有了好转。不久，新街口派出所组织他到团河农场就业。

1962年，党落实了对徐宗尧起义人员的政策。北京市政协主席刘仁审阅第三届政协委员名单时，看到有不少经改造表现较好的原国民党战犯在内，于是，他想到了徐宗尧，就对市委统战部的负责人员吴维成说："徐宗尧表现怎么样？""不太清楚，我派人下去了解一下。"吴维成说。统战部了解到徐的表现很好的情况之后，经刘仁批准，徐宗尧为北京市第三届政协特约委员。

1966年，"文化大革命"开始，徐宗尧又一次被收审到秦城监狱。在这里他又度过8年的铁窗生活。林彪、"四人帮"及其爪牙，为收集北京市刘仁的所谓包庇特务徐宗尧的罪行时，找到徐宗尧，徐宗尧实事求是地说："说刘仁、冯基平瞒着中央把我包庇下来，这些我不清楚，反正我投诚的是共产党……"有人提出徐宗尧家中藏有枪支。对此，徐宗尧写出申请："要求红卫兵去我家检查，看看我是不是与共产党一条心。要有枪支的话，可以处决我。"有人说他盼着蒋介石回来，他明确表态："我盼着蒋介石回来干什么，他来了得处决我！"

徐宗尧1975年被从秦城监狱放了出来，又被送到团河农场就业。

1976年10月，随着"文化大革命"这场浩劫的结束，党中央提出了拨乱反正、平反冤假错案，并对受迫害、受打击的人落实政策。历史的钟摆终于调整到准确的刻度。此时，徐宗尧被分派到朝阳区文化馆工作。1978年，北京市政协组织恢复活动时，恢复了徐宗尧的市政协委员的职务。1987年5月18日，北京市公安局正式做出《关于徐宗尧先生历史问题复查结论》。《结论》中指出，"经复查，徐宗尧系起义人员，对北京和平解放作出贡献……"

六 幸福的耄耋之年

历经磨难，饱经风霜的徐宗尧，耄耋之年迎来了安定幸福的生活。党给他全面地落实了起义人员的政策，提高了工资待遇，分配了新的住房。这位命途多舛的老人，对党的关怀和照顾发自内心地感激。他认真总结自己的历史，在北京政协文史资料上撰写文章，倾诉自己怎样从一个贫农的儿子到为蒋家王朝卖命，骑在人民头上作威作福，以及自己获得新生后，接受共产党的思想改造教育的过程。这位爽直的老人，谈到北京解放后，自己的一段坎坷遭遇时，从未流露出怨恨和不满，而且一切坦然处之。这位老人由于多年和公安局打交道，和公安局的同志建立了情谊。当公安局的同志找他了解有关情况时，他都坦诚地、详尽地提供他所知道的一切。而我们则从这位国民党军统少将站长，后成为北京政协委员的老人身上，也看到了我们党的一段历史的轨迹，看到了党的政策尽管受到了一些来自"左"的和右的干扰，但是，我们党仍不失有错必纠、实事求是以及光荣、伟大的光辉！

主要参考文献：

刘光人、赵盖民、于行前：《冯基平传》，群众出版社1997年版。

赵立中：《绝密行动——1949年北平记事》，大众文艺出版社2009年版。

第六章　安定和整顿社会秩序

北平解放之初，社会秩序极为混乱，散兵游勇充斥街头，金银黑市泛滥，乞丐沿街乞讨，摊贩棚户到处占地，交通堵塞、垃圾堆积，加之特务乘机捣乱，社会治安极不稳定。

北平市人民政府公安局根据中央和北平市委在进城初期所提出的"安定社会秩序、消灭混乱现象"的指示精神，结合是和平接管的这一特点，以及入城后复杂的社会环境和混乱的社会秩序，确定了在治安方面的工作方针："有计划地集中力量，消灭混乱现象，建立革命的新秩序。"具体做法是，肃特、治安密切结合，同步共进。市局、分局在工作上各有侧重，市局统一领导全局的肃特和治安工作。

以谭政文为首的北平市人民政府公安局一班领导骨干，发扬了战争年代不怕困难、不怕牺牲和连续作战的作风，团结全局接管干部，上下同心、群策群力，克服了重重困难和阻力，在北平市委和市军管会直接领导和支持下，经过强有力的、大张旗鼓的整顿和治理，迅速地消灭了混乱现象，建立了新的社会秩序。为此，得到了中央和市委的肯定，也受到了北平市民的欢迎。

一　处理散兵游勇

北平和平解放之前，中央和北平市委已经估计到，会有为数不少的散兵游勇充斥街头，但进城后，散兵游勇人数之多，危害之大，大大超出了接管人员的估计。

当时，在北平的大街小巷，到处看到散兵游勇成群结队地活动，他们衣衫不整，满口脏话，有的穿着国民党官兵制服，有的穿着中式服装，歪戴帽子，嘴里吸着烟，以"老子天下第一"自居，目中无人，为非作歹。有些散兵以他们原来的部队在北平办事处留守处为联络的地点，四处活动。当时的街道、会馆、公寓、旅馆、客栈、妓院，都有他们的身影。

他们依仗手中有枪，公开敲诈勒索，明火执仗地抢劫，市民敢怒不敢言。傅作义所属的暂三军原在什坊院一带驻防，在极少数人的操纵下，成班成排的士兵以检查公家物资为名，对周围的村庄进行抢劫，他们甚至用机枪架在村庄周围，像土匪一样，明火执仗地抢劫。1949年2月5日，国民党十六军二十二师约400余人，带着"正义"、"攻坚"、"成功"等符号，在黄村车站，对排队买票的群众起哄闹事，当地派出所警士刘凤鸣上前制止，这些散兵无视法律，对刘凤鸣警士破口大骂，并拿出枪来威胁。更有甚者，2月7日上午10时许，一列北平开往天津的混合列车，途经方庄附近，被不明番号的国民党散兵开枪射击，一名旅客在车上被打伤。有的散兵还向人民解放军驻地投掷手榴弹，炸伤排长于德英等6人。有的还殴打游行工人，撕毁旗帜，对欢迎人民解放军进城的市民进行阻挠和反对。

有些散兵游勇和国民党潜伏特务相勾结，不但扰乱社会秩序，而且从事暗杀和爆炸等活动。3月30日，十八区流散军人处理委员会干部董俊岭被国民党青年军二〇八师特务李克勤在圆明园东双鹤齐三仙洞内枪杀致死，身带手枪也被抢走。国民党国防部第一纵队第一支队司令程祝青，北平解放后，纠集国民党特务、散兵游勇，还有一些地痞流氓共48人，以北平市人民政府的名义，秘密组织"密查总组"并设立办公室，自任总司令，假冒市长名义，到处收缴枪支弹药，组织便衣队，阴谋策划接收物资作为他们的活动经费。除此之外，还进行敲诈勒索，横行霸道，无恶不作。不但破坏人民政府的声誉，而且对人民的生命财产造成极大的损失。市公安局经侦察，取得证据，逮捕了程祝青，当场查获伪造的"北平市人民政府"方印一枚，"北平市人民政府秘书长"印章一枚，及大小印章31枚。还有伪造的"委令"、"密令"、"收缴武器证明"等文件200多件。程祝青被判处极刑。其他犯罪分子根据罪行轻重，也分别做了处理。

在接管北平前后，中央、北平市委、北平军管会对北平的散兵游勇问题予以高度重视，认为这是一个不可忽视的问题。处理散兵游勇，一是应当看做肃清国民党残余势力；二是维护社会治安和稳定社会秩序的中心环节。据统计，北平解放初期，百分之八十的抢案是这些散兵游勇所为。另外，这些散兵游勇不处理，随着时间的推移，他们会变成土匪，有的会投入国民党潜伏特务的怀抱，这将对新生政权构成威胁。

1949年1月31日，即北平和平解放当天，中国人民解放军北平市军管会发出了成立北平市流散军人处理委员会的通知，通知中说："在本市警备区政治部领导下，成立北平流散军人处理委员会，以十三兵团政治部主任刘道生同志为主任，康健生、崔希哲为副主任。每个师成立分会，下辖各区收容所。"通知还规定了北平市流散军人处理委员会的工作方案，阐述了该会的任务、组织机构、处理原则及工作方法等具体问题。

开始，北平市流散军人处理委员会有个估计，北平散兵游勇约有两千余人，但随着东北、西北流窜来平的国民党散兵增多，加之在北平的国民党宪兵十九团已被遣散，潜逃一部分，留在北平当了散兵游勇的为数不少，这样一来，北平的流散军人约有5万之多。

2月5日，北平市军管会颁布了《关于国民党遣散武器限期登记的布告》，凡私存枪支弹药的均为非法，限即日起到本市人民政府各区之公安局迅速报缴请求登记。

2月12日，北平警备司令部颁布了《国民党宪兵第十九团官兵限期登记的布告》，布告规定，凡该团官佐士兵，务必本月20日前来本部（铁狮子胡同）报到登记，交出武器、证件。这些措施，为大规模搜捕国民党流散军人打下了基础。

北京市公安局公安处处长赵苍璧是一个善于调查研究，办事果断的人，他当过地区苏维埃主席、西北保卫局巡视员、陕甘宁边区保卫处副处长兼三边专区保安副司令，他在1947年保卫延安时，做了大量工作。入城后，他是以叶剑英为主任、徐冰为副主任的北平市治安委员会的成员。他在北京市流散军人委员会的领导下，指导各分局治安科，配合部队处理散兵游勇工作。

处理散兵游勇经历了准备工作、搜捕、公开登记、集中遣送几个阶段。

（1）准备工作。入城前北平市委、北平军管会经中央批准，确定了北平流散军人处理委员会的人选。由北平军管会组织召开干部会和党员大会。宣布了入城纪律，明确了任务，讲解处理的政策。它既不同于处理战场上的俘虏，也不同于处理国民党特务。随后，由北平军管会发出指示，确定总会、分会、区收容所是垂直领导关系。区收容所亦受所在的区委领导。市人民政府公安局和各区要随时取得联系。

（2）公开搜捕。人民解放军入城后当天，即2月3日开始搜捕穿军衣的散兵，到2月10日止，3个师共收容了1700多名散兵。经过我军搜捕后，散兵改变了活动方式，由公开转入秘密。有的散兵跑到待整编的傅作义的部队里；有的昼游夜归，逃避清查，有的经常搬家，有的借口是联勤人员等。

（3）号召登记。2月19日，北平市流散军人处理委员会发布了《关于流散国民党官兵登记收容办法的通告》，《通告》规定，现住市内之国民党流散官兵及其家属（现役国民党军人家属按规定向公安局登记）限于本月25日前自动到指定地点报名登记，并交出私存武器及军用物资器材等，否则以非法军人论处。各区、各分会，以此精神召开保甲长会议、旧警察人员会议、已登记的流散军人会议，以及群众大会，讲解政策，说明流散军人在社会上是非法的，只有报到登记才能取得合法地位。在人民政府的帮助下，可以回原籍或者参加学习和工作。有公民权。无家者也可以得到当地政府的帮助。开始，这些散兵有些疑惑和恐惧，后来他们相信了。广大群众对此反映这个办法很好，有的群众还说："把他们收容起来送去学习，不学习不能去掉蛮横性。"前国民党六十一军上尉连副吴某某感动得大哭起来，他说："我受了伤国民党不给治，想不到解放军这么好。我要参加解放军打到广州去！"

另外，旧保甲长和户籍警察，挨门挨户进行宣传，督促登记；动员散兵说服散兵登记；动员原军官说服下属进行登记。经过一段时间工作，百分之八十的散兵都到指定地点进行登记。

（4）集中遣送。这是一件非常复杂细致的组织工作。如果搞不好，不但消耗我之钱粮，而且影响社会治安。此项工作，首先是分批登记，把去江南及去解放区分开，根据现有的平汉、平张、平绥、津浦四个铁路线分别登记，了解人数，再交涉车船。其次集中动员，当分别登记后，在走的前一日，在分会召开茶话会，以示欢送。校官以上的由总会开茶话会。

会上主要讲解目前的形势及我党的宽大政策。号召他们回家好好生产。回南方的，号召他们回家后以实际行动迎接解放军。此举使被遣送的散兵非常感动。国民党北平"行辕"少将高参戚某某说："共产党这样宽大，我从来没有想到……我惭愧得很，过去做错了，只有看以后的了。"国民党一〇四军少校军需王某某感动地说："我回家一定搞好生产，遵守政府法律来报答国家。"再次是到车站发遣送证，发些路费。伤兵发给三个月的薪饷。然后押送上车，这样做不至于让个别散兵撕毁遣送证，把路费花完后仍留在北平。

市公安局和各区分局，在各级党委和北平市流散军人委员会的领导下，在配合部队处理散兵游勇工作中，取得了很大成绩。自2月3日至3月20日47天过程中，共收容与处理散兵游勇30912人。遣送散兵和伤兵15000多人。平均每天处理散兵625人。向市局侦讯处提供不少特务活动材料，其中有十多起特务案已破获。收缴了长短枪691支（二、三分会未记入）、轻机枪3挺、战防枪4挺、各种弹药19箱及6321发、汽车30部，其他军粮及军用通信器材、药品、新旧被服等甚多。

处理散兵游勇的行动，得到了广大市民群众的拥护，有的群众说："他们过去上电车都是打点头票（不起票），现在不敢横行了。"被处理的散兵游勇，因为都得到了政府宽大和妥善处理，他们非常满意，非常感谢共产党和人民政府。原国民党河北省保安司令部的上尉副官夫妇被遣送时说："没有共产党的宽大政策，我们怎能见到爹娘呢！"国民党联勤总部中尉副官董某某回沈阳原籍时，已经上车了又跳下来，把他的家庭住址告诉了工作人员，要求工作人员不断帮助和指示他。家乡为江南的散兵章某某说："过去我们做了些反人民的事，今天得到了解放军对我们的照顾，真叫我们无法报恩，我回家后一定把解放区实情向大家介绍。同志，如果到南方去，不要越过我们的家。"

经过一段时间的治理，北平街面上的散兵游勇基本上消失了，北平的治安状况有了好转。

二　取缔金银黑市，稳定金融秩序

北平解放后一段时间里，金融秩序相当混乱，当时市面上流通的货币种类繁多，有国民党的金圆券，也有人民政府发行的人民券（即人民币），还有八个解放区的钞票也在北平市面上流通，比价没有标准。银元也在市面流通，纸币和银元混用。当时一些投机商人，还利用银元进行投机倒把，使北京市民叫苦不迭，怨声载道。

更有甚者，国民党保密局和华北"剿总"二处的特务们，也不遗余力地破坏北平的金融秩序，破坏北平的金融市场，以此妄图搞垮人民政权。

1948年6月，经毛人凤批准，保密局专门成立了一个"特种组"。该组织专门仿制解放区人民政府的钞票，扰乱解放区的金融秩序。"特种组"从成立起至北平解放后的8个月中，共印制推销假钞10亿多元。华北"剿总"二处破坏金融秩序的特务也不示弱，从北平解放初破获华北"剿总"二处特务张振海的案件就看出这种情况。张振海组织了九个人刻板，制造假人民币，使大量的假钞流入北平市场。仅从张的住处就查获印制假钞用的钢板2块、石板5块、号码机一架、橡皮滚子2个。

还有一些不法分子，乘机搞金融黑市活动。有些金店变成了金银黑市的主要场所，东四的德源金店，经常贩卖黄金哄抬物价，扰乱金融秩序。北平大德通金店是上海、天津、北平贩卖金银的主要场所，一些大城市都有他们的活动。在北平，他们操纵金银黑市。被查获后，仅抄出的黄金就有300两！

北平的银元黑市非常猖獗，街头巷尾比比皆是。活动最集中的地区是前门外、东单、王府井、东四、西四、北新桥、新街口等商业繁华地区。前门大街路便道上买卖银元的黑市，一直延长到珠市口，每天熙熙攘攘，形成一条买卖的人流。

金融市场的稳定与否，直接关系到每个市民的生活，关系到人民政权的稳定。为此，党中央、北平市委给予高度重视。1949年1月9日，也是在接管北平之前，北平市军管会物管会就对金圆券兑换比价、限额和金银黑市等金融情况进行多次讨论和论证。

2月2日，就是人民解放军举行入城式的前一天，北平军管会发布一号公告，宣布废止国民党的金圆券，确定中国人民银行发行纸钞票（简称人民券）为本市的本位币。一切公司会计与交易均需以人民券为计算单位。并确定，暂以冀南银行发行的银票（简称冀钞）及东北银行发行的流通券（简称东北券）为辅币。其他各解放区所发行之各种地方币，均不能在本市流通。《公告》还规定，为了给广大市民以方便，暂准金圆券在市面流通20天，在此期间，市民仍有拒用及拟定比价之自由。金圆券持有者，在限期内可到人民银行或指定银行、钱庄兑换人民券，比价为1：10，即1元人民券可兑换10元金圆券。为了照顾工人、农民、教员、学生、公务员、城市贫民可按1：3兑换，每人限定兑换500元金圆券，其余的均按牌价1：10兑换。另外，人民券与冀钞和东北券的比价为：人民券1元等于100元冀钞，等于1000元东北券。

从2月5日开始兑换人民券，截至22日，共收进金圆券8.3亿元，其中通过优待兑换收进4.9亿元，共优待了90多万人，接近北平人口总数的一半，兑出人民券5亿元。旧社会哪次币制改革，劳动人民总要吃亏，而这次却得到了补益，博得了广大人民的热烈拥护。

银元问题是一个带有群众性的问题。民国二十四年（1935年），民国政府曾宣布银元国有，不允许在市场流通。但实际上，银元虽一部分存入国库，但大部分窖藏民间。当时，北平的情况是这样的：富豪存黄金，中等人家包括部分职员、熟练工人则保存少数银元，三五元或十元不等。由于不法分子的操纵，银元黑市猖獗，严重地扰乱了北平的金融秩序。1949年2月28日，北平市军管会发出《严禁银元在市场流通买卖》的通告，宣布即日起，禁止银元在市面流通买卖或以银元计价，违者惩处。但准许人民群众保存银元、准许按比价到银行兑换人民券（币）。

北平市公安局根据市委必须严厉打击银元犯罪活动指示，制定了《处理银元问题方案》，从3月3日至10日，全市集中力量打击"金鬼子"、"银鬼子"，取缔银元黑市，北平市公安局组成8个组采取秘密侦察和发动群众检举并举的办法，掌握了黑市数量和不法分子名单，对个别首要分子逮捕法办。对工人、学生、贫民买卖银元的，要求他们按牌价兑换，并对其进行批评教育；对投机分子则将银元没收，送司法机关，视情节轻重处以罚金。对查出确有政治目的或有政治背景者，交公安机关处理；是散兵游勇的，送流散军人处理委员会处理。

北平市公安局在取缔金银黑市、打击金银犯罪过程中，维护了政府法令。共查获买卖金银案1522起、案犯2640人，缴获黄金1633.2两，白银2683两，银元48928元。经过反复查缉和取缔，街头银元贩子逐渐消失，缓解了市场上混乱现象，稳定了金融秩序。

三 收容乞丐

北平和平解放之初，乞丐和小偷充斥街头。北平军管会忙于各行业接管，对乞丐的处理与收容无法兼顾。同时在政策宣传解释上做得不够，以至使一些乞丐对"解放"有误解，认为解放了，我们也解放了，共产党来了，我们也翻身了。甚至有些乞丐自称是无产阶级，横行市面，强乞恶讨，商店稍有怠慢，就破口大骂，甚至用砖头砸碎玻璃的事情时有发生。一些商人因一时不了解我们的政策，也不敢干涉。面对这样的"无产阶级"，听之任之，无可奈何。更有甚者，东安市场的乞丐结成团伙，将沿街大小商号定出乞讨官价，金店每家40元、普通商店10元，这些乞丐每天轮流前去索讨。一些乞丐每天竟能讨进两三百元，约合当时小米市价15至20斤，比一个普通工人的工资还高。据商人反映，对乞丐每天要开支约400元，最少也得百元以上，商人负担很重。这种现象继续下去，势必妨碍和影响工商业发展，也影响到社会的治安和稳定。

应当看到，乞丐问题也是一个社会问题。它残存年代甚久，是几千年封建统治留下来的恶果。日伪时期和国民党统治时期，虽然曾处理过多次，但他们没有把乞丐问题当成社会问题来对待、来处理，只是为了市面的观瞻。日伪时期采取抓苦力、驱逐出境的办法；国民党时期是采取定期收容过期不管的办法。把抓到的乞丐拘留起来，每天每人发给玉米面十两八钱，乞丐们吃不饱、穿不暖，甚至还遭到打骂。

北平市政府和北平市军管会经过调查摸底，决定对北平市社会上的乞丐进行收容和处理。并成立了以市民政局为主，公安局、纠察队、妇委、法院、卫生局等单位派干部参加而组成的处理乞丐委员会。

在指导思想上，市委要求，把乞丐问题当成一个社会问题来对待。因是几千年留下的恶果，不可能一下子处理干净，必须在恢复和发展生产过程中才能彻底解决。具体的方针是，一方面进行收容，一方面组织劳动，对各种性质不同的乞丐，予以不同的处理方法，以期使乞丐劳动生产，或学技艺，达到改造、教育、自谋生活的目的。这显然与日伪和国民党时期对待乞丐上有本质的不同。

市处理乞丐委员会根据乞丐不同年龄、不同的情况收容在民政局的救济院、安老所、育幼所、贫民习艺所和妇女教养所里，他们将在这里接受教育和处理。

收容乞丐工作，从5月27日开始至6月3日共收容乞丐854人，内有男乞丐750人、女乞丐104人。其中，送安老所的516人，贫民习艺所144人，妇女教养所93人，习艺所32人，育幼所69人。

北平市人民政府公安局责成公安处负责此项工作。各分局治安科和派出所派出大批干警参加收容工作。乞丐的成分也非常复杂，有的是乞丐又是小偷，有的是职业乞丐，子子孙孙世袭下去，专门过着这种寄生生活。有的是城乡贫民由于长期受剥削、受压迫沦为乞丐；有的是地痞流氓也乞也盗。有一部分是国民党的流散军人，因一时找不着事做，沦为乞丐。还有一部分是苦力工人的家属和子女，因当苦力所挣的钱远不能维持家庭生活，便让老婆和孩子在大街上乞讨。在收容过程中，公安干警严格按照政策和市委的有关规定，不能从事生产的老弱孤寡和残废的乞丐送救济院；无依无靠的及有病的乞丐送安老所；8岁至15岁的儿童乞丐送育幼所，有劳动能力的年轻乞丐送贫民习艺所，经过教育后变成劳动大队，让其参加劳动生产。收容的妇女乞丐送妇女教养所，对青壮年妇女，愿意回原籍的则遣送回原籍，不能回原籍的参加缝纫等手艺学习。对收容的一些小偷扒手则先送法院，等判决后送救济院等单位。

对乞丐的思想教育是最重要的。各收容单位对此项工作抓得很紧，给他们规定了作息制度，帮助他们克服乞丐长年养成的自由散漫的习惯。新旧乞丐混合编班，以便了解情况和掌握情况。为了防止少数人捣乱和破坏，由市纠察队派人看守。

这些乞丐每天按照规定的时间起床、睡觉、吃饭、学习和游戏，过着很有规律的生活。他们的生活标准是，以小米计算每天每人22两，菜金每月22元（旧币）。每天吃窝头、高粱米饭。每周改善一次伙食，遇到节日可吃到白面、大米和猪肉，还给育幼所的孩子发牛肉罐头。由卫生局派出卫生人员巡回治疗。干部们帮他们洗澡、理发，照顾得很周到。干部们不失时机地和他们聊天，进行思想教育。

经过一个时期的学习和教育，这些乞丐的思想有了很大的转变。各收容单位分别进行了安排和处理，69名儿童乞丐，有25名编入育幼所初级小学上课，44名进入识字班。对收容到安老所的老弱病残乞丐，除取保证明领走的以外，其余的都将长期收容在安老所里。有劳动能力的乞丐组织起来编成伙夫队和清洁卫生队，帮助那些老弱病残的人处理日常生活。93名妇女乞丐组织起来学习缝纫。对愿意回原籍的，公安局依照有关规定，开具证明或介绍信，并"沿途由各县招待所招待食宿，并由各地民兵递送至指定地点"。更值得一提的是，对有劳动能力而无家庭负担的乞丐组成劳动大队，先后两批共262人分别赴黄河修堤和察哈尔修坝及开荒。劳动大队出发前，市收容乞丐委员会主持设宴招待，当场有积极分子讲话，他说，请市领导和广大市民放心，我们保证按期完成任务，决不辜负党和政府对我们的教育和关怀。出发时，他们高举着"劳动光荣"旗帜，高呼"共产党万岁"的口号，浩浩荡荡地离开了北京城。

劳动大队经过的地方，受到了群众的热烈欢迎。有的市民说："共产党真有办法，把流氓、乞丐、小偷变成了好人。"还有的市民说："今后每个人都得劳动生产，不劳动是不行了。"

四 整顿摊贩、棚户，疏通交通

北平和平解放后，摊贩大量增加，据市工商局估计约有5万户，几乎占北平当时总户数的百分之十至百分之十五。所有主要干路如正阳门大街、宣武门、崇文门、西单、东单等闹市区，摊贩几乎全部占据了人行步道，甚至摆在马路上。棚户亦达两千户以上，遍布各地。而以东单、天桥、北沟沿等处为集中地点。由于摊贩、棚户的拥挤，慢车道有不少行人、三轮车、自行车跑到快车道，交通秩序非常混乱，铁轮大车随意在沥青路上行驶，许多路面已被轧坏。前门、五牌楼、鲜鱼口一带，每天有1000多个摊贩，早晨摆出摊位，全天人头攒动，拥挤不堪，行人和车辆很难通过。前门果子市，在不足一华里的街巷里，有几十家坐商和200多个摊贩，狭窄的街巷两旁，除坐商摆出的瓜果外，其余都是摊贩，买卖瓜果的车辆很难进出。装卸瓜果的畜力车往往要排出几里地之长。赶车的人吃、睡、喂牲口，弄得瓜皮、烂果和马粪狼藉满地，交通和市容受到很大影响。朝阳门大街是通往京东各地的重要通道，然而在这条大街上，有154家坐商在门前人行横道上堆物营业。有近3000户摊贩占用人行步道，在兜揽生意喂牲口。

有的地方棚户林立，他们是用苇箔、木板和席子搭盖的。除了在里边经营生意，还一家人在里边吃饭、用火、睡觉。不仅影响交通，还很容易发生火灾。

问题的复杂性还表现为：有的商贩、棚户已有人出面自行选举代表，建立组织，分配地皮。有的地方的棚户多为商店分号占据，许多小摊贩反而没有位置，发生不少矛盾和纠纷。有的人听说政府要禁止私建棚屋的消息，反而加紧突造。企图造成事实，市政府无法处置。区政府及公安分局进行劝阻，但均以"旧的不拆，为什么不许我盖"为辞，拒不接受劝阻。

有的地方发现有国民党特务分子进行活动，以造谣诽谤挑拨离间政府和人民群众的关系。

北京市委、市政府对摊贩棚户和交通问题极为关切，做了大量的调查研究，认为北平解放后，摊贩和棚户的激增，这种现象反映了社会在剧烈变化之中，是社会发展到这一阶段的必然产物，是一个社会问题，需要正确的政策引导和强有力的整治措施。

分析摊贩和棚户的成分，一部分是独立劳动者，如修自行车、理发、卖烧饼的等等；一部分是逃亡地主和逃亡工商户；一部分是失业者、低级公务员及工人薪资不够的生活者。北平解放后，摊贩和棚户激增原因是：（1）郊外国民党军队与机关编遣人员，因生活无着，以摊贩来谋生。（2）一部分商店害怕斗争，减少目标，或者经营不好遣散的伙友与徒弟，还有一部分是失业工友及失业的手工艺工人。（3）一部分是官僚阔佬害怕清算，大批裁减的仆役。（4）一部分商店为逃避斗争，逃避税收，而变相设立的分号。还有一部分商店，解放后没有生意，拍卖存货，如西服店几个月来一分钱的买卖都没有。摊贩当中，多为资本较小的生活穷困的人。有些靠卖家底吃饭摆摊的，有的只弄了几斤瓜子、几斤花生苟延度日。有的商店怕别人占据门前的地盘而故意摆设的，还有个别官僚故意装穷而化装摆设的。所以摊贩的成分和思想动机极为复杂。

棚户在当中资力较为雄厚。据东单地区对棚户的调查，百分之三十至百分之五十是变相的商店分号，不费一个钱，不拿捐税就能找到很好的地点开业。所以较多的商人追求此事，有的竟搭棚出租从中渔利。非法侵占公共建筑房屋的人，除一部分是独立劳动者外，也多是商店分号。个别的商人也有盖房出租的。

解决摊贩、棚户等问题，迫在眉睫。但还不是从社会经济意义上来做根本性解决的。1949年4月28日，叶剑英市长在谈到整顿社会秩序时明确指出："现在社会秩序亟待整顿，但对摊贩、交通的整顿尤为急务，要想整理交通，必须解决摊贩，这是互相关联的问题。"

5月23日，北平市政府召开了各区的摊贩代表座谈会。参加座谈会的摊贩代表共115人。叶剑英市长在会上讲为什么要整顿摊贩的问题时说："我们认为摊贩是人民大众的一部分，对摊贩应该采取照顾、帮助与管理的办法，不同于国民党的一纸命令，凭警察武力，横加取缔。我们现在整理摊贩的目的，还不是从社会经济意义上作根本性的解决，而是为了管理市场，保障正当营业，整顿街道交通秩序，防止车祸、火警，保证社会治安。"他在谈到整顿方法时说道："把位置整理适当。摆摊的位置并不是要大家摆在没有人的地方，摆在城墙上谁还去买东西呢？但也不能摆在妨碍走人的地方。只是要求不妨碍交通，不引起火灾，不隐藏敌人。需要迁移的就选个地方实行迁移，不需要迁移的就地整理。"

5月24日，北平市人民政府颁布了《管理摊贩的暂行办法》和《处理棚户的暂行办法》。此后，由市委、市政府、市公安局、纠察队、总工会各派一名负责人组成了整理摊贩工作指挥部。指挥部由市政府秘书长薛子正担任。各区成立了摊贩整理委员会，在摊贩比较集中的交界地区，由相关几个区联合组成委员会，进行管理工作。

经过试点，从6月份开始，各区整理摊贩和处理棚户的工作陆续展开。

在整顿过程中，各级政府严格遵守市委市政府的有关政策，加大宣传力度，把宣传、教育、动员贯彻整个整顿工作始终。

对外地逃亡来的地主和逃亡来的各县国民党机关的职员，营业不佳者，动员自愿还乡。对逃来北平的工商户，解释政策，劝其还乡复业。

对变相的商店分号，完全化装摊贩的商号，取消其摊贩资格，促其遣回原店或觅址营业。

对一般摊贩，根据实际情况，采取"就地整顿，择地迁移"的办法。这两种办法，前者比较容易些，后者难度很大。对需要迁移的摊贩要说明理由，迁移的地点和摊贩商量，听取其意见，耐心解释和做细致的思想工作。有些摊贩还能配合，有的摊贩不公开反对，但强调：要搬都搬，要不搬都不搬，实际上不愿意搬。有的摊贩公开发牢骚："整顿什么市容，我们的肚子还没有内容呢！"在菜市口的摊贩也公开说："菜市口自古以来就是菜市，搬走了还叫什么菜市口？"

隐藏在摊贩当中的特务、不法分子乘机造谣、破坏，甚至张贴反对迁移的标语。企图制造混乱，破坏整理摊贩的工作。

针对整理摊贩中出现的问题，各区召开组长以上的干部会议，决定采取积极分子串联和个别谈话的方式，反复宣传有关政策。公安机关及时对隐藏在摊贩中的特务、土匪等进行打击，在摊贩中戳穿谣言，揭露敌人的破坏阴谋。此举在摊贩中震动很大。有些摊贩逐步认识到，这是大势所趋，这是政府维护摊贩利益的举措，同时他们亲眼看到了分给自己的摊位，转变了思想，纷纷拥护整理。

摊贩迁移的新地址，政府拨出专款，平整地基，安装电灯，接通上下水，建立公厕，建立货场。摊贩搬迁后，公安机关和纠察队派人日夜巡逻，防止坏人行窃和捣乱。需要迁移的摊贩，分别集中在13个新的场地。原地处内七区东单市场的摊贩，全部迁移到和平门至宣武门的顺城街，并设立了摊贩派出所，第一任所长是陈锦堂。对此，前来的摊贩都表示满意。

棚户当中，除一部分是独立劳动者外，多数是商店分号。因此，原则上一律拆除，资本大的使其请领商店开业执照，正式转为商店，觅址营业。资本小的视同摊贩，按摊贩予以处理。正在动工的一律停止，不听劝告者强制执行。

为了解决拆掉棚屋后的棚户之困难，允许以布帐遮阳，并可由市场管理机构建立存货场，办理存货，以解决商贩往来搬运和无法避雨之苦。

整顿摊贩、棚户之后，北平市的混乱现象大为改善，大部分交通干线上，车行道和人行道比过去畅通多了。在此基础上，市公安局在市委、市政府的领导下，加大了对北平市交通秩序的整治力度。7月6日，市公安局制发了《汽车管理暂行规则》、《汽车驾驶人员考核暂行规则》，还制定了《整理交通秩序实施办法》，并通过工会对三轮车工人进行教育。各公安分局加强对交警（主要是留用警）的改造与教育。市公安局还进行了对交警的轮训，建立三、六加巡制和考勤制度。同时，在交通设施上进行了一些必要的建设。全市划定了四大干线的快慢车道，修建了17处交通岗伞，66处交通岗灯，54面交通路标，279处交通岗台，从而改变了交通秩序的混乱局面。为第一届政治协商会议的召开和开国大典的举行奠定了基础。

主要参考文献：

刘朝江：《警神》，大众文艺出版社2002年版。

刘涌：《政法春秋》（内部资料），2003年10月。

第七章　迎接中共中央进北平

自从党的七届二中全会确定北平为共和国的首都之后，中共中央社会部遵照中央的指示，对党中央进驻北平后的保卫工作，进行充分的研究和周密的部署。

一　选择驻地

1949年1月19日，天津战役刚刚结束，中共中央机关供给部副部长范离和刘达等人受命前往先期解放的北平西郊进行调查研究，主要为党中央进驻北平后的驻地进行考察，然后，向党中央提出参考意见。经过几天翻山越岭的观察和对北平西郊的社会情况的调查研究，范离等人认为，党中央进驻北平后的驻地定在香山地区是最佳选择，这个意见，得到了北平市市长叶剑英的赞同。1月底，范离带着叶剑英给中央军委秘书长杨尚昆的亲笔信回到了西柏坡。信中说："范、刘二同志侦察和研究的结果，我们认为，地区的选择以香山为适当，只需迁动一家（香山慈幼院）就可基本解决。"

香山慈幼院是熊希龄于1920年在香山静宜园内创办的。园内有房子3000多间，目前，空闲无人居住。房子虽然年久失修，但稍做修缮即可使用。

熊希龄（1880—1927年），湖南凤凰人，光绪年间的进士。1897年，年仅17岁的他就参加了湖南维新运动。1905年任出洋考察五大使参赞。辛亥革命后，出任袁世凯政府财政总长、热河都统。1917年任段祺瑞政府国务总理。1928年任国民政府财务委员会委员。1932年出任世界红十字会中华总会会长，著有《香山集》一书。熊希龄创办香山慈幼院旨在救济贫困和无人抚养的孤儿。

2月5日，北平已经解放，中共中央社会部部长李克农等13人秘密来到北平，在范离提供材料的基础上，根据叶剑英市长的意见，对将要确定为中共中央和解放军总部驻地的香山进行了全面的调查，李克农与北平警备司令程子华亲自到香山观察地形，了解情况。后拍板确定香山为中共中央和人民解放军总部驻地。他在写给杨尚昆的信中说："已决定驻该地"。

香山位于北平西部，距西直门20公里，是一个具有悠久历史的风景名胜区，"西山晴雪"是明清两个朝代确定下来的燕京八景之一。这里重峦叠嶂，群山逶迤，清泉潺潺，树木参天，景色清幽秀美，令人心旷神怡。金、元、明、清历代帝王都在此处营建离宫别墅。清乾隆十年（1745年）在此大兴土木，兴建亭台楼阁，共有28处景点，如勤政殿、翠微亭、栖云楼、香山寺、森玉笏等名胜古迹。并加筑围墙，名曰："静宜园"。深秋时节，黄栌叶变红，层林尽染，大有"霜叶红于二月花"之胜景。

香山主峰叫香炉峰，又名"鬼见愁"，海拔557米，顶峰有块巨大的乳峰石，形如香炉。站在峰巅远眺，香山美景尽收眼底。

李克农把香山确定为中共中央和解放军总部的驻地，绝不是考虑这里的风景优美，而是主要考虑中央领导同志的安全，他是把安全放在第一位的。李克农看到，香山的地理环境和自然条件，在安全问题上，较之其他地区有得天独厚的条件。其一，香山远离市区。市区敌情严重，治安混乱，而香山比市区要平静一些，香山林木茂密，便于隐蔽设防。其二，这里可以挖防空洞等防空设施，又可布置防空部队。当时青岛尚未解放，国民党的飞机随时来北平进行轰炸。这个因素不得不考虑进去。其三，市区傅作义军事机关尚未撤完。况且租赁房屋也非常困难，而香山有现成的房子。总之，香山地区作为中共中央和解放军总部的驻地是一个十分理想的地方。

二 警卫工作的准备

香山地区作为中共中央和解放军总部的驻地被确定下来之后，中央军委决定，以东北野战军第九纵队的一六〇师为基础，组建二〇七师，为驻平警卫部队，师长吴烈，政委邹衍。李克农积极为香山地区保卫工作进行周密的部署。他和北平警卫司令程子华商定，要组建两个队，一个是以东北局社会部长王范为队长，中共中央社会部干部尚小羽为副队长的工作队，队员还有中社部干部薛立平、李仲培等人。该队在北平市公安局的配合下，以西郊为重点展开全面的社会调查。王范、尚小羽不负众望，在很短的时间内，就写出了《北平西郊概况调查》、《香山概况》、《颐和园工作报告》、《海淀区工作报告》、《青龙桥情况调查》等有分量的材料。这些材料，对中央了解西郊地区的情况，以及中社部对警卫工作的布置有极大的参考价值。另一个是组建便衣侦察队，队长选定为高富有，指导员为焦万有，成员有130余人，多是由中央警卫团和步兵学校抽调的连级干部。李克农交给便衣侦察队的任务是：负责中共中央迁来北平时的路线警卫，即从西直门至香山的路线警卫；加强西郊公安派出所和检查站的领导，做好西郊社会面的控制。

便衣侦察队在西直门、海淀、香山、颐和园东宫门设立四个职业点。便衣侦察队员化装成蹬三轮车的、摆小摊的、修自行车的，也有穿长袍戴礼帽的，布置在沿线的公路两侧。在西郊成立检查站、分驻所，侦察队向每个站、所派去两至三个人担任站、所领导，该队在组织上受中社部领导，在业务上受当地公安局指导。

中共中央来平后将住在香山静宜园内，毛泽东主席居住和办公在园内的双清别墅。其他中央领导住来青轩。此处就在现在香山公园大门左侧。园内东南脚下有备用的防空洞。为了保密，对外仍称为"劳动大学"。

北平市公安局对中共中央来平后的保卫工作高度重视。李克农来平确定香山为中共中央和人民解放军总部驻地后，谭政文局长亲自陪同李克农视察地形和调查研究。同时，他多次指示郊五、郊六分局局长徐守身和张峰，积极配合中社部工作队和便衣侦察队的工作。

郊五、郊六两个分局按照市局的部署，一方面加紧侦破重大案件；另一方面布置在工厂、学校等单位的保卫干部对敌特分子加强调查、监视和控制，配合工作队、侦察队和部队核查户口，收缴枪支，清查危险物品。配合中社部工作队接管香山和颐和园，协助建立公园领导机构和保卫组织。

市公安局侦讯处为了配合中央社会部工作队调查青龙桥一带特务活动情况，对已经捕获在押的国民党党通局特务刘俊明、方增福进行复审，进一步搞清了国民党党通局在青龙桥一带的人员、组织活动情况，并予以全部登记，将其首要分子送到市公安局清河训练大队受训。

香山公园内部由中央警卫团控制。这对毛泽东主席和其他领导同志安全的把握性大大提升，为此，李克农、谭政文悬着的心略略踏实了一些。

三 赶建香山电话专用局

信息传输在当今社会有着极为重要的作用，而在血雨腥风的战争年代，信息传递就是胜利不可缺少的法宝。从某种意义上说，信息决定着一场战役的胜败，决定着无数生灵的命运。中共中央进驻香山办公后，各机关将分散在香山附近办公，中共中央秘书处在香山的昭庙，军委作战部一局在碧云寺，军委二局在卧佛寺，军委三局在八大处，这些机关虽然离得不远，但是通讯联络也非易事，因此，通信联络的问题就提上了北平军管会和中社部的议事日程。

1949年3月初，为了保证中央通信联络的畅通，北平军管会物资接管委员会电信接管部长王诤指示：务必在3月23日前在香山建立通信专用局。

通信专用局选哪里好呢？在权衡几个候选地点以后，最终选定香山慈幼院理化馆旧址。因为理化馆地理位置好，从这里往南就到双清别墅、半山亭。离碧云寺也近。于是，北平地下党派出得力人员和中社部的部分同志一起，着手在此筹建香山电话专用局。装机工程于3月10日正式开工。由于时间紧，任务重，大家全力以赴，夜以继日地奋战，在香山、八大处、玉泉山和青龙桥一带架设中继线和临时专线，仅用了13天时间，便安装了150门自动交换机。3月23日，香山电话专用局建成。

据曾经在这里工作过的同志回忆，这里房子不多，西、南、北各有一套平房，北房后面还有一排平房，最后面是小院。当时机、线、话务员的工作房间在北面前后两排房子里，工作间很简陋，没什么先进的技术设备，也没有冷暖气设备。那时大家过着半军事化的集体生活，几个女话务员被安排住在西房集体宿舍。当时在香山的中央机关对外称"劳动大学"，上级领导机关发给电话专用局的工作人员一人一枚"劳动大学"校徽。佩戴校徽就代表是香山内部的工作人员。3月25日，毛泽东率领中共中央和解放军总部到达香山，通信专用局就开始工作了，中央和毛泽东发布的作战命令都是从这里传给前线的。

四 迎接党中央进驻香山

3月21日，距中共中央来北平的日子越来越近了。为了做好毛主席等中央领导同志当天的沿途警卫，中社部在香山再次召开了公安机关、警卫部队、北平纠察总队联席会议。会议由工作队队长王范主持。尚小羽、李仲培、徐守身、张峰及中央警卫团和北平纠察队的负责同志参加了会议。会上对各项警卫任务进行了分工。会议决定，以高富有的侦察队为主，郊五、郊六分局参加，协同中共中央办公厅、驻平警卫部队二〇七师联合建立西直门、海淀、青龙桥三个检查所；成立颐和园调查组。经北平市公安局批准，成立香山分驻所、颐和园派出所、西苑派出所。各检查站、分驻所在行政上分别由郊五、郊六分局领导，业务上则受分局和侦察队双重领导。由于时间紧迫，中社部要求3月23日各检查站都要建起来，24日领发证件。对清华园附近、华北农村试验厂周围和海淀街西口地区居民连夜进行调查了解，对发现的重点户重点人布置力量严密控制。

李克农和谭政文对路线警卫和区域警卫进行了研究，决定从中央警卫团抽出一个连，北平纠察总队抽出一个中队，在香山玉泉山、西直门之间路线上执行公开的武装警卫。

确定海淀区为警戒区，其范围包括海淀街在内，南起白石桥以北的农业管理单位，北至燕京大学。海淀街过去是西郊地区的政治中心，居民住户和商铺较多，往来人员复杂，当时对海淀的国民党保密局潜伏特务还没有挖出来。针对这种情况，李克农决定，中社部工作队全部出动，从3月24日晚开始，分成带证件符号的公开便衣和秘密便衣两种人员，布置在公路上，由二〇七师抽调人员充当武装纠察人员。具体做法是：3人以警察身份组成检查组，配合留用的旧警察在海淀街指挥交通、检查行人车辆；公开便衣7人在各个路口、要害部位监视监控可疑人员的行动；秘密便衣3人混在群众中搜集情况反映，监视坏人行动。当地公安分局也布置工作关系和秘密力量对特务分子进行控制；纠察队在海淀街协助部队维持秩序，对闲杂人员和摊贩进行清理和整顿。警卫部队官兵、公安人员同心协力，紧密合作，心向一处想，劲往一处使，就是为了一个目标——保卫党中央进驻香山的绝对安全。

3月25日上午11时许，毛泽东和中共中央领导同志从西柏坡出发，经过唐县、保定，来涿县后改乘专列到北平西郊的清华园车站下车。

毛泽东、朱德、刘少奇、周恩来、任弼时等党中央五大书记依次从车厢里走了出来，车站上爆发了一阵呼唤声和掌声，公安保卫人员、部队战士和警卫战士，怀着一种历史赋予的光荣感和责任感，以满腔的热情、高度的警惕性，坚守在自己的岗位上，决不让这伟大的历史时刻出现半点差错。

来到清华园车站迎送毛主席等领导人的李克农和谭政文，见到毛泽东等人安全来到清华园车站，一颗悬着的心落地了。

按照原来的安排，3月25日，毛泽东等中央主要领导同志从清华园火车站下车，中央机关和解放军总部从西直门火车站下车，因此，这两个车站都作了警卫布置，西直门火车站由中央警卫团和北平纠察总队负责。清华园火车站是警卫重点，由中社部工作队负责，市公安局配合，外围由二〇七师控制。李克农、谭政文仍不放心，亲自来清华园火车站检查布置情况。由于火车误点，毛泽东等领导同志的专列没有如期到达。李克农、谭政文非常着急，怕其中有变，二人临时商定，前门火车站也作出警卫部署，以备中央领导同志从前门火车站下车。谭政文急令公安处（市局三处）治安科科长朱寄云赶到前门火车站组织现场保卫。朱寄云接受任务后，立即用电话通知市局有关单位动用备用的机动力量，迅速来前门火车站集合。很快，市局侦讯处副科长闵步瀛带着侦察员赶到了；外一分局局长邢相生和北平纠察中队二大队队长朱俊斌也带人赶到了现场。他们临时接管了前门火车站，对站内和附近公路实行了戒严。

接近中午时分，朱寄云接到通知，知道毛泽东等人已经从清华园火车站下了车，才撤销了警戒。

按照谭政文的安排，市公安局秘书长刘进中担负中央领导同志在北平活动的随卫工作。

刘进中同志接受任务后，首先从有关单位挑选了8名政治上可靠、技术熟练的汽车司机（因为部队上的司机只会开大车，城市里开小轿车的人很难找到），又从缴获来的汽车中挑选了8辆较好的小轿车，其中一辆是防弹车，专为毛泽东主席准备的。为了防止敌机轰炸，还准备了一列火车，停在清华园火车站，由刘进中调遣，如有敌机来轰炸，即用火车将领导同志拉到西北昌平一带山区隐蔽。

毛泽东等领导人下火车后，随即改乘轿车，刘进中乘坐吉普车前面带路。车队浩浩荡荡从清华园火车站开出，直奔颐和园。3月的北平，春意正浓，毛泽东等领导同志坐在轿车上，不时地向欢迎的群众招手致意，也不时地观看窗外北平已物是人非的山山水水、草草木木。

汽车开进颐和园，毛泽东等人下车后，步行到景福阁，在这里吃过午饭稍事休息。下午将在西苑机场检阅驻平部队。

五 检阅驻平部队

3月25日下午5时，身穿灰色皮领大衣的毛泽东和朱德乘坐的绿色吉普车进入机场时，已经等候多时的军乐队顿时奏起雄壮的军乐，欢迎的群众热烈欢呼："毛主席万岁！""中国共产党万岁！"因为这是中共中央领导同志来平后第一次公开露面，除北平市委、市政府组织的各界代表外，还有李济深、黄炎培、郭沫若、柳亚子、马寅初等民主人士。毛泽东、朱德、刘少奇、周恩来等来到群众和民主人士中间，亲切地和大家见面。

举行这次阅兵式，是党中央临时决定的。在24日，毛泽东等人来到涿县，北平市长兼军管会主任叶剑英前去迎接。见到毛泽东后，除扼要地介绍一些北平的情况外，他建议，是否搞一个隆重的入城式，让北平市民夹道欢迎党中央和毛主席进城。

毛泽东思索了一下，认为不必搞入城式，因为那样声势太大了，动员的人太多了，也太浪费了，况且党中央的驻地是保密的。他同意搞一个阅兵式，并定于25日下午在西苑机场。

参加受阅的部队是第四野战军的三个步兵团、一个摩托化团、两个炮兵团、一个坦克营。第四野战军参谋长刘亚楼任阅兵总指挥。

5时15分，检阅开始，乐队奏起雄伟的《中国人民解放军进行曲》，毛泽东、朱德、刘少奇、周恩来、任弼时在罗荣桓、叶剑英、聂荣臻等人陪同下，开始检阅部队。辽沈战役中获得英雄称号的塔山英雄连的官兵，手持红旗站在受阅部队前列，后面整齐地排列着野战部队、警卫部队、坦克部队、炮兵部队、高炮部队和摩托部队，其场面非常壮观。毛泽东看到这支为共和国创立而建立功勋的部队，非常高兴。他频频地向部队招手，不时用浓重的湖南口音喊道："同志们好！"部队官兵喊："首长好！"毛泽东喊："同志们辛苦了！"部队官兵喊："为人民服务！"高亢雄伟的喊声响彻云霄，在北平西部群山中产生了巨大的回响！

5时45分，毛泽东、朱德等领导同志检阅部队完毕，便驱车回到颐和园景福阁。

这次阅兵，虽然规模不大，但意义深远。这是我军最高统帅在解放战争期间唯一的一次阅兵。在我国阅兵史上有着重要地位。不但在当时显示了我军的威武之师、胜利之师的雄姿，给节节败退、已成惊弓之鸟的国民党军队以很大震慑，而且为半年后的开国大典的阅兵打下了基础。

吃过晚饭后，根据毛泽东同志的指示，派人进城把李济深、黄炎培等高级民主人士请来，共同商谈关于召开第一届政治协商会议的事宜。商谈会开得非常热烈，一直开到深夜12点钟。

毛泽东等领导人由公安局护送，子夜时分来到了香山。毛泽东下榻于双清别墅。朱德、刘少奇、周恩来、任弼时等住进双清别墅西侧的来青轩，他们兴致勃勃地度过了来平后的第一个夜晚。

翌日清晨，毛泽东起来散步，他沿山拾级而上，登上一方平台，双清别墅全貌一览无余。

双清别墅位于香山西南的山坡上，背依古老的香山遗址，有两股清澈的泉水顺山而下，涓涓而流，终年不息。清朝乾隆皇帝曾来此一游，见此景观，很是高兴，欣然题写"双清"二字于清泉的石崖上。民国初年，曾当过段祺瑞政府总理的熊希龄在此修建私人别墅，命名为"双清别墅"。

毛泽东走下山来，环顾了一下这座掩映于古树翠竹之间的庭院，只见院内房舍坐北朝南，虽有些陈旧，仍高大别致，具有特色，一般平房不能与其比拟。房前有一座六角红顶的凉亭，小巧无华。亭旁有一株古银杏树，拔地参天。树下有一片翠竹，郁郁葱葱。亭旁蓄一池清水，微风吹拂，泛起涟漪。

毛泽东回到院子里，他看到院子里的电灯仍明晃晃地亮着，此时天色大亮，他不禁皱了皱眉头，快步走上前去关掉了电灯，然后向他的办公室走去。

毛泽东这一小小的举动，给身边工作人员留下了难忘的印象。

就在这一天，中共中央确定了以周恩来为首席代表的中共代表团成员，准备与来平的国民党南京政府和平商谈代表团谈判。

主要参考文献：

刘朝江：《警神》，大众文艺出版社2002年版。

张润生：《要记住这个地方》，载中共北京市委党史研究室编《毛泽东、周恩来、刘少奇、朱德与北京》，中央文献出版社1998年版。

第八章　保卫香山的日日夜夜

一　香山概况和警卫工作

香山地区是1948年12月解放的，是中国人民解放军第四野战军结束辽沈战役后，迅速入关和华北野战军对平津实施保卫时，率先解放的。因香山西部毗邻晋察冀解放区，1949年1月，北平市人民政府就先后建立了辖香山在内的第十七区和辖海淀镇在内的第十八区政权机关。北平市公安局宣布成立时，就宣布在香山地区成立郊五、郊六两个公安分局，任命了领导能力很强的徐守身、张峰分别担任两个分局的分局长。

香山地区在解放前共有150个自然村，7600多户，37000余人。香山地区虽离市区较远，但政治状况和治安情况依然复杂。这里有国民党特务组织如军统、中统、国防部二厅、北平"剿总"二处的派出机构。这些特务分子寻机对新生的人民政府进行破坏和捣乱。1949年3月3日，也就是中共中央进驻香山的第五天，在圆明园双鹤斋三仙洞内，十八区流散军人处理委员会接管干部董俊岭被杀害，手枪被抢走。这里距香山很近，并且经常有中央领导的汽车路过。郊六分局长张峰紧急组织力量，昼夜追查，仅用了三天时间，就将杀害董俊岭的凶手——国民党青年军二〇八师特务李克勤查获。

香山地区宗教活动频繁，封建迷信也非常猖獗。因解放较晚，群众基础也比较薄弱。这对搞好该地区的治安无疑是个挑战。

为了确保党中央进入香山地区后的安全。4月7日，中央社会部在颐和园召开了西郊治安会议。会议由中社部部长李克农主持，参加会议的有北平警备司令程子华，中共中央办公厅杨尚昆、赖祖烈、伍云甫、汪东兴，中社部王范、尚小羽。中组部王甫，中央警卫团刘辉山、北平纠察总队李青川、北平公安总队张廷桢、蒋秦峰，二〇七师师长吴烈、政委邹衍以及华北军区一处、军委社会部，北京市政府等单位领导人参加了会议。北京市公安局秘书长刘进中、市局公安处副处长武创辰，郊五、郊六公安分局局长徐守身、张峰也参加了会议。

会议就香山保卫工作的任务分工、防空、武装警卫和开放颐和园四个方面进行了初步的商讨研究。会议决定，组建由中央办公厅、中社部、中央警卫团、北平西北军分区以及北平市公安局郊五、郊六分局参加的西郊治安委员会。经中央批准，汪东兴为主任，吴烈为副主任。

4月9日，西郊治安委员会在香山召开成立后的第一次会议。到会的有：汪东兴、吴烈、刘辉山、王范，中办行政处警卫科科长李树槐、指导员毛崇模、北平市公安局郊五、郊六治安分局的徐守身、张峰等。会议由主任汪东兴和副主任吴烈主持。根据"西郊治安会议"的精神，进一步对香山驻地保卫工作的四个方面问题进行详细的研究，最后就任务作了如下分工：（1）中央办公驻地的警卫，卫士的选派等仍由中央办公厅行政处警卫科负责；（2）香山公园的控制和内部警卫由中央警卫团负责；（3）二〇七师派出两个团六个营的兵办，负责从香山经海淀至西直门的路线警卫，保证首长行车途中的安全；（4）高炮部队二团一营调用三个连配备12门大炮和12挺高射机枪，保卫香山上空；（5）市公安局负责香山周围的社会面的控制和香山至颐和园，香山至西直门的便衣路线警卫和中央首长外出活动时随卫工作。

4月15日，中央办公厅发布《香山机关防空办法》的通知，正式成立防空委员会，防空委员会司令部由伍云甫、汪东兴、刘辉山、李树槐组成。伍、汪分别担任正副司令，防空委员会下设警察分所（居民防空），各行政单位要设防空联络员，防空哨、消防队、灯光管制闸等，与高炮营、高射机枪连构成一个防空联络网。

北平市公安局坚决执行和完成好西郊治安委员会和防空委员会确定的方针以及分配任务，一方面迅速地派出消防队住在青龙桥，配合防空委员会执行防空灭火任务；布置各分局派出所派出民警深入到各家各户宣传防空知识，组织居民防空演习，帮助解决防空中的实际问题。另一方面，进一步健全充实和加强西直门、海淀、青龙桥、八达岭、香山各检查站、所的力量。配合有关单位进行侦察，注意发现可疑情况，打击敌特活动等。并经常地用书面或电话向西郊治安委员会报告西郊地区治安和有关群众的反映等情况，为此受到了李克农部长赞扬。

5月15日，李克农在中办转呈中社部《北京市公安局郊区分局派出所4月份社会情况报告》中批示："此材料编得很好，可从这份材料中看到，五分局派出所的工作是积极的，是能够调查依靠群众的，应给予口头奖励。"

二 六国饭店的警卫

毛泽东来到香山，一方面在这里指挥渡江战役，打到南京去，解放全中国。另一方面，积极筹划建立新中国的事宜。

举世瞩目的辽沈、淮海、平津三大战役之后，国民党的反动统治濒临土崩瓦解，为了摆脱内外交困的局面，争取时间，东山再起，蒋介石再一次玩弄以退为进的伎俩，先于1949年元旦发表"求和"声明，继于1月21日宣布"隐退"，将李宗仁推上前台当傀儡，他本人则退居幕后进行操纵。

对于国民党政府散布的"和平"烟幕，以毛泽东为代表的中国共产党人早已洞烛其奸，并采取了应对之策，那就是，正如毛泽东在七届二中全会报告中指出的"我们的方针不拒绝谈判，要求对方承认八条，不许讨价还价"。这里所说的八条是：（1）惩治战争罪犯；（2）废除伪宪法；（3）废除伪法统；（4）依据民主原则改编一切反动军队；（5）没收官僚资本；（6）改革土地制度；（7）废除美国条约；（8）召开没有反动分子参加的协商会议，成立民主联合政府，接收南京国民党反动政府及其所属各级政府的一切权利。

3月26日，就是毛泽东住进双清别墅的第二天，中共中央就同国民党的谈判作出决定，派周恩来、林伯渠、林彪、叶剑英、李维汉（后又增派聂荣臻为代表）于4月1日在城内六国饭店进行谈判，通知国民党政府按照上述时间、地点派团参加。

六国饭店的警卫已摆上北平军管会和北京市公安局议事日程。谭政文认为，六国饭店的警卫和中央临时交办的任务，是香山保卫的重要组成部分，必须认真谨慎地做好，马虎不得，松懈不得。

国民党南京政府和平商谈代表团来平之前，北平市军管会就成立了交际处，专门负责国民党谈判代表的接待工作，处长王拓，下设接待、总务、警卫三个科。处部设在六国饭店。

六国饭店位于现在的东城区正义路南端，4层楼房共141套客房，当时是由英国人经营，外国经理1人、工人6人，中国工人139人。原来，北平军管会只租用四楼，后来考虑，除国民党的谈判代表团住在这里外，我党一些领导同志如董必武、贺龙、彭真、叶剑英、王震等以及各解放区领导同志来这里居住、开会、会客等，还有30多位高级民主人士也要住在这里，为了安全起见，北京市军管会租用了整个饭店。

根据叶剑英、谭政文的指示，对饭店的警卫工作进行了分工：饭店外围的治安管理和社会面控制由北平市公安局的内六、内七分局负责。北平警备司令部派出一个连，每人配备德国造的手枪和美国造的卡宾枪两件武器，负责饭店外围和大门口的武装警戒以及楼梯口、楼顶制高点等重点部位的控制。代表外出由他们做随身警卫工作；饭店内部的安全工作由军管会交际处和市公安局共同负责。当时市公安局未成立专门警卫机构，警卫工作由市公安局公安处（三处）治安科代管。公安处指派干部王勇、何生祥到六国饭店参加交际处工作，并很快组成了警卫组。

为了保证饭店内部安全，警卫组对饭店人员进行审查、登记，对各个房间进行详细的检查，同时，在服务员、技工、厨师中发展积极分子，组织工会小组，动员他们给我们做工作。

国共代表团进行谈判期间，国民党代表经常设法与外面联系，探听情况，常带一些身份不明的人来饭店冒充亲属、朋友、经纪人等与代表团见面，情况非常复杂，警卫组根据上级意图，进行必要的控制，对来客要求出示证件，详细登记后，将名单报给有关领导批准后才能会见。警卫人员为了掌握情况，便化装成服务员以送茶、倒水、打扫卫生等形式了解情况，掌握情况。在警卫工作中，既讲团结也坚持原则，工作态度热情友好，又严肃认真，给国民党代表团留下很好的印象。

北京市公安局圆满地完成了党中央、北平市军管会临时交办的任务。4月1日下午2时，以张治中为代表的南京政府和平商谈代表团来到北平。因张治中等来平前专程到溪口会见了已经下野在家的蒋介石，因此，以周恩

第八章　香山保卫的日日夜夜

来为团长的中共谈判代表团主要成员均未到机场迎接，只派代表团秘书长齐燕铭和北京市政府秘书长薛子正去机场迎接。北京市公安局受命去机场对国民党南京政府和平谈判代表团人员的全部物品进行了检查，没收了张治中的手枪，以示冷淡。

是日6时，中共代表团周恩来、林祖涵等6位代表来到六国饭店看望他们，并设便宴款待南京政府和平谈判代表团全体成员，饭后，国共两党的谈判代表商谈谈判的有关事宜。周恩来一开始就以极其严肃的态度质问张治中："为什么来平前，还要去溪口会见蒋介石？这件事本身表明了你们对和平谈判没有诚意！"这突如其来的问话使张治中很尴尬，忙解释说："蒋介石虽然隐退，但还拥有实权，不和他商量事情不好办。请谅解我们的苦衷。"

4月2日至12日，国共双方代表团反复商谈中共提出的八项条件所涉及的有关问题，4月13日和15日在中南海勤政殿举行两次正式会谈。15日，中共首席代表周恩来宣布《国内和平协定》定稿，限国民党政府20日签字。国民党政府拒绝签字，国共谈判破裂。

4月21日，毛泽东主席和朱德总司令签发了中国人民解放军《向全国进军的命令》，命令全军"奋勇前进，坚决、彻底干净、全部地歼灭中国境内的一切敢于抵抗的国民党反动派，解放全国人民，保卫中国领土主权的独立和完整"，一声令下，我人民解放军百万雄师突破长江天险。国民党苦心经营了三个半月之久的所谓"长江防线"顷刻土崩瓦解。23日，南京国民党总统府大门楼的旗杆上，升起了鲜红的"八一"军旗，从而宣布了国民党在大陆进行反动统治的结束。

自从国共两党进行和平谈判破裂、我人民解放军开始渡江之时，国民党的谈判代表团已结束使命。代表团的全体成员在讨论善后事宜。李宗仁、何应钦电令代表团速回南京。

22日上午，周恩来代表中共中央来到六国饭店，以共产党人宽广的胸怀，诚恳地劝说国民党谈判代表团成员留下来，参加新中国的建设。他对张治中说："西安事变我们已经对不起一位姓张的朋友（指张学良），现在我们不能再对不起姓张的朋友了。"

张治中见周恩来诚心诚意，且他也早已看透了国民党的腐败，遂决定留下来。其他如邵力子、章士钊、刘斐等多数代表团成员都表示留下来。

周恩来还告诉张治中："你的家属在南京地下党的协助下，已登上来平的飞机，不久你们将在北平团圆！"

张治中听了，非常激动，忙站起来紧紧地握住周恩来的手说："恩来，谢谢你们对我的关心，从你们的身上我已看到了共产党人的光明磊落和伟大！"

只有10名代表坚持要回去，他们不是回南京和上海，而是到香港去。北平市公安局接到命令，派出警力，护送这10名代表到天津，在天津乘坐"泰古号"轮船去了香港。

在国共两党谈判期间，六国饭店至香山的沿途警卫和随卫工作量是很大的，不但要保卫我党谈判代表周恩来副主席等人的安全，而且对国民党的谈判代表也要做好警卫工作。因为毛泽东主席在双清别墅多次会见国民党谈判代表如张治中、邵力子、章士钊、黄绍竑、刘斐、李蒸等人，因此，从4月8日开始，市内的六国饭店至香山的往来车辆相当频繁。

北平市公安局从国民党谈判代表团来平到护送10名代表离平去天津，历时两个多月，警卫工作虽然繁重、复杂，却没有发生任何问题。圆满地完成了任务。为此，得到北平军管会主任、市长叶剑英的好评。

三 毛泽东两次看戏的警卫启示

毛泽东主席很喜欢京剧，他不仅爱看，也爱唱上几句。他深为京剧的优美唱腔和情景交融的唱词所折服，在工作余暇之时，他总要哼上几句，借以调整一下自己疲倦的身心。他经常念《空城计》里诸葛亮的一句道白："司马懿的兵来得好快呀！"念完就唱："我在楼城观山景，忽听城外乱纷纷……"还有《三顾茅庐》中诸葛亮唱的"我本是卧龙岗散谈的人……"还唱《玉堂春》中女起解一段唱腔。他自己哼着唱着，尽管是南腔北调。

3月底，毛泽东在香山的双清别墅住下来，虽然工作十分繁忙，但他听说京剧名旦尚小云在长安大戏院演唱《荒山泪》，他很想去看看。中央几位领导同志也同毛泽东前往。

毛泽东要看戏的想法一提出，使中央办公厅有关领导和负责毛主席安全警卫的领导叶剑英、谭政文同志吃惊不小。目前，北平刚刚接管，敌特活动猖獗，社会很不安定，毛泽东等领导同志去市区的长安大戏院，警卫工作如何做，使共和国的卫士们很没有把握。

谭政文和中央办公厅的有关领导及担负警卫工作的同志一起对此事进行了研究，想找一个既能让毛泽东等中央领导同志愉快地看戏，又能有把握地保证他们安全的方法。有的同志提出把尚小云接到香山来，安全肯定没有问题；有的同志建议，把长安大戏院包下来，控制起来，不准对外卖票，专门给毛泽东等中央领导同志演出。这两个办法被一直跟随毛泽东多年的警卫人员否定了，卫士长阎长林说："这两个办法如果让毛主席知道了，他肯定不同意这么办。"李银桥也说："1947年6月间，毛主席在陕北葭县看戏时，事前县委给主席准备了一个太师椅，放在台前，两旁还布置了保卫干部，但主席根本不去坐，到群众里去了。事后，毛主席对我说：'你们做警卫工作的既要保证首长安全，又不能割断首长同群众的联系，这是一条原则！'"

最后，经研究决定，由中央和市政府机关抽调一些党员、干部、政治可靠的工作人员，并从街道上抽调一些政治上可靠的党员积极分子，由公安局负责组织，把场子坐得满满的。剧场外围和各出入口由公安局派便衣以剧场服务员身份出现，把剧场控制起来，这样，才能达到"既保证安全，又不割断首长与群众的关系！"

这个方案实施后效果很好。当毛泽东等同志一走进剧场，大家热烈鼓掌欢迎，毛泽东等中央领导同志不住地向大家招手致意。戏剧演出前，毛泽东和他身边的街道积极分子谈笑风生，气氛非常热烈亲切。

4月下旬的一天，北平戏剧界在长安大剧院组织晚会，欢迎毛泽东及中共中央迁来北平。晚会主要内容为观看梅兰芳大师的《霸王别姬》。

这天傍晚，毛泽东吃过晚饭，在双清别墅小院子里散步。他问身边的工作人员阎长林："今天晚上去看戏你知道了吗？"

阎长林回答道："知道了，都准备好了。"

毛泽东又问："几点出发？"

阎长林回答道："路不好走，在路上估计一小时，我们六点半出发，就可以按时到达。"

毛泽东说："好。这次看戏与上次不同，我们是带任务去的。"①

汽车按时出发了，在车上，毛泽东向阎长林等身边工作同志讲，梅兰芳是戏剧界名人，可不简单呀，日本帝国主义侵略中国时，梅兰芳就留须罢演，长期隐居起来，再也不演戏了。日本侵略者和国民党反动派威逼利诱，未能使他屈服。北平回到人民手中，他才开始演戏。前几天演了一场，这是第二场。梅先生这种民族气节难能可贵呀！我们今天看梅先生演戏，就是提倡这种中华民族感、正义感，号召人们向他学习。

北平军管会采用了前一次看戏警卫工作方案，当毛泽东等中央领导同志进入大戏院，掌声雷动，毛泽东等中央领导同志亲切地和有关同志及看戏的群众亲切交谈。演出近两小时，警卫工作方面没发生任何问题。事后，毛泽东对两次看戏的警卫工作比较满意。

1956年，在全国警卫工作座谈会上，公安部长罗瑞卿总结了我国多年的警卫工作经验，确定了"要保证首长安全，又不要脱离群众"，作为警卫工作的方针，这条方针一直延续至今。

四 周恩来举重若轻地解决了"香山兵变"

毛泽东和中共中央进入香山期间，发生了一件令共和国卫士们始料不及的"兵变"事件，此事使周恩来、李克农等领导人吃惊不小。

（一）突兀的"兵变"

1949年4月初的一天清晨，香山地区春光明媚，鸟鸣山幽。随着太阳的升起，笼罩群山的薄雾渐渐散去，漫山遍野的迎春花争相开放，呈现一派静谧与和平。

上午9时许，中共中央办公厅门前突然响起了尖厉的紧急集合的号声，刚刚吃过早饭的警卫人员，听到号声立即持枪跑到值班室前面的空地上，精神抖擞地站成一行，立正报数，等待命令。

中共中央办公厅警卫处处长汪东兴眉头紧蹙、神情严肃地站在那里，

---

① 《一次高水平的艺术表演》，载邓力群主编《伟人毛泽东》，中央民族大学出版社2008年版，第672页。

然后他看看手表，让人不易觉察地点点头："不错，仅六分钟，全体集合完毕！"

然后他严肃地、情绪激昂地对警卫人员说："同志们，据可靠情报，今天晚上傅作义的警卫团约两个营的兵力阴谋冲击香山，我们要加强警戒，保卫毛主席，保卫党中央！具体部署由阎长林排长负责安排。"

汪东兴的话一出口，警卫战士们个个都惊愕地瞪大了眼睛，和傅作义不是已经谈好了吗？为什么他又反悔了呢？他的部队胆敢冲击毛主席和党中央的住处，一定让他们有来无回！

警卫战士的决心不无道理，他们个个都是神枪手，而且有战斗经验。

跟随毛泽东多年的卫士长阎长林此时冷静地对警卫战士们说："这是傅作义警卫团的两个营长带头闹事，兵力不多，外围有我们的警卫部队，但是，我们不能有丝毫大意，我们要以自己的生命确保毛主席和其他中央领导的安全，目前，尤其对'双清别墅'要加强戒备！"

随后，他有条不紊地下达了命令："李银桥组负责内部警卫，保卫毛主席的安全，但不能干扰他的工作；李家骥组负责江青的安全，马武义带两个队员，下山侦察情况，并随时和我联络……"

警卫战士们各就各位，各司其职，进入一级战斗状态。中央直属机关的人员也行动起来，做好充分的准备。

根据周恩来的指示，此事只报告了江青而没有让毛泽东知道，以免影响和干扰他的工作。

与此同时，北平八里庄傅作义警卫团里像被捅了马蜂窝一样混乱不堪、乌烟瘴气。警卫团里的两位营长，长期以来思想反动，恶行累累，他们对傅作义将军率部起义，接受中共改编极为不满。最近，又受到来自南京的一个神秘人物的挑唆，妄图策动部队兵变。这一天早操，他们两个人得知团长等三个团职干部不在，自认为时机已到，两个人站在操场的一个高台上，挥动着手枪大喊大叫："弟兄们，傅作义将军虎落平阳，实属无奈，他意在保存实力，伺机反戈。我们多年享用党国的俸禄，受党国的恩惠，不能不为党国干事！现在机会来了，毛泽东就住在香山，弟兄们，有种的跟我来，我们一起袭击香山，干掉毛泽东！我们为党国立大功一件，以后，有享不尽的荣华富贵！"

这些旧习未改的傅作义旧部，被解放军的纪律束缚了手脚，窝了一肚子火，在这两个营长的挑唆鼓动下，几百号人被点燃了心中的邪火，他们振臂高呼："打到香山去，为党国尽忠尽力！"

这一切，被安排的警卫团做政工工作的人民解放军干部看在眼里，他们非常焦急地想办法出去，向党组织报告这里的情况。他们还未行动，就被警卫团的叛军抓了起来，关了"禁闭"。

情况万分紧急，怎么办？如果不及时制止这次骚乱，毛泽东和其他领导同志的安全会受到极大威胁，而且会在社会上造成极坏的影响。

（二）周恩来轻松解决"兵变"

在情况万分紧急之际，被李克农部长早先安排到警卫团做后勤工作的一个地下党员看在眼里，他的身份没有暴露。他机警地乘早晨买菜的机会离开警卫团，向李克农报告了这里发生的情况。

李克农得知这一情况后，大惊失色，立即向周恩来副主席报告了此事。同时通知香山的警卫战士们做好战斗准备。

周恩来听完报告，也吃惊不小，立即摇响了聂荣臻的电话："喂，是代总长聂荣臻同志吗？傅作义警卫团发生兵变，阴谋冲击香山。命令你调集部队，迅速包围傅作义的警卫团，但要防止发生军事流血。"

听到周恩来副主席下达的命令后，聂荣臻倒吸了一口凉气，非常吃惊。他立即给担负警卫的二〇七师师长吴烈打电话，命令他马上派一个团到翠微路八里庄的傅作义警卫团驻地，实施军事包围，解除他们的武装。命令此次行动由华北军区作训处长唐永健全权指挥。

唐永健接到命令后，立即派出侦察小分队前往八里庄傅作义警卫团附近，进行侦察和监视警卫团的动向，并要求随时报告情况。同时他召开了参加行动的连、营干部会议，传达这次行动的目的、方法以及研究可能发生的问题，并作了具体分工。唐永健从华北军区调配和准备了13辆汽车。准备工作一经完成，立即开赴城西八里庄。

夜色降临时分，唐永健指挥着一个团，迅速登上十多辆大卡车。每辆卡车上都用篷布罩得严严实实。车轮滚滚，尘土飞扬，风驰电掣般地朝城西八里庄方向开去。

汽车快到八里庄时，唐永健命令立即停车，他指挥战士们下车，按原来分工迅速散开，把即将出发的傅作义警卫团的叛军包围起来。

驻防在八里庄的傅作义的警卫团，在改编时，除换上人民解放军的服装和充实我们的政工干部外，其他依旧未变。为了避免双方开火，达到"不战而屈人之兵"的结果，唐永健命令战士用喇叭进行喊话，要求警卫团的指挥员前来谈判。

"警卫团的弟兄们，你们已经被包围了，傅作义将军顺应民意是诚心诚意弃暗投明，你们不要听信别有用心的人挑拨和反动军官的煽动，放下武器，我们保证你们的生命安全，否则，你们将会成为人民的罪人……"

本来，那些警卫团的士兵，对冲击香山没有多大信心，有的头脑清楚的士兵认为，这是以卵击石，飞蛾扑火，弄不好自己会粉身碎骨还背上个叛乱的恶名。有的士兵还趴在墙头上向外窥视，透过稀疏的树丛，依稀地看到全副武装的解放军战士，荷枪实弹围在警卫团的外部。心中一颤，忙把头缩回去，个个耷拉下脑袋，不再叫嚷了。

唐永健从值班参谋那里，打听到了傅作义警卫团团长、副团长、参谋长在城里的住址，于是派人把这三个主要军官找来，协助人民解放军做工作。经过人民解放军的宣传、教育，又进行了几个小时的谈判，傅作义警卫团参加兵变的士兵终于放下了武器。

子夜时分，驻守在香山的警卫人员才得知傅作义警卫团已被我警卫师某团缴械，没有费一粒子弹就和平解决了这次兵变。于是，香山内的紧张气氛消除了，警卫人员从各自的哨位上撤了下来。但是，内部警卫不敢放松，他们通宵不敢睡觉，一直处在戒备状态。

第二天早上，工作了一夜的毛泽东出门散步，才知道昨天和夜里发生的情况，他边走边对阎长林说："别搞这么紧张嘛，为了这件事，害得你们一夜都没有睡觉，这可不行啊！"

震惊一时而又鲜为人知的"香山兵变"，由周恩来举重若轻地解决了。

（三）毛泽东搬进中南海

"香山兵变"这件事发生之后，傅作义开始是不理解的，口有微词。他的秘书王克俊气呼呼地找到了华北军区，军区政治部主任蔡树藩和作训处长唐永健热情地接待了他，并耐心地做了解释工作。王克俊回去之后，原原本本地向傅作义汇报。傅作义听了之后，很快消了气。并决定撤销警卫团，只从警卫团中挑选35名官兵做自己的贴身警卫。

不久，傅作义到香山拜访了毛泽东。谈话中谈及"香山兵变"之事，毛泽东说："请傅先生谅解我们的处理方法，我们都了解蒋某人的为人，他什么事都能做得出来，我就不相信他不在你身边安插特务分子！"

听到毛泽东这样说，傅作义忙欠身微笑着说道："'香山兵变'一事，是我对下属管教不严所致，请毛先生谅解！"

"香山兵变"发生之后，为了确保毛泽东和其他领导同志的安全，也为了方便工作，周恩来再次劝说毛泽东搬进中南海办公。他说："主席不搬进中南海，我们心里不安啊。"

毛泽东接受了周恩来的意见，于6月15日，中国人民政治协商会议筹备会第一次会议召开时，毛泽东在双清别墅和中南海两地办公。当时，香山对内称是中共中央机关，中南海是办事处。毛泽东直到9月中旬才正式离开香山搬进中南海。11月，中共中央机关也搬进中南海办公。

毛泽东在香山几个月的时间里，解决了中国革命最后胜利和胜利后国内国际的重大理论和实践问题。香山，这个京西平凡的小山区，已成为彪炳史册的革命圣地，成了一个值得后人永远纪念的地方。

主要参考文献：

刘朝江：《警神》，大众文艺出版社2002年版。

苏北：《针对毛泽东的香山"兵变"》，《老年文汇报》2006年1月10日。

第九章　周恩来亲临电车厂起火现场

1949年4月20日，人民解放军百万雄师突破长江千里防线，23日，国民党的统治中心南京宣告解放。南京的解放，标志着国民党反动派在大陆的彻底失败。

消息传到和平解放不久的北平，市民们喜笑颜开，奔走相告。位于哈德门外的法华寺街东头路北的北京电车厂的广大工人，更是兴奋不已。他们在工会的倡议下，积极生产，准备出车100辆来庆祝北平解放后第一个"五一"国际劳动节。并且决定，24日自愿加班，连夜赶扎彩车张贴南京解放的标语，为明日出车时，向全市人民宣传。工人们一边扎着彩车，一边议论南京解放的喜事，他们憧憬着明天的幸福生活。谈笑声、歌声冲破深夜的静寂，在电车存车场的车间里飞了出来。

工人们加班到25日凌晨1点，彩车已经扎好，工人们才各自回到自己的家中休息。

整个电车厂静了下来，只有电车厂值班室的灯光在闪烁着。

2点10分左右，电车厂值班巡逻的工人焦家驹忽然听到厂外的正南方有狗叫，接着有两声枪响。他立即关闭值班室内的电灯，跑出屋子，向车场内查看，突然发现第七存车行道中间起火，他急忙敲响警钟，拉响警铃报警。住厂职工听到警钟警铃声，迅速跑到火场灭火，并用电话通知消防队。消防队接到火警，于3点钟才赶到灭火。又因消防水栓相距很远（约1华里左右），灭火很困难。加之起火的电车在停车场中间，后面的车没有办法救出，眼看着熊熊的烈火在吞噬着完好的电车，广大工人心如刀绞、万分焦急，却无从下手。

电车厂周边的群众也赶来灭火。他们和住厂的工人一起用手推，将存车厂外边27辆车推出火场外，其余的40辆好车、19辆未修好的电车都烧在厂内。电车的钢筋水泥厂房104间也被烧毁。估计损失人民券2亿元左右，这是接管北平以来最严重的事件。

电车厂的工人们见到心爱的电车被烧毁，见到厂房一片狼藉，都伤心地流下了眼泪。

经初步的现场勘察和调查了解，该厂的天线到1点钟即将电门关死，发生火警后，存车场有的电灯还亮着，说明不是电线的线路有毛病而造成的火灾。存车场的检修工作和扎彩车工人于凌晨1点结束，离发生火警有1小时10分钟左右，也不像纸烟失火。起火地点在第七行道彩车前面的第26号车上（有的说在彩车上）首先起火，巡逻工人焦家驹说，起火点在车上面，第九行道405号车上一睡觉工人说在彩车下面。因起火地点在停车中间，发生火灾后，使后边的车没法救出。依以上情况来分析，初步认定，此次火灾系人为纵火，极有可能是国民党特务所为。

正巧，电车厂发生火灾的当天上午8点多钟，中央社会部部长李克农正在东城弓弦胡同15号中央社会部办公室里，召开扩大的部务会，向中央分工抓情报保卫工作的周恩来汇报工作。李克农汇报说，进城后，有的情报保卫人员认为进城了，情报保卫工作不重要了；有的甚至提出，在目前的情况下，情报保卫工作有无存在之必要？周恩来认为这种思想是不对的，是危险的。但他没有说话，静静地听其他同志发言。

随后，中社部副部长、北京市公安局局长谭政文汇报了北京市公安局近一段的工作情况。汇报过程中，市公安局三处（公安处）副处长贺生高插话时说了一句昨夜电车厂着火的事。周恩来隐隐听到了电车厂着火几个字，便目光炯炯，急切问："哪儿电车着火，是南京吗？"贺生高回答道："不，北平，这儿电车厂着火。"周恩来一惊，又问："损失严重吗？"贺生高又回答道："据说，很严重！""据说？……"周恩来眉头一皱，立即站了起来，果断地说："今天的会暂停，我们都到现场看看！"

　　周恩来让谭政文和市局三处副处长武创辰前面带路，他和李克农、杨奇清、叶运高、刘涌等同志随后，先去手帕胡同的公安局外三分局。汽车出了崇文门，谁都不知道手帕胡同在哪儿，汽车在花市大街兜了个圈子，找不着路。这时谭政文和武创辰下车问交警才知道手帕胡同在什么地方。

　　汽车驶进了手帕胡同。在外三公安分局办公室，见到了分局长慕丰韵，慕丰韵在延安时期曾在周恩来身边工作过。他见到周恩来的到来，喜出望外，忙给周恩来让座，倒茶。周恩来沉着脸劈头就问："电车厂着火，你去现场了没有？"慕丰韵回答："去了。"周恩来接着问："你什么时间去的？""今天早晨。""你为什么昨天晚上有火警时不去现场？"慕丰韵忙解释说："分局值班的是留用警，他沿袭过去国民党北平警察局的工作规定，当夜未向分局长报告，直到早晨才报上来。"周恩来听了慕丰韵的回答，严肃的脸色稍稍缓和了一些，慕丰韵虽然昨天晚上没有到火场，但早晨毕竟去了。紧接着，周恩来语重心长地说："前清时的县太爷，哪里着了火，都必须亲临现场。国民党上海市的市长吴国桢，抗战时在重庆当市长，日本人轰炸了重庆，着了火，他还到现场去看看。我们是人民的政府，人民的代表，是为人民服务的，更应该及时到现场去工作。今后你们公安局领导，遇到大的事件、案件，必须亲临现场指挥！"

　　周恩来关于公安局领导遇到大事件、案件，必须到现场去指挥，已经成了不成文规定，成为公安局各级领导所遵循的原则，一直沿袭至今。

　　周恩来去现场进行了勘察之后，便率领中社部参加会议的同志回到中社部驻地，他抓住电车厂着火的事件，教育大家说："刚才克农和青长（罗青长）同志反映说，有人提出，我们进城了，夺取政权了，情报保卫工作还有存在之必要吗？眼前发生的事，就是对这种糊涂认识的回答。进了城，公开的敌人消灭了，暗藏的敌人仍然存在。在我们进城后第一个'五一'国际劳动节到来之前，电车厂的工人同志要出100辆车来庆祝，电车厂突然起火，烧了59辆电车，这是敌人向我们示威！对付暗藏的敌人，你能开进一团军队去打吗？即便开去，也找不到敌人。不能光纸上谈兵，坐而论道。要面对现实，加强情报保卫干部马列水平的学习，提高革命品质，使情报保卫干部认识到，情报保卫工作，是党交给最依赖的部门来做的工作，它属于马列主义的根本问题……阶级斗争范围的，是阶级斗争的主要工具……"

周恩来最后说："我们要培养受气不叫、受苦不说的好品质，这是不容易的。但我们必须要具有这种品质。要学习旧戏《搜狐救狐》中公孙杵臼的舍己救人、长期苦撑、冒险犯难的精神。要教育青年一代跟着我们这样走下去。"①

周恩来的谆谆教导，为我们夺取政权后，如何进行隐蔽斗争，如何做好情报保卫工作指明了方向。

周恩来亲自到电车厂起火现场去勘察的行动，为北平市各级领导干部做出了示范和榜样，端正了领导干部的思想作风和工作作风，对广大领导干部教育很大。北平市的党政军各方面行动起来，深入第一线了解情况和处理问题。首先是北平市公安局立即组织专门班子，深入到电车厂现场勘察，之后，向华北局写了书面报告。经市委批准，逮捕了四名纵火嫌疑人。

市委于4月28日召开了会议，专门研究电车厂起火及目前北平市保卫工作的问题，同日，市委、市政府又召开北平市公营工厂领导人的会议，就如何接受电车厂起火的教训，加强工厂内部保卫做了部署。

北平市委书记彭真做了重要讲话，他说："电车公司（指电车厂上属的电车公司），可能是被特务放火烧的，这一点还需要公安机关进一步调查核实。问题是，我们如何通过这件事，提高我们的警惕性，加强各企业工厂、各机关、各学校的保卫工作。"

"要继续搞（肃清和打击）特务，首先要搞职业特务，工厂企业、机关中的中统、军统分子要逮捕。并号召工人一起行动……所有公营企业工厂都得重新检查一下，由军事代表负责，有没有特务分子、坏分子？各工厂负责行政的反动分子，都必须清除，一个也不能留！电车公司的军代表，必须注意调查，为何检验车的6个人中，竟有5个是国民党员（另一个是傻子），而且是最近才调到一起，对于负责调动的人，假如有问题，也

① 刘光人、赵益民、于行前：《冯基平传》，群众出版社1997年版，第170—171页。

第九章　周恩来亲临电车厂起火现场

119

应该把他扣下来。"

"各工厂要普遍建立起工厂保卫委员会，组织起工人纠察队来。"①

彭真同志的讲话，既有现实的针对性，也具有前瞻性。我们刚刚进城接管，还没有来得及考虑工矿企业保卫机构的设置问题。电车厂着火是坏事，但较早地健全了工矿企业的保卫组织。

1949年9月1日，北平市公安局在研究机构编制中，决定成立保卫处，序列为市公安局第四处，专门负责机关、工厂、学校等单位的内部保卫。随着时间的推移和斗争形势的变化，后来，又成立了专门负责厂矿企业的内保处、内保局。

主要参考文献：

刘光人、赵益民、于行前：《冯基平传》，群众出版社1997年版。

---

① 《彭真、叶剑英、赵振生在市委会议上对目前北平保卫工作的发言纪要》（1949年4月28日），载北京市档案局编《北平和平解放前后》，北京出版社1988年版，第293—294页。

第十章 肃特在继续

一 查获"华北督察组"

1949年1月31日，驻守在北平的傅作义将军顺应历史潮流，同意中共中央和人民解放军提出的八项条件，他的部队到城外指定地点接受和平改编，北平宣布和平解放。

2月3日，人民解放军举行盛大的入城式，这意味着，古城北平真正地回到人民手中，中国的历史在这里掀开了新的一页。

此时，古都北平穿上节日的盛装，到处旌旗如林、锣鼓震天，市民们笑容满面，欢呼雀跃，沉浸在欢乐幸福的海洋里，并以不同的形式，来庆祝北平和平解放这一划时代的事件。

但是，提前入城的新政权的卫士们——北平市人民政府公安局的全体接管人员，深感北平敌情的严重：土匪惯窃肆无忌惮，明砸明抢，暗杀纵火，无恶不作；国民党的散兵游勇充斥街头，为非作歹。更为甚者，国民党在北平的各系统的特务，秉承国民党和蒋介石的旨意，策划"应变措施"，变换策略和手法，千方百计地寻机潜伏，疯狂地搜集中国共产党领导下的新生政权及人民解放军的情报，国民党国防部二厅系统的特务组织"华北督察组"就是其中的一个。

北平和平解放后，市公安局侦讯处获悉"华北督察组"这一敌情，遂将其列为专案进行侦察，在内二分局和外省公安机关的支持配合下，几经周折，终将该案的潜伏特务全部查获。

（一）神秘的"景福汽车行"

陈悟生同志是北平人，上中学时就参加了中共北平地下党，先后隶属中共晋察冀中央局北平委员会下属的平民工作委员会领导，后改为由华北局城市工作部领导。北平和平解放后，组织上分配他到市公安局内二分局工作，参加对国民党警察局的接管。陈悟生听到这个消息，心里既高兴，又感到很有压力，高兴的是我们胜利了，我们从"地下"转到了"地上"。感到很有压力的是自己觉得担子更重了，过去我们搜集敌人的情报，敌人侦察我们。现在敌人搜集我们的情报，我们在侦察敌人。夺取政权不容易，巩固政权更不容易啊！

陈悟生向内二分局报到的第二天，分局长狄飞把他叫到自己的办公室。

狄飞办事干练，思维敏捷，是革命战争把一个农民的儿子练就成一位优秀的基层指挥员。他今天着一身合体的灰色军装，右臂的"中国人民解放军北平市公安局军管会"臂章熠熠生辉，更显得威风凛凛。见陈悟生来到办公室，开门见山地说："悟生同志，你在北平做地下工作多年，对北平的情况一定很熟悉，今天请你来，给我谈谈北平的敌情及治安等情况。"

陈悟生得知狄飞意图，心里有了底，他太熟悉这些情况了，便把自己知道的情况一一作了汇报。

最后，陈悟生介绍说："据我所知，目前国民党的特务活动很猖獗，他们有的在变换和迁移住址，隐姓埋名，就是想潜伏下来，搜集我们的情报。国民党的特务组织是不是还有新派到北平来的，我看很有可能！"狄飞听完陈悟生的话，沉思片刻，果断地说："悟生同志，你要通过各种关系，注意敌特活动这方面的敌情，如有情况，直接和我联系！"

狄飞和陈悟生对敌情的估计无疑是正确的。

陈悟生在分局自己办公室里正看市公安局下发的《敌情通报》，忽然传达室的王老头匆匆忙忙闯进来，告诉他："有一个叫韩作文的人有急事找你！"

陈悟生一听是韩作文来了，一定有重大事情，否则他不会来的。忙告诉王老头："让他来我办公室。"

韩作文是陈悟生介绍入党的中共党员。他是个老司机，在日伪时期就开公共汽车，在汽车行业的工人中威信很高，工人们心里有话，都愿意和他说。北平解放前夕，韩作文在北平地下党的领导下，团结广大汽车工人，开展护车、护场以及接送地下党的同志进出城，工作做得很出色。

韩作文向陈悟生报告称：西单宽街12号的景福汽车行的司机陈福录向他反映这么一件事，他的股东张景贤家来了一个年轻小伙子，名叫俞承泽，说是给张当助手的，但他什么也不干，来汽车行，既不会开汽车，又不会修汽车，每天游手好闲，无所事事，很是可疑。

陈福录还说，汽车房旁边有一间根本没有人去的屋子，经常发出"滴滴答答"的声音，他听到就有三四次了。

"滴滴答答的声音，莫非是电台？"凭多年地下工作的经验和职业的敏感，陈悟生马上意识到，这是一个很重要的情况，应当立即向狄飞分局长报告。

狄飞听到报告，非常重视，立即指示韩作文继续指导司机陈福录多接触俞承泽，进一步了解和掌握该人的情况，并随时与分局联系。并抽调了3名侦察员和陈悟生一起，对景福汽车行进行全面的调查。

狄飞还特意叮嘱陈悟生将此情况报告给市局局长谭政文和侦讯处处长冯基平。

刚刚组建不久专门负责对敌特机关进行侦察的市局侦讯处，以冯基平为首的一批从事隐蔽斗争的领导骨干，正在研究如何贯彻市委的指示精神，在全市进行肃特斗争的重大决策。听到内二分局的报告，非常重视，但不知正在活动的特务分子，是属于国民党特务机关中哪个系统的。冯基平指示侦察科：将此列为专案侦察，掌握情况，并派出侦察员协助内二分局调查。

经查，景福汽车行的股东张景贤，家住西单宽街12号，其父是伪国大代表。张景贤本人在日伪时当过县警察所督察。日本投降后，组织过河北省武清县的还乡团。后参加了国民党军统外围组织新事业建设协进会、北平中国公民互助会。北平解放前夕，张景贤经常和国民党特务们吃喝嫖赌，打得火热，有重大特务嫌疑。俞承泽来历不明，更是可疑。

陈悟生等人从西单商场内开无线电行的宋某那儿了解到，他曾为景福汽车行的张景贤修过电台。一个汽车行修电台为何用？情况越来越明朗了，景福汽车行的神秘面纱逐渐被揭开。

汽车司机陈福录又报告说，车库旁边发出"滴滴答答"的小屋，虽长年锁着，现又发现车库屋角有一扇门可以通到小屋，但这扇小门外边有一个大柜子挡着，不注意的人谁也不会想到这个柜子后面还有一个小门通到小屋。看来发报人是从柜子后边的小门进入小屋的。

陈福录还看见，小屋前边有一个葡萄架，并缠有铜丝一直上屋顶，这分明是天线。

以上情况足以证明，西单宽街12号的景福汽车行是国民党潜伏特务的一个秘密据点，并藏有电台。遵照谭政文局长的指示，内二分局派侦察员把该地址严密控制起来。

（二）一定要把电台截获

2月21日上午，陈悟生随西单工作组的两位女同志（刚刚参加工作的大学生）来到西单宽街12号，两位女同志的任务是看看市民有没有用金圆券兑换新发的人民券的，而陈悟生则是利用这个机会亲自到此处侦察一下，想得到第一手材料。

西单宽街12号，是一个深宅大院，除靠西边是汽车库以外，其他房子排列整齐、朱门灰墙、雕梁画栋，很是气派，一看就知道这不是一般平民百姓住的地方。陈悟生机警地、隐秘地又审视了汽车库旁的小屋和葡萄架……

工作组在院里转了转，见张景贤存了大量的煤，一个女同志无意地问了一句："你们为什么存这么多煤？"也没有留意张景贤怎样解释的，就走出了大院。

就这么一句无意的问话，却把张景贤吓坏了，他以为电台的秘密被发现了，急得就像热锅上的蚂蚁。

陈悟生回到分局，刚刚坐定，就接到报告：张景贤待工作组走了不久，让俞承泽把天线拆掉了，又让司机陈福录开车把俞承泽送走，俞带走了一个大皮箱。

原来，俞承泽提着皮箱上了车之后，陈福录问俞车开到哪里去。俞不肯说出具体地址，只是坐在司机旁边指出车去的大致方向。汽车开到景山后街黄化门西口外，俞承泽让陈福录停车，下车后，他提着沉重的大皮箱走进了恭俭胡同。陈福录百思不得其解：这条胡同连大卡车都开得进去，为什么自己提着皮箱走？

陈悟生分析，俞承泽把电台转移了。

情况紧急，陈悟生找到狄飞分局长，他们认为必须当面向谭政文局长汇报并请示怎么办。狄飞叫上警卫员，和陈悟生一起快步向坐落在教育部街的市公安局办公地址奔去。

当他们走到旧刑部街时，忽然发现一辆没有通行证的美制吉普车（当时汽车必须持有市公安局发的通行证方可通行）停在一个大院门前。

他们三个人来到院子里，院子大而阔绰，也很气派，房子里安有电话。有两个身着西装的中年人看到他们突然进来，很是惊慌，当得知来人是问汽车为什么没有通行证的事，才放下心来。有一个脸色蜡黄、眼窝深陷、自称姓何的人说，他们是刘仁的关系，另一个脸色黧黑自称姓张的人说，他们认识谭政文局长。狄飞觉得这两个人言行可疑，而且口气还不小，决定让他们开着车，一起来到公安局。

谭政文正在开会，见狄飞和陈悟生走进来，知道有急事，便宣布休会，先听狄飞的汇报，狄飞把俞承泽转移电台和在刑部街遇到两个人等情况一一作了汇报。谭政文让把人带进来，一见面，果然认识，谭政文用严厉的口气训斥了他们一顿，让他们回去了。

谭政文告诉狄飞和陈悟生，这两个人是最近向我们坦白自首的国民党特务，10天前交出了一支手枪、211发子弹，8天前又交出了两部收发报机。

对俞承泽转移电台之事，谭政文态度坚决：一定要把电台截获回来，决不能让俞承泽跑掉。

对两个自首的国民党特务，谭政文也分析出不少疑点：我们刚进城，敌人就匆忙地交出枪支、电台，为什么还不一次交出？两件事发生的地域都在内二分局辖区，两者有没有联系？

谭政文结束了刚才的会议，马上又召开了由侦讯处处长冯基平、内二分局局长狄飞参加的紧急会议，会议认真分析了两起案件的情况，确定了侦破方案，并作出决定，当天晚上11时，拘捕张景贤！就地审讯，弄清俞承泽地点，追回电台，将这伙特务一网打尽！

（三）挖出一个潜伏组

是夜11时，月明星稀，宁静下来的北平大街小巷，沐浴在银色的清辉之中。这时，几辆汽车载着全副武装的公安人员一下子把西单宽街12号包围起来，谭政文局长亲临现场指挥，他一声令下，侦察员冲进大院，以迅雷不及掩耳之势，把张景贤从被窝里掏了出来。

经审讯，张景贤供认，他是国民党国防部二厅"华北督察组"北平379情报组的特务，任电台译电员，俞承泽是南京国民党国防部二厅直接派来的电台台长，他们以汽车行为掩护，从事情报活动。他们在北平受曹中襄领导。但张景贤不知道曹中襄的地址，只是用电话联系，电话是：2—2727。

当谭政文追问：俞承泽和电台在什么地方？张景贤战战兢兢地说："今天工作组来了，我们以为暴露了，俞承泽带着电台转移到景山后街恭俭胡同23号他姥姥家。"

谭政文当机立断：让狄飞带着人到恭俭胡同抓俞承泽，取电台；由科长孙启民和陈悟生去抓曹中襄。

电话局离张景贤家只有一箭之地，他们很快查清2—2727号码的地址是旧刑部街24号院的私人电话。他们赶到该地址一看，陈悟生心里有底了，原来就是白天查汽车那个院，来过一趟，情况多少熟悉一些，他们顺利地抓到了曹中襄，就是自称姓张、脸色黧黑的那个，另一个也在，自称姓何的真实姓名叫傅家俊，便把这两个人一起拘捕起来。

孙启民、陈悟生返回西单宽街12号时，狄飞已经把俞承泽抓捕归案，并取回了电台，还搜出了大量的情报底稿。

经审讯得知：曹中襄是国民党国防二厅的中校参谋，抗日战争期间是一个认贼作父的汉奸；抗日战争胜利后，摇身一变，又成了国民党军官、国民党特务。他是国民党国防部二厅379情报组组长，受国民党国防部二厅"华北督察组"组长傅家俊领导。

谭政文决定，将傅家俊等4人交市局侦讯处进一步审理。

破获国民党国防部二厅379情报组，从发现敌情到破案仅用了18天！

（四）傅家俊和他的"华北督察组"

破获国民党国防部二厅的379情报组为侦破"华北督察组"拉开了序

幕，开了一个好头。但是，要彻底查清"华北督察组"各个潜伏组台并将其潜伏特务送上审判台是件不容易的事，艰苦复杂的侦察工作还在后边。

经审讯，傅家俊详细地交代了"华北督察组"和下辖各潜伏组的人员名单及他本人情况，并对自己的罪行供认不讳。

国民党国防部二厅的"华北督察组"是国民党国防部二厅设在北平掌握华北地区情报工作的特务机构，它的前身是国民党国防部二厅的华北办事处，因国民党军事上屡屡失败，华北办事处没有人来管。1948年初，国民党国防部二厅厅长侯腾任命傅家俊、张之程为新成立的"华北督察组"正、副组长，共设12个秘密情报组，分别由傅家俊、张之程两人领导。傅掌管北平、天津、石门、沧州、大同、锦州和张垣7个情报组，张之程分掌北平、天津、古北口、榆关和保定5个情报组。北平解放前夕，根据国民党国防部二厅的指令，傅、张分别对自己分管的原情报组布置了潜伏任务，配置了电台、密码，发放了经费，待机进行情报活动。

傅家俊，山东巨野人，时年33岁，住北平北新桥新太仓55号，其父曾任国民党北平市财政局长和北平市商务处理委员会主任委员，傅曾在国民党中央军校八期学习毕业，历任国民党国防部二厅参谋、上校科长等职。1947年被派到东北任国防部二厅辽北直属情报站少将组长。长春被人民解放军包围期间，他化装逃回南京，后被任命为"华北督察组"少将组长兼"华北剿总二处"副处长潜入北平。来北平以前，鉴于时局变化越来越对国民党不利，他要了两面手法，假意营救了我方一位重要地工人员李某。来北平之后，便主动和我在北平地下情报人员刘某某、金某拉上了关系。北平解放后，傅将特工不力的天津、张垣两个潜伏组成员名单和两部电台交给刘某某转交市公安局侦讯处；而将其他5个潜伏组隐匿起来，待机活动。傅的两面手法，使侦讯处的侦察员没有看穿他的真面目。从这次缴获的情报底稿来看，傅来北平始终和南京保持密切联系，并向南京提供人民解放军围城情况、兵力部署，并受南京之命秘密调查、监视傅作义将军同我方和谈情况，秘密查询在平津战役中苏联红军是否出兵等各种情况，以上事实足以证明，傅家俊是一个狡猾的、顽固的特务。

根据傅家俊交代的线索，市公安局侦讯处组织力量追查，对潜藏在北平的10名潜特全部捕获，隐藏在外地的5名也被外省市公安机关逮捕，另有6名已潜逃，在以后"镇反"运动中也被揭露出来，傅家俊一手布置的7个潜伏组和7部电台、21名潜特已全部查获落网。

傅家俊来北平前，就患有肺结核病，入狱后病情严重，后保外就医，住进北平中和医院，经医治无效，于5月5日病死。

（五）追捕"漏网之鱼"

市局侦讯处没有放松追查国民党国防部二厅"华北督察组"副组长张之程的工作。据傅家俊交代：张之程布置的5个潜伏组，都是张独自布置的，对其特务情况一点也不清楚，连张之程本人去向也不知道。傅家俊病死之后，追查的线索中断。

鉴于上述情况，侦讯处处长冯基平指示侦察科，要清理一下"华北督察组"方面的情报线索，研究与分析一下一些情报关系，深挖细找，一定要把张之程这个"漏网之鱼"捉拿归案！

1949年3月11日，侦讯处审理了由人民解放军某部查获的国民党北平警备司令部二处谍报组少校组长王衡之、王学桐。经查，王衡之、王学桐是北平警备司令部二处的重要特务，又是张之程的得力干将，二人很可能知道张之程的下落和他布置的5个潜伏组的情况。但二人供认，他们也不知道张之程的下落。1948年11月，张之程布置王衡之任北平潜伏组组长，王学桐任榆关潜伏组组长。但他们交代说，张布置的潜伏组的对象大多数是北平警备司令部二处下属的谍报组的特务。

根据王衡之、王学桐二人所提供的情况，侦讯处追查工作转入结合搜捕北平警备司令部二处下属谍报组特务工作进行。共查获该系统的特务17名，其中有张之程布置的北平、古北口、榆关、保定潜伏组10名潜特。

是年10月8日，北京外国语学校学生陈海若到外一公安分局检举：有一个叫吴秀珍的妇女是陈父母的朋友，吴的丈夫张之程是特务，吴曾来北平住在陈家，现在又来了，住在前门外第一宾馆。外一分局立即查店，查获了吴秀珍。经审讯，吴确是张之程的老婆，真是"踏破铁鞋无觅处，得来全不费工夫"。外一分局立即将吴秀珍送市局侦讯处审理。经侦讯处的侦察员再三交代政策，细致地做思想工作，吴才交代说，张之程改用化名潜居在上海。张曾派吴两次潜入北平，第一次在1949年7月，她带着国民党国防部长顾祝同的信来平找原北平警备司令部周体仁和刺探国民党一○一、一○三师改编后的情报，以及了解王衡之等人的潜伏情况，因未找到人返沪。这次来京也是这个目的，也未找到人，却落入法网。

根据吴秀珍所供，市局侦讯处电告上海市公安局将张之程逮捕。1950年2月28日将张之程押来北京，经市局侦讯处审理，张供出了他亲手布置的北平、天津、古北口、榆关和保定5个潜伏组（包括5部电台）的组长、组员23人名单。

原来，北平解放之初，张之程混进了待整编的北平警备司令部，图谋待整编后取得合法身份长期潜伏，不久，接受警备司令部周体仁的布置，令其南逃找国民党国防部代周"请示办法"。1949年4月，张偕妻逃到上海，后到南京，见到了国防部长顾祝同、国防部二厅厅长侯腾，讲明来意后，顾祝同给周体仁写了封密信，命张妥交周体仁。侯腾委任张为上校专员，发给了经费，命张潜平重建潜伏组织。张偕妻回到了上海，不敢去北平，派其妻来平找周体仁联系，均未找到，顾祝同给周体仁的密信，因吴秀珍藏在鞋底下，已经踩成了碎纸片，字迹辨认不清了。

根据张之程的交代，23名潜特，除榆关2名暂找不到下落外，其余的潜特连同电台全部查获。市局侦讯处对国民党国防部二厅的"华北督察组"特务组织的侦破，终于画上了一个圆满的句号。

二 侦破潜伏台

1950年2月，台湾台北市。海风阵阵吹来，空气中散发着淡淡的咸味。在这气候宜人的季节，位于台北市国民党保密局的办公大楼里，气氛却显得异常紧张，保密局长毛人凤坐立不安。

毛人凤何以如此焦躁不安呢？因自2月26日以来，与台湾海峡隔海相望的大陆那边的电波突然中断了！猜测、议论、焦虑笼罩着整个保密局。

3月5日清晨，译电员忽然惊呼了起来："北京发报了！"

特务们呼啦一声，围到了机器旁边。译电员很快译出了电文："毛匪人凤，尔等逃亡台湾，逍遥法外，国内潜伏特务被尔欺骗利用，从事间谍破坏，危害国家、民族，吾等于昨日为人民公安局捕获。一切间谍行为一一坦白，愿接受人民法律的制裁，希尔等立即停止危害国家、人民之特务罪行，否则定蹈计旭覆辙，前车之鉴，望尔等三思。人民罪犯计旭。"

毛人凤见到了这段电文，像泄了气的皮球，沮丧地瘫在沙发上，口里不住地说："完了，一切都完了，在北平留下的唯一的一个电台已被中共打掉，我的苦心和黄金都付诸东流了。"

（一）北京上空的可疑电波

新中国诞生后不久，北京的上空回荡着一种可疑的电台信号。电波来自城区一隅，像个幽灵闪着狡黠的眼睛，伴着稀疏的晨星，频繁地飞向太空，飞过台湾海峡……

新政权的卫士们，密切地注视着这一敌情的发展。

1950年1月4日，北京市公安局二处接到公安部调京字28号社情通知，内称："据去年9月密悉，保密局于京津地区设某潜伏台（地址待查），该台呼号有5个，计TBF、ABF、CZM、TPV、IPV。每日晨6时半与马台（保密局电台）联络，局呼台号为ABT、MST、MSF。"通知中还把监听该潜伏台情况通报如下：

9月25日，保密局电勉该组："吾兄忠贞报国，甚至嘉慰，吾人当前责任重大，仍希益求精进，嗣后有关匪方主要事项，均盼译确调查。"等语。

11月11日、15日，保密局先后电示该组谓："第二批接济之款，港币1500元，仍以王光（侠）名义汇计小姐收转，余设法续汇中，希速洽领具复。"

12月6日晚12时，保密局电潜伏台：据情报，毛泽东于今日密赴莫斯科，沿途戒备森严。"0409"。

12月12日，保密局电潜伏台称："查本局赴港汇款人有被密捕可能，兄台前报收款地址即日作废，希转知计小姐，即移住址，其新址不得给原址同住各人知道，以防万一。又兄台新收款地址，双方化名等速另妥拟报核。"

潜伏台接到保密局12月14日电文（内容不详）后复电称："新汇款地点天津西马路西门北117号忠祥棉布庄交吴光宇……"

公安部还通报了保密局另一个汇款地址，即天津市富贵大街58号天源义记行。

中央公安部罗瑞卿部长、杨奇清副部长责成公安部政保局调研处立案侦查。由处长李广祥、副处长苏宇涵、姚持三同志负责，指导并掌握全部案情。北京市公安局、天津市公安局、公安部政保局技术室通力协作，秘密配合，联合侦破此案。

北京市公安局二处，经冯基平副局长（兼二处处长）和狄飞副处长研究，决定让侦察科副科长张烈和曹纯之一起带领侦察一队组成侦破组，进行工作。

（二）谁是计小姐

二处侦破组对案情进行了调查和周密的分析研究，最后确定几项工作：查找敌台称的"计小姐"，以此作为破获此案的突破口。去天津调查保密局汇款情况，请公安部技术室派测向机测向，从而发现电台的位置。

侦破组把市区的"计姓"人员的名单抄来，加以分析研究，想从中找出"计小姐"。

侦破组派人去天津市局联系并查明，天津确有忠祥棉布庄及吴光宇。并从电信局及中国银行查出香港经天津金城银行汇交北京和平门外梁家园东大院甲七号沈宅转计之电报，查出港币1500元于1949年11月17日由计爱琳取走。还发现天津富贵大街58号天源义记行也有无误，该行与港有电汇关系。

1950年1月8日，张烈立即派侦察员石建民去外二分局（宣武分局前身），通过第十派出所（椿树派出所前身）查户口底票。经查，梁家园东大院甲七号房东叫朱显周，该院共住3户，确有一户姓沈，户主沈德乾，别名季豪，36岁，浙江绍兴县人，1938年迁至此地址。沈辅仁大学毕业，过去任利民保险公司经理，时任周口店中华煤矿公司总经理。家中7口人，妻子计致玫，35岁，妻妹计采南29岁，过去教书，现在家闲住。妻侄女计雪玲15岁，还有3个孩子（一男二女）。沈宅有电话一部，号码34158。

派出所向石建民介绍了一个情况：1月初有一女人到沈家，该女子中等身材，稍胖，四方脸，烫发，涂口红，戴大耳环，穿翻毛大衣，西服裤，高跟鞋。石建民把调查情况向侦破组的领导作了汇报，领导认为，此次调查，地址和住户姓名与材料相符。让石建民再去派出所详细了解沈宅的情况。

1月9日，石建民再次到该派出所，所长谈到，该院住户有问题（没有说明哪户），并说明计采南已离婚，其夫情况不详，其家中常有男人（多为银行界）来往，正和一个叫孟广鑫的打得火热。还介绍说，另一户赵宅也可疑等。这些情况，石及时向侦破组领导作了汇报。

通过两日的调查，侦破组认为，该院没有叫计爱琳的，可能是代号。因沈德乾之妻计致玫已35岁，是三个孩子的妈妈，不能称其为"计小姐"；计雪玲年龄又小，也不像敌台称的"计小姐"；计采南其人，其夫情况不详，本人身份不明，她可能就是敌台称的"计小姐"。

为了进一步了解计采南的情况，决定派侦察三队的杨友文同志到第十派出所，以民警的身份为掩护，以组织冬防，成立除奸小组等名义进行侦察。

侦破组的领导把近两日的侦察情况及时向公安部政保局调研处作了汇报。杨奇清副部长对此案很重视，每天晚上和调研处长李广祥同志一起研究案件的进展情况，详细听取来自市局的汇报。

1月12日晚，侦破组接到杨友文的报告，他和另一个同志于该日上午到了沈宅，以成立治安小组为名了解情况。先见到沈德乾，杨让沈经常汇报本院的治安情况，沈与其妻计致玫很高兴，并介绍说："那家（指赵家）很可疑！"杨友文顺水推舟地说："我们对那家也有点怀疑，你们可对那家多注意一下。"计致玫立即说："我今后常到他家去看看。"杨友文反应很快，忙说："你今天是否带我们去看一看？"计致玫想了一下说："我不去了，让采南带你们去得了，因采南经常去他家。"此话正中杨的下怀，便脱口而出："可以，可以。"随即计致玫带杨等二人见到了计采南，又谈了一会儿治安问题，杨推脱今天不去赵宅了，以后再去。经正面接触，对计采南的特征看得比较清楚，中等身材、圆脸、尖下颌、面容清秀，穿青棉旗袍。地上放着冰鞋，看样子常去滑冰。

1月11日公安部通报中谈到："1月6日，该潜伏台向保密局发电称，昨日有'匪警'人员在计小姐后窗偷听，第二日白天即查户口，问是否来过客人，计小姐未予承认，最后'匪警'人员说来客人时要报告。"据杨友文同志汇报称，1月6日，派出所所长曾去该院查过户口，临走时说过"来客人要报告"一语，但并无偷听之事，可能是沈宅房后有巡逻据点，可能有人说话被说成偷听的缘故。

对梁家园甲七号的侦察结果表明，计采南就是敌台称的"计小姐"。遂将计列为目标，由侦察一队进行控制，进而发现情况。

（三）寻觅台址

公安部政保局调研处，在下达的侦察此案的意见中指出："目前侦察方针是扩大调查范围，觅寻社会关系，只要我方不暴露秘密，敌人不会逃走，更隐蔽其活动，故保密工作是侦察工作的胜负的决定环节，在指导工作上，应注重精密的研究工作，防止操之过急，具体工作中，宁丢哨不暴露的原则，为了发现'计小姐'的组织联系，必须采取欲擒故纵的策略。"

根据公安部的指示精神，侦破组找到了沈德乾的弟媳王某某这一关系（王在革大读书）。经工作，王向我反映，有一次住在沈宅，因沈德乾借用计采南的钱，计致玫要沈把钱还给计采南，二人发生口角，沈德乾说："你们家的钱怎么来的我还不知道？！我如果告了，咱们都活不了。"等情况。

调查中得知，计采南前姘夫就是汇款的王光侠。

从在押犯、原国民党绥靖一大队报务员叶青林、吴重游的坦白材料中发现，保密局在北平留下一个潜伏台，台长是计兆祥。经过调查得知，计兆祥是计采南的弟弟，曾任国防部绥靖大队中尉报务员，在何处不详。

1月23日，侦破组提审叶青林，叶称，北平解放前，计兆祥在王府井一带潜伏。叶还谈到1949年3月，叶与计兆祥在沙滩见过一面，曾说过今后互相联系，但不知计兆祥的地址，当时计兆祥携其妻到医院检查胎位。又据管裕民（与计兆祥是同事，已为我工作）谈，1949年8月，与计兆祥相约在北海，计兆祥谈电台改设在北池子一带，每月向保密局作一次政情报告，具体情况没有透露。

据侦察员报告，计采南在北海滑冰时，和一男子交谈，看样子很亲密，我侦察员控制这一男子行踪，结果到北池子时这个人不见了。

北京发现了可疑电波，公安部政保局技术室已用测向机对潜伏台的位置进行了测向。二处接受侦破任务后，公安部派出4辆测向车进行测向，测向车开始工作范围很大，西从丰台，东至朝阳，南从大红门，北至德胜门外的关厢，像拉网似的由城外向城里收缩、集中。关于测向过程，不妨摘录几份简报。

1949年12月29日至1月3日，测向交点在东利市营。

1950年1月4日，交点在东马尾胡同（该胡同与东利市营相近），但声音很小，后移大市北上坡，侦听时声音很大（按：梁家园东大街、大市北上坡与东利市营系东西形成一条直线）。

1950年1月24日，测向交点在南池子普度寺东巷声音最大。

1950年1月25日，测向交点在南池子磁器库南岔。

负责测向的同志报告说，自1月25日以来，测向机和搜索机的交点一直在南池子磁器库南岔7号，当机器走到7号旁门时，声音很大，已听不出信号。

侦察员张静和一个男同志扮成假夫妻，戴着大皮帽，用小机器每天早晨在7号门口进行测试。

侦破组派侦察员到7号院监听，闻有发报声，侦察员把磁器库一线电闸关闭，声音骤停。又将闸门开放，续闻发报声，可以断定，此院有电台无疑。

侦破组很快查出，该院有个叫计旭的，情况和计兆祥基本相同。房东还反映，计旭搬到该院后，电表比原来增加7个字，还发现计旭晚上睡觉很晚，房东问他时，计说孩子吃奶或有其他事情云云。

计旭是否就是计兆祥？侦破组又做了大量的调查工作。张烈亲自到外二分局第四派出所（现西城分局二龙路派出所），翻阅了大量的户口底票（因计采南是从西单王爷佛堂13号迁到梁家园东大院甲7号居住的）。几经周折，好不容易找到了计兆祥一张旧照片，经比对，计旭就是计兆祥。此次调查为破获全案找到了突破口。

（四）秘密转款处有秘密

天津市公安局按照公安部的布置，对天津西马路西门北117号忠祥棉布庄和富贵大街58号天源义记行这两个地址作了调查。

忠祥棉布庄于1949年5月开张，经理周学俭。据说周做布商时间很久。吴光宇，原籍山东，是一个小布商，经常往返沈阳、天津贩卖布匹。据经理介绍，吴为人狡猾，值得注意的是，吴是计兆祥之妻吴岚的表兄。经外线发现，计兆祥几次携其妻去找吴光宇。

天源义记行，是一个五金行，于1936年5月开设，原股东叫雷宾玉，1947年去台湾，和李增键开了三个五金分行。雷宾玉将在天津的资产交给其外甥王寿恒和侄子雷玉璞保管。该号来往商人很多，又很复杂。

1950年1月6日，保密局曾电潜伏组称："黄金20两，由天津南市富贵大街58号天源义记行王寿恒或雷玉璞留交，如王不在，向雷领取。"

然而，天津市局查到：1月4日，香港电天津富贵大街58号称："交吴光宇饷两顿（后知饷两顿是暗语，即黄金20两的意思）。"

1月12日，香港以李增键的名义又电王寿恒："饷速交吴。"1月13日，王复香港电报："转大方键悉，吴货止办，津卖困难。"

据此情况，杨奇清副部长、李广祥等同志认为，天津两地址系保密局为潜伏台秘密转款处，责成天津市局严密控制。

（五）一网打尽

为了从政治上打击敌人气焰，配合毛主席访苏回国的警卫工作，经中央批准，决定逮捕计兆祥等罪犯。

1950年2月26日上午7时，总指挥李广祥向北京市、天津市局下达了逮捕计兆祥等罪犯的命令……

7时前，张烈、郭佩珍带领侦察员隐蔽在南池子延青里（现段库胡同）一个住户里。张烈派出两个侦察员进入计兆祥住的大院，想在计兆祥发报时将其逮捕。但派出的侦察员回来说，听不到计的发报声。这时，已经是7点35分，公安局已发出逮捕计犯的命令。"不能再等了！"张烈、郭佩珍分析了情况，果断作出决定。一声令下，几个人冲到计犯居住的房前，郭佩珍迅速将门踢开。按照事前分工，张烈带着几个人冲进计的室内，计和其妻吴岚还赤裸裸地躺在被窝里。计犯还没有反应过来是怎么回事，他的双手已被手铐紧紧铐住。其妻吴岚慌作一团，我女干部令其穿好衣服，给其戴上手铐。我机警的侦察人员很快在他们坐的沙发里，查获了左轮手枪一支。郭佩珍带几个人在屋内寻找电台，犄角旮旯都翻遍了，最后终于在圆形的面桶里搜出了电台。

曹纯之等人，在梁家园甲7号将计采南、计致玫、孟广鑫等人逮捕归案。

天津市局侦察科科长赵师文，带着几个公安人员，身穿便衣，来到富贵大街58号，见王寿恒、雷玉璞都在柜上，顺利地将其逮捕。接着扑向忠祥棉布庄，因吴光宇25日来京，赵师文及时通报北京市局，几天后，吴在京被我逮捕。

2月27日，罗瑞卿部长、杨奇清副部长向刘少奇写了《侦破保密局北京潜伏台之初步报告》。内容是："经数月之多方侦察研究，以打击特务气焰，发现新的线索，维持首都秩序，保护中央安全为目的。在不扩大，要沉着，有纪律，不乱来的原则下，经批准于本月26日上午于京津两地对保密局北京潜伏电台之案件同时侦破，当即同时捕获主犯计旭（原名计兆祥）、计采南，重大嫌疑分子孟广鑫、沈德乾、计致玫、吴岚及转款关系王寿恒、雷玉璞、韩俊义等9人。搜出15瓦交流发报机1部，直流三灯收报机1个，整流器1个，6寸圆A电把筒1个，45伏特B电6块，耳机1副，电键1个，备付真空筒10个，电流表1个及密码4本（丁密、振密、姚密、伈密等字4种），明码2本，电报底稿70页，通报次数统计表（1948年12月至1950年2月）。取款私章，计爱琳2个、吴光宇2个等证件甚多。并搜出其凶器美式2号左轮手枪1支（号码655337），各类子弹20粒，其他正清查中。主犯已初步供认不讳。初步进行尚称顺利，现正在进一步审讯中，详细容后续报。"

逮捕计兆祥等罪犯后，二处进行了审讯。在计犯已认罪伏法的基础上，由公安部政保局调研处拟稿，由计兆祥发报，对毛人凤一伙危害国家、危害民族的反革命活动进行了有力的痛斥，因而引出开头所写的情景。

1950年6月2日，经中国人民解放军北京军法处审理，判处主犯计兆祥死刑，立即执行，同案犯计采南等，根据不同情节和认罪态度，分别处有期徒刑和罚金，有的免予刑事处罚，教育释放。

6月3日，《人民日报》在"京都新闻"栏目中，刊登了计犯被处死刑的消息。《光明日报》、《新民晚报》也都刊登了这一消息，真是大长了人民的志气，大灭了反动派的威风。

（六）破案后的情况补充

计犯被我逮捕后，交代了他进行特务活动的详细过程。

计兆祥，现名计旭，曾用名计毅，北京人。1926年生，二龙路小学毕业，先在天津孔安无线电公司学徒两年，后到国民党第四方面军（后改为国防部第三路军）军事教导团无线电训练班受训。1946年2月充任该军第一总队司令部电台见习报务员，国民党二十四师一旅旅部电台中尉报务员，1947年考入国民党青年军二〇八师，1948年春，经国民党国防部"绥靖大队"报务员邢树樟介绍充任"绥靖总队"北平区中尉报务员，同年10月代理唐山胥各庄分台台长，11月返回北平，密受"绥靖大队"队长、保密局重要分子、投日大汉奸陈恭澍潜平之使命，任"绥靖北平分台台长"。北平解放后，以华北国医学院学生、周口店中华窑业公司职员身份做掩护，继续从事特务活动。

据计犯供认，电台初设在北城豆角胡同33号，因该住址外面是公共厕所，计恐怕发报时被人听到，先搬到磁器库南岔1号，后又搬到南岔7号。计于1949年2月正式与南京绥靖总台秘密通报，同年5月改属保密局，每天早6时（后改为7时）与保密局通报，经查获通报底稿累计，自1949年2月至1950年2月26日，共通报215次，收报字数12435个，发报字数20320个。1949年上半年每月平均发报字数349个，下半年每月平均数是2797个，而1950年1月份发报字数竟达3148个之多。情报内容属于军事机密、政府组织、航空设施、要员行动等（我重大的核心机密计没有搞到），因而受到保密局来电嘉慰，被晋升为少校军衔，还拨发奖金300银元。

计犯自称"民主自由党"分子，他对计采南、计兆堂（计兆祥之兄）、计致玫等人当面谈过。他认为，国民党名字太坏，共产党不民主，应走中间路线，以迎合某些落后人的心理，借以进行特务活动。计犯的活动非常秘密，只限于在亲戚和可靠的朋友之间进行。他的代号为0942，他规定了接头暗号、人员联络办法，规定以纳福胡同同学"王连仁"名义找计兆祥，以咳嗽吐痰作为警号。书信联络办法：向南京联络叫"陈真"，向上海联络叫"丁明"，陈、丁均是陈恭澍之化名。据计犯交代，两种联络方法没有使用过。

计犯搜集情报的方法：一是从公开报纸上搜集。计定一份《人民日报》。搬到磁器库南岔7号后，他经常到南池子南口报牌处及青年服务部图书室阅录。二是亲自外出探听。到某派出所搞防疫工作，套悉北京市与公安局二处（侦讯处）的组织情况。以投考航空司令部技术员名义，亲自到大雅宝胡同"应考"。从别人谈话中知道此处为飞机器械仓库，并推断出南苑机场的情况，编成情报。参加10月1日天安门阅兵大会后，对照公开报纸研究编成情报。三是利用电话及社交活动，刺探情报，据计犯交代说，这种方法既方便，又不暴露自己。

为了应付保密局的催问，计兆祥也编造了一些假情报。如保密局问，李济深、宋庆龄、沈钧儒不满毛泽东，已失去自由，是否属实？计回电说，各民主党派人士并未失去自由，但均受到监视。还说龙云住北京饭店。计交代说："这些都是我的推测。"

还需要说明的，保密局曾两次给计兆祥汇特务经费共3000元港币，经计采南、孟广鑫、计致玫办理存入银行，以备自己动用，后计兆祥怕被我发觉，和吴光宇谈妥，电告保密局以后汇款汇交天津吴光宇。但保密局未照此办理，反而电告计兆祥港币4305元(含黄金20两)汇到王寿恒处，以吴光宇的名义去领取，保密局想把雷宾玉的资产折成黄金转给计兆祥，但王寿恒几次回电称，货卖不出去，没有钱给计兆祥。计曾四次去天津亲自向王寿恒催要，王始终未给。计兆祥电告保密局以后汇款可汇到北京汇丰银行韩俊义收转（韩与计是青年服务部部友）。

计兆祥逆历史潮流而动，自诩为"万能情报员"，既当电台台长，又是情报员，以为所从事的罪恶行径很诡秘，但最终没有逃脱人民的法网……

三　打掉毛人凤在大陆布置的最后一个潜伏组

时代的指针已经指向1949年。这一年，将是极为不平凡的一年；这一年，在中国广袤大地上将是翻天覆地、换了人间的一年；这一年，中国历史将在这里拐弯。

在中国共产党和毛泽东主席的领导和指挥下，中国人民解放军取得了淮海、辽沈、平津三大战役的伟大胜利。此时，全国战局已经明朗化，蒋家王朝将被埋葬已成定局。北平和平解放后，我强大的人民解放军以摧枯拉朽之势向南推进，在长江以北蓄势待发，只要党中央一声号令，他们就要打过长江去，解放全中国！

一切反动派是不会自动退出历史舞台的，捣乱、失败、再捣乱、再失败，直至灭亡，这是他们的逻辑。北平解放后，国民党保密局行动特务柴大兴一伙，按照保密局特务头子毛人凤的指令，潜伏下来，妄图寻机暗杀我党高级领导人和从事其他破坏活动。

北京市公安局侦讯处的侦察员们，把保卫党中央、保卫中央领导人的安全、保卫首都视为自己神圣的职责。天网恢恢，疏而不漏，他们经过缜密的侦察，取得证据，一举将柴大兴等一伙匪特逮捕归案。

（一）毛人凤亲自布置潜伏

1949年3月，北平人民公安机关在市委、市军管会的领导下，大张旗鼓地进行一场肃特斗争，蛰伏在阴暗角落的国民党潜伏特务王兰田、柴大兴一伙，深感自己的末日来临。但这伙匪特仍不甘心自己失败，他们要做垂死的挣扎。

一天，柴大兴在西城区宗帽胡同三条15号自己的住宅里，和前来造访的王兰田密谈，王兰田悲观地向柴大兴说："大兴，共产党已经占了北平，上月，人民解放军已经开进北平，我们的人逃跑的逃跑，投降的投降，看来，国民党气数已尽了。"

"王主任，你不要太悲观了。"因王兰田当过国民党张家口军事干校主任，柴大兴才这样称呼他，"现在共产党刚刚进入北平，立足未稳，共产党的公安机关，虽然搞什么肃特斗争，但是，他们破坏的是背叛我们的人提供他们的组织和人员，共产党找不到我们，而且我们还有一帮人，不如趁此机会给共产党一点颜色看看！"

"不行，不行。"王兰田摆摆手，"我们就这几个人，力量太单薄了，怎么能和共产党较量！这不是以卵击石吗？！"

"那我们怎么办？"柴大兴显出为难的样子，"我们每天就躲在角落里，等着共产党来抓捕我们？"

"那倒也不是。"王兰田表现出胸有成竹，"我们还应得到保密局的支持，现在保密局已迁到上海，我们应当派人去联系。"

"那好。"柴大兴如醍醐灌顶，豁然明白了，表示同意王兰田的主意。

两人经过磋商，决定派军统特务、原国民党沈阳督察处少校督察、目前正在北京柴大兴经营的"大盛兴鞋店"帮工的关吉甫，前往上海与国民党保密局进行联络。

次日，王兰田、柴大兴、柴充跃（柴大兴的弟弟）、关吉甫等人密谋，搞了一个在北平的《潜伏活动计划》。这个书面计划由柴充跃执笔，内容包括在北平进行策反、行动破坏、发展组织、搜集情报和进行反共宣传等几项活动。

《潜伏活动计划》由关吉甫的妻妹戴淑兰把它缝在关的棉衣夹层内藏好，由关吉甫带着它经青岛急赴上海。

关吉甫到了上海国民党保密局驻地，把书面的《潜伏活动计划》呈报给保密局。此时的保密局已是风雨飘摇、人心惶惶的境况，他们要和国民党党部逃到台湾去已经不是秘密。毛人凤看到柴大兴的《潜伏活动计划》，非常高兴，立即召见关吉甫。对王兰田、柴大兴大加赞赏，他说："党国正处在危难之中，有王兰田、柴大兴这样忠于党国的栋梁之材在，党国就有希望了。"并郑重宣布，成立保密局"华北军事特密组"，任命王兰田为少将组长，柴大兴为上校副组长，关吉甫为联络员。并规定了"特密组"的活动任务：（1）由王兰田主管策反傅作义部下军官、组织武装暴动；（2）由柴大兴主管暗杀、爆破任务；（3）发展组织搜集情报；（4）建立电台。毛人凤还特别强调了要多杀几个"大脑瓜"。当即，在关吉甫呈报的《潜伏活动计划》上批了"政府重奖"四个大字。意思是说，如果事情成功，政府会给予重大奖励的。

会见快要结束了，毛人凤问关吉甫："你们的活动经费怎么样？"关吉甫以献媚讨好的口气对毛人凤说："经费不成问题，我们有能力抢劫中共的银行，既可以解决活动经费，又可以打击中共，把北平搞乱。"毛人凤听后，黧黑的脸上露出笑容，说道："还是拨给你们十根金条吧，作为你们的活动经费。以后，你们的'工作'有成绩，我们还会拨给你们经费的！"

（二）积极策划暗杀、爆破和抢劫活动

1949年4月，关吉甫奉毛人凤之命由上海潜回北平，随即召集柴大兴、柴充跃、戴淑英（关吉甫之妻）、戴淑兰4人，到北海公园儿童体育场内召开秘密会议，由关吉甫传达了毛人凤的"指示"：成立保密局"华北军事特密组"以及任命名单和职务分工，明确了几项活动任务。关吉甫让柴大兴将情况转告王兰田，以便分别进行活动。

随后，他们陆续发展了柴大兴3个弟弟柴充年、柴充周、柴充跃和戴淑

英、戴淑兰、田克斋、张玉海、吕凤鸣、王靖国、王大范、赵玉洁等人为正式组员。

柴大兴和柴充跃兄弟二人以蹬三轮为掩护，到军政机关门口窥视，了解中央首长出入情况。他们先后在华北军区、军委气象局、石驸马大街某单位的门口多次进行观察，以图发现首长乘坐的汽车和出入的情况。

王兰田、柴大兴还在西单路口，发现过毛泽东主席乘坐的汽车和行驶方向。这两个匪特头子，密谋在复兴门外小桥下埋伏，当毛主席的汽车路过桥面时，用手枪、手榴弹行刺。他们还探听到毛主席住香山一带，柴大兴提出由台湾国民党派飞机来轰炸。

柴大兴同田克斋拟定出行刺董必武同志的计划。当时董必武同志住在前门内大四眼井胡同，田克斋也住在该胡同内，并在胡同口摆茶摊，对董老的出行时间、乘坐的汽车，以及警卫的情况比较熟悉。柴大兴、柴充跃多次去田克斋的茶摊处，同田密谋，并对周围的路口、环境、地形和董老乘车的路线等有关情况，作了详细的了解，制定了暗杀方案。

同时，他们还发现了史良部长的车也经常路过此地，也商量过待机行刺史良部长。

柴大兴、柴充跃计划在繁华的王府井大街上，爆炸东安市场、新华书店和三联书店。他们二人多次到现场勘察，拟定了如何动手和逃跑路线。准备从东安市场北门旁边一家洗衣店的楼梯上，向下投掷手榴弹，使其爆炸燃烧起火；在新华书店和三联书店，他们趁人多购书之际向柜台投掷手榴弹，炸死购书者，烧毁书店，把北京王府井地区搞乱。

柴大兴一伙准备爆炸西直门火车站电话交换所，使该站运输瘫痪。还准备爆炸工厂、仓库和其他重要场所。

柴大兴一伙匪特始终把爆炸破坏的目标选在人群密集的区域，以造成影响。他们拟定了抢劫王府井信托银行和亿兆商店；还策划对长春堂药店经理张庆余和厚生火柴公司经理张厚生住宅进行抢劫，如遭到反抗，则予以击毙。他们分别到现场进行勘察，并制定了行动方案。计划将抢劫的财物作为他们活动的经费。

柴大兴这一伙穷凶极恶的匪特，虽然他们对上述的目标预谋进行暗杀、爆炸和抢劫，跃跃欲试，寻机下手。但是，在我人民公安机关肃特等行动的打击下，他们始终没有得手。此时，使柴大兴一伙匪特非常惊惶和害怕的事发生了，保密局"华北军事特密组"少将组长、他们的顶头上司王兰田已被人民公安机关逮捕。

（三）案件侦破初露端倪

1949年10月，令世界瞩目的中华人民共和国开国大典刚刚过去，从兴奋、紧张的开国大典保卫工作中走过来的市公安局侦讯处的侦察员们，满以为可以松口气，放松和调整一下身心，但又一个重要的侦破任务摆在他们面前。

此时，侦讯处接到了由清河管训大队转来的在押犯王兰田的交代材料，内称：在1949年3月他和柴大兴派关吉甫去上海与国民党保密局联系，受到毛人凤的接见，毛人凤批准他们成立保密局"华北军事特密组"，他被任命为组长，柴大兴为副组长，并在北平潜伏下来，从事策反、爆炸和抢劫等破坏活动的情况。

清河管训大队还转来了在押犯李文中的交代材料，他证实，1949年3月，李在上海保密局招待所见到了关吉甫（李文中与关吉甫原在沈阳督察处时是同事），关向李透露，在上海曾被毛人凤接见，此后，李不知道关的下落。

清河管训大队是北京市公安局刚刚建立的一个机构，是主要对国民党特务骨干和有危险性的特务及反动身份较高的人员进行集中管理、改造的场所。

北京市公安局侦讯处处长冯基平，对清河管训大队转来的材料甚为重视，指示由侦察科挑选精干人员组成侦破组，对此案进行缜密侦察。冯基平还指示说，侦破敌特行动破坏的案件动作要迅速，实际上是与敌人争时间、争夺空间阵地的斗争，否则，我们就会陷入被动，会使敌人阴谋得逞，会带来严重后果。

侦破组对王兰田、柴大兴、关吉甫等人进行了详细调查。

经查，王兰田，军统特务，1932年任国民党东北民众抗日救国军军事委员会委员长，以柴大兴在沈阳开设的大盛兴鞋店为掩护，在东北从事特务活动。1939年任国民党包头市警察局局长。日本投降后，任国民党部队第十一战区张家口军事干校主任、张家口青训大队长、"华北剿总"政训大队上校大队长、政工处少将处长等职。后和柴大兴一伙匪特沆瀣一气，从事危害新生政权的阴谋活动。

柴大兴，又名柴充库，东北沈阳市人，住北京市西城区宗帽胡同三条15号。1932年任国民党东北民众抗日救国军上校特务队长，后在沈阳开设了一个大盛兴鞋店，掩护军统特务王兰田、李贺民等人从事特务活动。

东北解放后，柴大兴潜来北平。经军统特务李贺民介绍，与军统局北平站站长马汉山见面，并参加了军统特务组织。与国民党保密局北平站行动组组长、大特务江洪涛和吴庆澜关系甚密。

柴大兴潜来北平，重操旧业，在西城区宗帽胡同附近，开设了与沈阳同名的大盛兴鞋店。以此为掩护，从事特务活动。

侦察员根据王兰田交代的情况到西城宗帽胡同三条15号调查，派出所管片民警王某介绍说："柴大兴，很少出门，没有发现什么恶劣行为。关吉甫原来也住在柴家，现在搬走下落不明。"经查，柴大兴的二弟柴充年，日本投降后，任国民党保密局北平站站长马汉三的警卫员。三弟柴充周，曾任国民党包头警察局巡查，察哈尔省青年集训队传达长。四弟柴充跃，曾任国民党保密局沈阳皇姑屯检查所所员。据派出所介绍，柴氏兄弟是有名的专司抢劫的匪徒。在1935年至1948年期间，北平的中国银行南城办事处、东四保商银行、中国农工银行，天津农工银行，天津新华银行被抢劫，柴氏兄弟有重大嫌疑。尤其是1948年11月24日，北平西交民巷中国农工银行被抢一案，这伙匪徒用枪射击，致使该银行职工康元善、张玉山等5人受伤，还有一名职工当场被击毙。翌日，北平各大报纸都刊登了这一消息。当时的国民党警察局已陷入瘫痪，无力破案。但有的市民看到了柴大兴的身影……

关吉甫，东北铁岭人，是柴大兴的表弟。他一直在柴大兴开设的大盛兴鞋店帮工，以此掩护其罪恶活动。1939年经李贺民介绍参加军统特务组织，历任北平区行动组组员，包头市警察局巡查，国民党河北省深县警察所所长。日本投降后，先后任国民党沈阳市督察处少校督察，沈阳皇姑屯、北陵飞机场检查所所长。沈阳解放前夕逃来北京，住在柴大兴家。其妻戴淑英，大盛兴鞋店店员。妻妹戴淑兰，一直与关同居，曾任国民党河北深县警察所户籍员。日本投降后，她在沈阳参加军统特务组织，在沈阳国民党中苏联谊社当职员，主要是搜集苏联方面的情报。解放后，混入中国人民解放军华北陆军医院当护士。

侦破组经多方调查，确认关吉甫1949年3月去过上海，后返回北平又南逃，至今下落不明。

此时，侦破组接到河南郑州铁路局转来的潜伏特务赵玉洁的材料，内称：1949年的夏天，赵玉洁参加了其姐夫柴充跃的特务组织，接受了柴给的"任务"，调查了赵当时所在北平西直门火车站新民主主义青年团和积极分子的情况，把该火车站劳动模范崔寅年的照片交给了柴充跃，还向柴提供了打击对象的情况。柴充跃还布置赵玉洁设法破坏该站电话交换所，使该火车站运输瘫痪。赵玉洁被调到郑州铁路局后，柴充跃又布置赵玉洁搜集铁路军运的情况。

为了搞清军统特务关吉甫的下落，侦破组借机会和王兰田的妻子接触，她向侦破组透露，1949年6月，她在西单看见关吉甫骑着自行车由北向南行走。以后，再也没有看见关吉甫。她还透露，柴大兴家里有个夹皮墙，不知内藏何物。

侦破组对柴大兴的情况已经比较清楚，便布置了警力，采取了一些措施，以便发现关吉甫的下落和其他匪特的情况。侦破组在侦察的过程中，发现与柴大兴兄弟4人来往密切的人有：张玉海，北京育英中学工人。田克斋，曾任国民党沈阳警察局督察，住前门内大四眼井胡同6号，在胡同内摆茶摊。吕凤鸣，北京东城区骑河楼凤鸣电机厂经理。

经过一段时间的侦察，仍未发现关吉甫的行踪。

（四） 一网打尽

经过几个月缜密侦察，认定保密局"华北军事特密组"，是毛人凤在大陆布置的最后一个潜伏组，是以王兰田、柴大兴、关吉甫为骨干组成的潜伏组，该组织主要任务是搞暗杀、爆炸和行动破坏等活动。这伙匪徒可能有枪支、弹药。

1951年6月下旬，为了纪念中国共产党诞生30周年，党中央要隆重地举行各种纪念活动。为了保卫党中央，保卫中央领导人的安全，保卫首都的安全，经北京市委、公安部批准，北京市公安局决定，对保密局"华北军事特密组"坚决打掉，迅速破案！

6月29日晚9时整，在市公安局侦讯处处长冯基平同志的指挥下，出动

30多名干警，将柴大兴、柴充跃、柴充周、柴充年逮捕归案，连夜突审，迅速扩大战果，将同伙田克斋、戴淑英、戴淑兰、张玉海、吕凤鸣、王靖国、王大范等11名匪特捕获。

为了缴获柴大兴等匪徒的武器，侦察员在柴大兴的住宅和大盛兴鞋店进行搜查，经过两个日夜的搜查，终于在院内煤堆里挖出手枪3支，子弹69发，手榴弹8枚，匕首两把，和一本《日特工作指挥书》。这些东西都装在一个大油篓内。其中有两支手枪子弹已上膛。

经中国人民解放军北京军管会军法处审理，柴大兴等匪特对上述罪行供认不讳，同时还供出了在民国时抢劫银行的罪行。军法处对柴大兴等11名匪特进行审判，判处柴大兴、柴充跃死刑，立即执行，对其他案犯根据罪行轻重分别处以无期徒刑和有期徒刑。并对柴大兴兄弟四人的五处房产和搜出的金银珠宝，依法没收归公。

关吉甫成了漏网之鱼，据柴大兴等人口供得知，关吉甫可能逃往越南南方。

1951年1月，市局侦讯处从越南西贡市寄给吕凤鸣（在押犯）转关吉甫之妻戴淑英的一封信中，证实关吉甫住越南金兰湾。

北京市公安机关密切注视着关吉甫的动向。

主要参考文献：

《华北督察组》、《计兆祥电台案》、《柴大兴案》系作者撰写。被《警神》、《冯基平传》、《政法春秋》等书采用。

第十一章　保卫开国大典

　　现在人们在电视画面上，看到六十多年前的1949年10月1日，毛泽东主席站在天安门城楼上，以浓重的湖南口音向全世界庄严宣布："中华人民共和国中央人民政府今天成立了！"鲜艳的五星红旗在天安门广场冉冉升起，这一刻，对一个中国人来说，是兴奋、激动和愉悦；这一刻，也成了历史的永恒记忆。

　　然而，人们可能没有想到，为了这一庄严的时刻，数以万计站在公安保卫战线上的卫士所付出的智慧、辛劳和汗水。

一　社会面的控制

　　北平市公安局把保卫新政协会议和保卫开国大典是联系在一起的。新政协会议是区别于国民党在1946年1月在重庆召开的旧政协会议而言的。新政协会议就是中国人民政治协商会议。新中国成立之后，取消新政协会议的提法，就叫中国人民政治协商会议。

　　北平市人民政府公安局自接管北平后的9个月的时间里，在公安保卫方面，经历了香山保卫、国共两党谈判的保卫，还有7月1日中央在先农坛召开万人大会的保卫。这些重大事件的保卫，使北平市公安局积累了一些经验，找到了一些行之有效的方法和形式，锤炼了队伍，使公安保卫工作日臻成熟，保卫工作的安全系数更大、更有把握。

　　北平市人民政府公安局把保卫开国大典的工作当做一切工作的重中之

重。进入7月以来，北平市人民政府公安局上至局机关下至派出所，都进入临战状态。社会面上的基础工作全面铺开。

中国人民政治协商会议召开前夕，为了保证与会代表行车安全和畅通，市局举办了内城、外城、东郊、西郊地区交通警察训练班。那时的交警，没有一个统一的机构管理，都归属所在地区的分局管理，而且大多都是留用警，很需要集中思想教育和业务训练。9月10日，北平市政府颁布了《北平市汽车管理暂行规定》，使交警和司机在交通管理上有章可循。市政府并采取了粘贴标语、公告、广播等多种形式大张旗鼓地进行宣传。

做好公安保卫工作离不开群众。市局的内保机构在机关、工厂、学校等单位内部，对职工进行了"防造谣、防纵火、防暗杀毒害、防盗窃、防破坏"的"五防"教育。使内部职工克服麻痹思想，提高革命警惕。各单位建立严格的收发、会客、保密等规章制度。对选拔去参加开国大典和参加晚上联欢的职工，进行了敌情教育，防止特务分子在此时喊反动口号，撒反动传单或制造混乱。除此之外，开国大典时，每个内部单位要留好值班人员和巡逻人员，防止敌特分子捣乱和破坏。

北平解放后，在街道上涌现出了大批协助政府和派出所工作的积极分子，他们政治觉悟高，工作认真负责。这些积极分子同广大群众一道防奸、防特、防火、防空、协助派出所巡逻，是一支重要的治安保卫力量。至今公安机关每逢重大活动，总要依靠这支保卫力量，它是做好公安保卫工作的坚强后盾。这是其他国家很难做到的。

随着开国大典的日子临近，北平市每个街道都成立了治安小组，这些积极分子都成为治安员，后称"治保积极分子"。当时，全市共建立治安小组6093个，治安员38747多人。就是这些治安员，在保卫政治协商会议和开国大典、协助派出所巡逻等方面发挥了作用。

北平和平解放后，北平市公安局的重大活动的保卫及警卫任务很重，但没有一个专门的警卫机构，有了警卫任务，往往是谭政文局长亲自组织领导或交由公安处下属的治安科负责，临时抽调人员去执行任务。为了适应形势的需要，北平市公安局于7月18日成立了政协临时保卫大队，后来，简称为"便衣警卫队"。警卫干部是由华北军区政治部保卫部训练班学员、华北军区司令部二处便衣队、平津纠察队和北平市人民政府公安局侦讯处的机动人员共276人组成的。市局指派侦讯处侦察科副科长闵步瀛担任队长，外三分局局长慕丰韵担任政委，市局公安处治安科副科长李宁为副队长。政协会议期间，便衣警卫队按照分工，负责路线警卫和地区警卫。便衣警卫队由市公安局直接领导，业务上受中南海警卫处指导。

9月1日，北平市公安局决定成立保卫处，序列为市局第四处，专门负责机关、工厂、学校等单位内部保卫。在保卫处内设立了以便衣警卫队为基础的警卫科。从此北平市局有了正式的警卫机构。专门负责执行地区警卫和路线警卫，指导各分局警卫工作的开展。各分局在治安科内设警卫组。

中国人民政治协商会议的会场虽然设在中南海怀仁堂内，但代表住在北平的5个区22个驻地。按照分工，北平公安局负责警卫地区有：中南海外围、北京饭店、万国饭店、华安饭店以及宋庆龄、李济深、沈钧儒等代表驻地。还有中山公园、北海公园、故宫、太庙（现劳动人民文化宫）和同民大戏院（现首都影院）等文艺活动场所。中南海中央书记处驻地的防空警卫，还有开国大典会场的警卫，群众联欢晚会的地区警卫等。北平市公安局动员全局警力，依靠广大群众，做了周密的部署与分工。

按照分工，便衣警卫队首先与有关派出所对中南海周围、首长和代表驻地周围敌情社情进行调查，对有重大特务嫌疑人员布置专人进行控制，在警卫这一地区时，做到心中有数。北平市公安局对首长驻地建立了5个警卫点，日夜警卫。在已经确定的首长经常经过的5条行车路线两侧，建立了16个警卫点。除派出固定的警卫人员外，在各点之间还布置了流动的便衣警卫人员，以保持各点之间的联系，形成点、线、面的有机结合。

二 妄图跻身政协的中统特务落网

随着开国大典的日益临近，市局侦讯处在隐蔽斗争中加大力度，侦讯处的人员全力以赴，缜密侦察，防止境外的派遣特务和大陆的潜伏特务进行捣乱和破坏。经侦察并经上级批准，在政治协商会议的前一天，逮捕了妄图挤进我政协机构的中统特务赵冰谷。

9月11日傍晚，位于繁华闹市的前门外廊坊头条撷英饭店21号客房，住进一对外埠商人模样的夫妇，男的五十多岁，中等身材，圆胖脸庞。女的年轻一些，肤色微黑，衣着不俗，他们随身的行李箱不少，似乎是远道而来。他们风尘仆仆略显劳累，但从他们眼神中隐约地显现出警觉和恐惧。

在旅店的来客登记簿上，此人签具的姓名是赵冰谷，香港安通公司经理。女人是他的妻子杨淑平。

9月份是北平公安局最紧张最繁忙的时候。市局要求内保民警对新来的旅客逐一谈话与询问。赵冰谷安排妥当之后，查饭店的民警手持旅店登记簿来到了21号客房，面对五十出头的赵冰谷，问过姓名及二人关系后，民警接着问："你们从什么地方来的？"

"从四川转道香港来的。"

"来北平有什么事？"

"主要是访问李济深先生，商讨川省民主人士的有关问题。"

赵冰谷回答完民警的询问后，又补充了一句："我和李济深先生是多年好友，和张澜先生也熟悉。"

在查饭店的民警看来，赵冰谷的回答是顺理成章、无懈可击的。但是，此时正是政协会议即将召开之际，来拜访的是高级民主人士，又是从香港来的，不能不引起他的注意。他立即报告了上级。

处在高度戒备状态的谭政文，接到报告后，立即批示侦讯处，迅速介入此事的调查。

侦讯处的侦察员发现，赵冰谷夫妇来平后，社交活动极为频繁。二人在北京饭店先后两次拜见了李济深先生，又分别拜访了陈此生、萨空了，多次访问了李明灏将军；在民盟总部谒见了张澜副主席；在六国饭店和协和医院访晤了杨虎将军及夫人多次；访晤《新民报》负责人陈铭德夫妇多次……

赵冰谷在访问这些高级民主人士时，大谈在四川的遭遇：他如何被国民党"四川肃奸委员会"绑架，拘押40天，为革命吃了苦，又如何被陈万仞等人保释，得以完成联络川康人士，待机起义，迎接解放军大军入川等事；并借机请求李济深先生和张澜先生保荐他为政协代表；请求李明灏将军介绍他谒见周恩来副主席和中共中央统战部的负责同志。其急切的"弃暗投明"之情，令人心动。

然而，就在赵冰谷与一些高级民主人士频频接触的时候，一件件揭露他的材料也不断地飞向公安部门。

"赵冰谷在抗战期间为中统局上海重要的负责人，抗战胜利后，在沪为CC工作，刺探民主人士活动。上海解放后，赵在港为CC专门搜集李济深的情报，以后情形不知，请调查。"

9月19日，中共中央统战部徐冰、齐燕铭接到一封检举信说："（赵冰谷）此人应予注意。"

北平市公安局长谭政文看到这些揭发检举材料后，立即和侦讯处处长冯基平进行了研究。中国人民政治协商会议第一届会议即将开幕，为了会议的安全和顺利进行，必须在开会前，按重大特务嫌疑将赵冰谷逮捕归案。

1949年9月20日晚11时，正值中国人民政治协商会议第一届全体会议召开的前夜，经上级机关批准，侦讯处派出侦察员前往撷英饭店将赵冰谷和杨淑平逮捕。当侦察员在他面前出示逮捕证时，赵冰谷的脸色变得煞白，他连日来幻想打入民主党派的美梦破灭了。然而，不多时，他又变得异乎寻常的冷静。也可能他事先已经预料到有这样的结局吧。

侦察员从赵冰谷携带的行李物品中搜出了国民党"南下工作团"证件以及电台密码等物品。逮捕后将其押送到西城区草岚子胡同13号看守所，由侦讯处对其审讯，搞清赵冰谷的特务问题。

草岚子胡同13号，曾经是奉军张学良的军法处，后改为国民党当局的特刑厅，专门关押、审讯革命党人和进步人士。而今坐在预审台上的，已经是身着人民解放军服装的人民公安预审员了。

在预审室里，预审员按照惯例问完姓名、年龄、籍贯等项目后转入了正题。

"你与CC是什么关系？"

"我是任何派系都没有的。我与陈立夫、陈果夫都是私人关系，没有入任何派系。有的朋友开玩笑说我是CC，我认为这是对我的极大侮辱。"

"你认为CC是个什么组织？"

"我看是一个极端无能且给老蒋看家的一条狗而已。"

ＣＣ是陈果夫和其弟陈立夫于1928年在蒋介石的授意下，将"浙江同志会"改组为"中央俱乐部"（即CC），形成了以二陈为中心的CC集团。1938年8月，"中央俱乐部"改组为"国民党中央执行委员会调查统计局"（简称中统），成为国民党蒋介石集团屠杀共产党人和进步人士的工具。

审讯在继续进行。

"你这次北上的目的是什么？"

"因为我在四川成都被捕，是为了民主革命，所以我想见李济深谈一下自己要革命，反正我永远跟着毛泽东和民主人士。"

经过侦讯处的侦察员调查，赵冰谷的"弃暗投明"真相也大白于天下了。

赵冰谷，又名赵峪、赵志新、赵中和，出身于没落的官僚家庭。1923年，他时年25岁，投奔湘军谭延闿部并任秘书、参谋等职；后又到军阀张作霖部，任帮办秘书，此时他利用广泛交际的手段，拉拢反动文人政客，大搞反苏、反共宣传。1934年4月，赵冰谷由国民党特务分子潘公展、丁默村介绍，参加了CC特务集团，由于他善于钻营，不久受到CC特务头子陈果夫的器重，成为CC反共核心特务组织成员。5月份，他充任中统调查科南京通讯社社长。同月，又由陈立夫亲自委任芜湖《大江日报》社社长，像这样以新闻单位做掩护，很能欺骗一些涉世未深、不了解内情的知识分子，尤其是青年知识分子。赵冰谷如鱼得水，一方面卖力地为反动政权搜集情报，一方面公开进行反共宣传。他曾编写《中国共产党之透视》一书，极尽造谣辱骂之能事。他还将有"左翼作家"之名的叛徒姚蓬子拉去充当报社主编，作为迷惑中外人士和青年学生的招牌。

1936年8月，赵冰谷分管国民党四川反省院和行营感化所，他别出心裁，在精神和肉体上残酷摧残被捕的共产党基层干部和红军战士。

抗战爆发后，赵冰谷已升任国民党军委会少将参议。他经常为反动文人主办的《晨报》、中统特务头子丁默村主办的《社会新闻》写一些诬蔑红军长征中在遵义破坏酒窖，到川康地界都饿死、冻死之类造谣诽谤的文章。

国民党政府入川后，赵被任命为国民党军事委员会四川参谋团成员，重庆行营、成都行辕的少将参谋，还兼任成都行辕特别党部执行委员会及中统四川肃反专员和川特高干组组长等职。应当说，他在这些岗位上是很"称职"的，他不但煞费心机地策动孙震等反动川军堵截追杀长征的红军，而且他还提议并封锁成立成都邮电检查所，大肆查禁进步书刊，迫害进步人士。

这位死心塌地地向国民党反动派卖命，且有出类拔萃"才能"的人物，自然深得其主子的青睐。1942年，在抗日战争最关键的时刻，他被授予军委会东南工作团主任的重任，秘密潜回沦陷区上海，代表国民党政权与日汪进行"和谈"，实则是请降。并于1945年夏季正式与今井武夫（日本派遣军副总参谋长）、川本芳太郎（日本上海陆军部长）秘密签订了丧权辱国的"五项协定"。该协定公然开列着出卖东北四省由日军永久占领和保留日本在海南若干海空军基地的条款。在和谈期间，他奉何应钦指令，通过大汉奸周佛海，调动伪军向南京茆山根据地的新四军大举进攻。同时，他还担任浙江省银行总经理等伪职，堕落成千古骂名的汉奸分子。

抗日战争胜利后，一向积极为国民党尽忠效力，荣膺过"忠勤"奖章的赵冰谷忽然一反常态，辞官经商了。更令人瞠目的是，1947年，他又以经商为名，秘密代表四川军阀并有些民主倾向的陈万仞为首的"在乡军官联谊会"与在香港筹建"中国国民党革命委员会"的李济深先生接触，共商起联合反蒋大计来了。赵冰谷此番真的要不顾一切地脱离国民党而弃暗投明了。

其实这里面包藏着不可告人的险恶用心，赵冰谷的拙劣表演被一层炫目的"民主"色彩掩饰着，竟迷惑了不少不知底细的人。

事出有因。原来，在1947年2月的一天，中统特务头子陈立夫将赵冰谷从上海召回南京，当面授意："现在有一个任务要你去做，你到香港去，以做生意为掩护，去劝说李任潮（李济深字任潮）不要趋极端……你可进一步打进去，了解其动向，随时给我情报。"为了使赵冰谷放心，陈立夫还特许他："可以用反中央的姿态取得他们的信任，相机而行。"

李济深，字任潮，原籍江苏，生于广西苍梧。早年留学日本，后在北京陆军大学毕业。北伐战争时期，他担任国民革命军总司令部参谋长，黄埔军校副校长。1928年任广东省政府主席。1933年11月，他联合国民党第十九路军的陈铭枢、蔡廷锴、蒋光鼐等人，发动福建事变，成立了抗日反蒋的中华共和国人民革命政府，任政府主席兼军事委员会主席。失败后遭国民党政府通缉，后流亡香港。抗日战争爆发后，响应中国共产党一致抗日的号召。抗日战争胜利后，反对蒋介石独裁和内战政策，提出反蒋纲领，1947年被开除国民党党籍。同年2月，李济深由上海秘密来到香港，在中国共产党的关怀和宋庆龄的支持下，于1948年1月1日，在香港正式成立了民革组织，通过了《中国国民党革命委员会成立宣言》，公推宋庆龄为名誉主席，李济深为中央执行委员会主席。

当时，赵冰谷正以弃官经商作伪装，暗地做着破坏上海民主活动的特务勾当，并借接收"敌产"之机拼命中饱私囊，过着豪华奢靡的生活。这次接受新任务，他深感有油水可捞，便欣然从命了。

在短短的两年时间里，赵冰谷先后六七次秘密奔走于沪港之间，不断将李济深、蔡廷锴、何香凝等民主人士的情况和与其接触刺探来的情报，民革筹备情况和成立的经过，一些著名的民主人士和共产党人在港活动情况，香港进步报刊的文章和言论等，分门别类源源不断地密报给陈立夫。

1948年冬，中共中央实践1947年"五一"口号所提到的，拟在北平召开的中国人民政治协商会议，讨论建立联合政府等诸多重大问题。在中共中央有关部门和中共中央南方局的周密安排和帮助下，李济深等在港的民主人士纷纷搭船北上，先期到达已解放的东北沈阳。

赵冰谷失去了工作对象，只得怏怏回沪。

陈立夫在上海愚园路陈宅召见了他，面授机宜："你速回港，结束私事，放出你要北上的空气。"赵冰谷听说让他北上，心惊胆战，面有惧色。他知道，北上凶多吉少，弄不好会搭上性命，但上命难违，他只好唯唯诺诺地答应下来。

1949年3月，赵冰谷由港再次返沪。与陈立夫在上海国际饭店密谋，让赵冰谷先入川，与四川军阀陈万仞等假意联络，做出民主姿态以便为北上欺骗提供资本。陈立夫还为他打气说："不要怕发生误会闹出事来（指张扬过甚，为其他特务机关注意或遭逮捕），那样更能将计就计，以被迫害身份跑到北方。"

果然，赵冰谷入川不久，就在成都被军统的四川肃奸委员会绑架关押，但因陈立夫与国民党四川省主席王陵基有默契，赵冰谷被关押的40天里待遇优厚，平常不断有人给他送烟酒，他还经常走出监房，到管理员室或禁卫室抽烟吃喝。这就是赵冰谷来平后极力渲染的"为革命吃苦了"。

1949年7月，为北上行骗做足戏的赵冰谷悄然飞回广州，在长堤交通银行三楼向陈立夫领受北上任务，陈立夫的意思是：要他去北平后先谋个"政协代表"或"民革中委"的头衔，以便长期潜伏。具体任务：一是刺探搜集情报，包括政协会议筹备及开会情况，各种会议文件等；各民主党派领导成员的活动情况，如张治中、邵力子、傅作义等在北平的生活、居住情况，共产党政治、经济、军事情况及对工商业管理情况等。二是建立政治性的俱乐部，联络各党派活动分子，组织小团体，挑拨分化各民主党派。三是利用小报记者散布政治谣言等等。随后，二人又商定了联络方法，编制了密码、化名，赵还领取了活动经费1万元港币。

同年9月，赵冰谷怀着忐忑不安的心情偕妻搭轮北上，9月11日到达天津，即日，乘火车潜抵北平，住进前门撷英饭店。次日，他在西河沿刻字铺私刻陈万仞的私章一个，找人伪造了陈万仞致李济深、张澜和李明灏等人的信件和"川康将领配合起义方案"。准备停当后，便开始了前面所述的频频拜会李济深等民主人士。然而，陈立夫与赵冰谷的拙劣表演，已被我情报部门侦悉，并及时向李济深等人作了通报。赵冰谷被逮捕后，李济深先生当即指出："我主张，这些问题交中共处理。"

赵冰谷这个伪装弃暗投明的国民党高级特务，费尽心机，最后落了个飞蛾扑火的可悲下场。

三　肃清王凤岗残匪

随着中国人民政治协商会议和开国大典日益临近，在中央和市委整体方案的指导下，北平市公安局的保卫工作从点到面，从公开到隐蔽都做了充分准备。

作为保卫这次重大活动主要负责人之一的北平市公安局局长谭政文总觉得有些工作做得不够，有些保卫措施还没有到位。7月份，他召开了有处长参加的局务会，听取了各业务处对大会保卫准备工作的汇报，分析了当前的政治、治安形势。经研究，为了保卫大会安全并做到万无一失，除了点和面的保卫工作要努力实施外，必须在大会召开之前，在全市范围内肃清王凤岗匪徒残余势力。因为这些人在社会上还有活动，这些隐患必须根除。

1945年8月15日，日本宣布无条件投降。曾充当汉奸并疯狂地屠杀抗日军民和共产党的王凤岗摇身一变成了国民党要员。充当国民党在新城一带挑起内战的马前卒。国民党十一战区司令长官孙连仲接受王凤岗为国民党党员，并委任为河北省保安第十六团上校团长。

1947年5月，王凤岗被国民党任命为第十支署专员兼保安司令。后又晋升为"华北剿总"副司令。

1948年10月，河北省新城全境解放，王凤岗面临绝境，率残部逃来北平，编入国民党一〇一军，驻守北平永定门一带。

1949年1月14日，天津解放，王凤岗见势不好，偕家眷乘机逃往南京。不久，被宋子文安排在海南岛任职。

1950年4月，人民解放军渡海部队在海南岛登陆。王凤岗逃到台湾。从此，这个杀人如麻的王凤岗结束在大陆的政治生命，成了千古骂名的历史罪人。

1949年1月，随着北平的和平解放，王凤岗的残部大部分成了散兵游勇，在北平到处流窜。他们不同于一般的散兵游勇，因为他们匪性未改，坚决反共，而且手中有武器。他们更改姓名，伪装成城市贫民，以蹬三轮、摆小摊做掩护，隐蔽在北平各个角落。他们凭借手中的武器，经常抢劫市民财物、强奸妇女，为非作歹，为市民所痛恨。

北平市公安局公安处根据情况，对王凤岗残匪隐蔽的地址做了周密的调查摸底后，于7月19日全市统一行动，在市局有关业务处积极配合下，共搜捕王凤岗残匪89名。北平市民闻之拍手称快。

9月9日晚8时，全市再次统一行动，一夜之间共搜捕残匪209名，内有尉官69名、校官16名、将官2名。内三公安分局还捕获了王凤岗的胞弟王凤武。这两次行动共搜捕王凤岗残匪296名。经过审讯，除18名被保释外，其他人员被押送河北省公安厅处理。

两次搜捕王凤岗残匪，为全国第一次政治协商会议的召开和开国大典消除了隐患。

四　难忘的庄严时刻

1949年10月1日，是四万万七千五百万中国人民难以忘怀的日子，从这一天起，古老的中华民族随着这一历史巨变，与百年屈辱诀别，苦难深重的中国人民开天辟地地成了国家的主人。

下午3时整，毛泽东主席和中央人民政府全体领导人登上天安门城楼，军乐队奏响了流传很久的陕北民歌《东方红》，这时，天安门广场的人们沸腾了，口号声、欢呼声响成一片。有的手举着鲜花，有的挥动着红旗向党中央和毛泽东主席致敬！

开国大典开始了，中央人民政府秘书长林伯渠宣布大会开始，毛泽东在刚刚定为代国歌的《义勇军进行曲》乐曲中，庄严地向全世界宣布："中华人民共和国中央人民政府今天成立了！"中国人民站起来了。接着，毛泽东按动升旗的按钮，鲜艳的五星红旗冉冉升起，礼炮鸣28响。礼炮响完，五星红旗正升到旗杆顶端。接着，朱德总司令由聂荣臻陪同检阅陆海空三军。这时，军乐队奏响了《解放军进行曲》，分列式开始后又奏起了《抗日军政大学校歌》、《三大纪律八项注意》、《军队和老百姓》、《没有共产党就没有新中国》等乐曲。当朱总司令向指战员们问好时，受阅部队响亮地回答："祝总司令身体健康！"

群众游行开始了，排在前面的是工人方队，他们踏着《团结就是力量》、《保卫胜利果实》等乐曲，高高兴兴地走过天安门广场。他们高举着鲜花，舞动着红旗，高呼"中国共产党万岁！""中华人民共和国万岁！""毛主席万岁！"等口号。

晚上，参加天安门广场焰火晚会的人们，尽情地唱呀跳啊，一直到深夜。

开国大典即将结束时，毛泽东走到城楼东南角，喊出了一句具有深刻意义的口号："人民万岁！"这句口号道出了根本，道出了中国共产党的宗旨，就是一切为了人民，一切归功于人民！

据说，在这一天，蒋介石在广州，他从早晨起床就满面怒容，一句话也不说，下午开国大典开始后，他从收音机里听到李济深、蔡廷锴、张治中等人登上天安门时，嘴里骂了一句："娘希匹！"但随后听到中统特务赵冰谷、木剑南等妄图挤进政协的特务被逮捕后，他听得却很认真，而且思忖良久……

开国大典使每一个参加者都引以为自豪，对公安保卫人员来讲更是如此。作为开国大典保卫工作的指挥员罗瑞卿、谭政文等人，一方面置身于隆重热烈的欢腾气氛中，感受中国人民百年来的艰苦奋斗和牺牲才换来今天扬眉吐气的日子；另一方面，他们密切注意大典的安全，这是他们的职责！

然而，意想不到的事情发生了，当毛泽东登上天安门的时刻，广场的群众沸腾了，排在广场前面的职工群众和学生，出于对领袖的热爱，突然像潮水一样涌向天安门，前面设在金水桥前边一线的标兵被突破了，桥的栏杆左右摇动，如果栏杆被挤断裂，涌在前面的群众有可能落入护城河内，造成伤亡。在这万分危急的时刻，罗瑞卿当机立断，一声命令，调来两个连的兵力在护城河前摆成一堵人墙，经耐心的宣传疏导，才避免一场重大事故的发生。

谭政文在开国大典之前，就派出机动警力，在天安门周边地区加强巡逻，主要防止火警发生。开国大典和烟火晚会结束后，侦察人员发现，晚上燃放焰火礼花时，由于巨大震动，前门内顺城街这一带住户的玻璃，被震碎了两千多块，事后人民政府做了赔偿。由于事先对前门和平门一带的住户防火都做了检查，易燃易爆物品都做了处理，加之晚上有警察巡逻，没有火警发生，让北京市民安全地度过了一个狂欢之夜。

谭政文带领北京市人民政府公安局完成了开国大典这个意义重大的保卫任务，受到了市委和中央的表扬。这也为他在北京的工作画上了一个完美的句号。

11月初，他在北京参加全国第一次公安会议之后，奉命调任中共中央华南分局社会部部长兼广东省公安厅长、广州市公安局长、广州警备区第一政委。和他一起调走的，还有原国民党北平警察局代理局长徐澍，徐澍是谭政文亲自点名让其和他一起南下的。

北京市委书记彭真为谭政文等人离开北京赴任举行了饯行宴会。他看到和他一起战斗的、一起度过不平凡的日日夜夜的战友就要分开了，心里很不是滋味，他举起酒杯，深情地对谭政文说："政文同志，叶参座点名要你，中央已做了决定，我们想留也留不住了，北京市舍不得放你走啊！希望你把北京这段经验带到新区去，为我们把好南大门，祝你在新的岗位上做出新的更大的成绩！"

峥嵘的岁月，火红的年代，谭政文从西柏坡西黄泥村走来，克服了前进路上多少艰难险阻，完成了对国民党北平警察局的接管，完成了共和国创建的保卫工作。他下定决心，在未来的征途上，他将以坚实的脚步，蹚平前进道路上的沟壑和荆棘，不负党和人民的重托，守好祖国的南大门。

11月15日，谭政文依依不舍地，告别了北京，急匆匆地坐上南下的火车……

主要参考文献：

刘光人、赵益民、于行前：《冯基平传》，群众出版社1997年版。

刘朝江：《警神》，大众文艺出版社2002年版。

第十二章　封闭妓院

妓院，这个摧残妇女身心的代名词，这个生活在社会最底层的妇女的罪恶渊薮，它随着社会发展从遥远的历史年代走来。这个千年痼疾，令不少有识之士扼腕叹息，无可奈何，更没有人触及它、解决它，让它在社会上彻底消失。只有代表着无产阶级劳苦大众利益、以解放全人类为己任的共产党人，才有勇气和魄力来解决和铲除千百年来遗留下来的社会毒瘤。

中国共产党在夺取政权之前，对摧残妇女的妓院就表明了立场，在1948年9月的西黄泥训练班上，朱德总司令就明确指出："城市里有妓女、流氓、毒贩、盗窃犯，我们去了都要收容、取缔和打击。"1949年11月20日，新中国诞生仅仅51天，北京市公安局坚决执行北京市第二届各界人民代表会议的决议，一夜之间封闭了北京大小妓院，创造了人类文明的奇迹。从此，北京市成为共产党领导下的第一个没有妓院的城市。

一　妓院的形成及北京妓院的状况

妓院的产生可以追溯到遥远的历史年代。据考证，春秋战国时期，五霸之一的齐国就公开允许开办妓院，这个政策是齐国宰相管仲制定的。当时齐国生产力低下，国力不强，管仲为了刺激和招揽更多人来齐国经商，增强齐国的国力，才采取了这一政策。果然，由于管仲在齐国实行的其他政策的正确，齐国很快富强起来。可以这么说，管仲是中国历史上率先主张开办妓院的鼻祖。这样，妓院这个社会上的毒瘤，虽然明的暗的名称各异，还是随着几千年的封建社会遗留下来。

北京开办妓院始于明朝。明朝之前的北京还是个不发达的地方。地方小，人少，统治者不可能公开办妓院。明朝在北京建都之后，统治者实行公娼制度，设置了管理妓院的机构——教坊司。其私娼是暗营，不敢公开。

据《北京历史纪年》记载，明正德三年（1508年），明武宗于西华门筑禁苑宫殿，造密室于两厢，勾连排列，名为"豹房"。武宗昏庸，住于豹房，称为"新宅"。召数坊乐工入新宅承应，还取河南名府乐户中之精湛技艺者，遣送入京，武宗住此处荒淫取乐，不入大内。

到了清朝，统治者在东四牌楼福楼附近的本司胡同设置"教坊司"。该司管两种人：一是"女乐"，二是"男伶"。凡清廷内的大典，喜庆寿宴，奏乐演戏，都用"女乐"。平时，没有大的庆典活动则许"女乐"在外接客侍寝。清顺治十六年（1659年）改为"和声署"专用"男伶"。"女乐"就变成私娼。1723年，雍正继位后，京城妓院复兴，恢复了"教坊司"，设在缸瓦市附近的粉子胡同。并在教坊司下设立了两个分司衙门，东城为"左翼分司"，设在分司胡同；西城为"右翼分司"，设在缸瓦市附近的粉子胡同。当时，东城各妓院（又名乐户）的总名称为"东院"。多在炒面胡同、沟沿胡同、本司胡同、演乐胡同、马姑娘胡同、宋姑娘胡同等巷内。西城各妓院的总称为"西院"，多设在砖塔胡同、口袋胡同、粉子胡同等巷内。然而，东西两院又称"北院"，还有"南院"设在崇文门外的黄花坊（即黄花苑胡同）。由于清朝统治者命令原住在内城的汉官汉民迁至南城居住，内城的妓院也随之被迁至南城。

南城妓院是随着正阳门大栅栏商业的发展而逐渐发展形成的，俗称"八大胡同"，是北平有名的妓院集聚区。其实南城不止"八大胡同"有妓院，其他胡同也有。旧时北平有一句俗话："王蔡朱百甾，石广火燕纱"，这是有人按胡同名称第一个字编成的。"八大胡同"指的是：韩家谭（现在的韩家胡同）、百顺胡同、石头胡同、李纱帽胡同、陕西巷、王广福斜街（现棕树斜街）、胭脂胡同、万佛寺湾，加上大外郎营和小外郎营，又称"十六胡同"。天桥地区的妓院为"暗坑"，公开的妓院也都是三、四等的低级妓院。

北京的妓院分为四等，一等妓院叫"一等小班"，或叫"一等清吟小班"、"大地方"、"大胡同"等。一等妓院的妓女们大部分是苏杭、扬州等南方人，年轻漂亮，穿着讲究。屋房宽敞、设备华丽。二等妓院称"茶室"，也叫"中地方"。房屋尚好，室内摆设也尚讲究，但不如一等妓院。三等妓院称"下处"，房屋中等偏下，室内设施简单。妓女年龄也偏大。四等妓院称"小下处"，俗称"窑子"或"老妈堂"，房屋似破瓦寒窑，设施极其简陋，是土炕。妓女年龄多在40岁以上。北京的娼妓还有一种叫做"不上等"的等外娼妓，即不公开、不合法的妓院，称为"坑"或"暗门子"，多是独门独户，屋内除有凳子、炕或床外什么都没有。妓女都是暗娼。

妓院的营业分为"卖盘"和"住局"两种。"卖盘"又称"打茶围"，就是妓女陪着嫖客喝茶、吃糖果、嗑瓜子、打闹取乐。"卖盘"所得的钱叫"盘子钱"。"住局"是指嫖客与妓女同床过夜。"住局"所得的钱又称"拉铺钱"，"住局"得钱比"卖盘子"得钱要多上好几倍。嫖客对"卖盘"和"住局"所付的钱数由妓院的等级来决定。

妓院设有老板，又称"掌班"，老板是开妓院的人。靠领家与自混妓女分成获得收入。有的把自己买来的姑娘放在妓院里，既是老板又是领家。所谓"领家"又称"养家"，俗称"老鸨子"，领家中男女都有，当姑娘的养父、养母。妓女一般称其为"妈"。领家情况比较复杂，有的老板兼领家，有的妓女兼领家，有的父亲兼领家，还有的是毛伙（老板的帮凶）兼领家。妓院里还有"司账"，又称"先生"，是妓院信得过的人，他们是妓院管理财务的人。还有"跟妈"，即专门侍奉妓女的人，又是老板和领家的眼睛和耳朵，只有一等妓女有。另外妓院还雇有伙计，即杂役人员，如打更的、烧水的、看门的等。其中，烧水的和送水的又称"大茶壶"。

二 妓院，令人发指的罪恶渊薮

妓院是有钱有势的人寻欢作乐的天堂，然而，却是受其蹂躏妓女的地狱。妓院老板和领家把妓女当成摇钱树，无止境地剥削妓女，残酷虐待妇女。一、二等妓院的妓女，一旦衰老，门庭冷落，无人理睬，身价骤跌，可能就被降到三、四等妓院去。三、四等妓院的老板和领家对妓女的剥削、虐待更加残忍。他们强迫妓女白天、夜晚都要接客，稍有怠慢就要毒打。妓女一旦有病不能接客，不能挣钱了，老板、领家就心狠手辣地置妓女于死地。有一个叫翠云的妓女，因接客过多得了重病，领家把她的衣服剥光，塞进了棺材里。在装棺材时，翠云还苦苦哀求："我还没有死！"领家硬把棺材盖钉上。就这样，翠云含恨离开了这个世界！

华清馆妓院老板兼领家黄宛氏和其夫黄树卿恶名远扬。黄宛氏是有名的"母老虎"，黄树卿是北京市四大恶霸之一。他们开妓院七年，先后买进十三名少女。这些少女都先后被黄树卿强奸过，他们豢养着流氓打手，在家私置"刑室"。他们体罚妇女手段令人发指，黄宛氏体罚妓女用一种手段叫猫钻裤裆，恶狠毒辣。就是让猫钻进妇女的裤裆里，隔着裤子打猫，猫在裤裆里被打痛，就乱抓乱咬，抓烂了妓女的阴部，使妓女疼痛难忍。平时，她用脚踢妇女的阴部，用火筷子烫皮鞭子抽、跪搓板等体罚是家常便饭。有一个叫小红的妓女，因和一个嫖客多住了几天，黄宛氏说她热客，就用烧红了的火筷子烫她的脚指头，用皮鞋踢她的阴部，打完后扒下她的衣裳，让她跪在搓板上，头上还顶着一碗水，碗上放一根木棍水不准洒，木棍不准掉，小红熬不过，吞大烟身亡。还有一个妓女叫小翠，她患了严重的梅毒，不能接客了。黄宛氏见无利可图了，就伙同她的妹妹，用烧红的铁通条捅进了她的阴部，只听小翠惨叫一声，便离开了人世。黄宛氏用极其残忍的手段，有五名妓女死于她手中。黄宛氏和黄树卿的恶行在北京妓院中是"管中窥豹"，略见一斑。也就是说，像黄宛氏和黄树卿这样的老板比比皆是，不过，黄宛氏和黄树卿更典型罢了。

妓女们最怕反动的军宪特大小头目来逛妓院，这帮人分文不给，还对妓女任意玩弄，让妓女给他们买好吃的，稍不遂意就一顿毒打。老板和领家与他们狼狈为奸，互相勾结，他们倚仗这些反动势力横行霸道，便极力逢迎，把妓院里最红的妓女让他们玩弄，讨他们欢心。其次，是国民党的伤兵到妓院摔碗、砸桌子，有的伤兵手提大刀，握着手枪逼着妓女去接客，有时一个妓女一天之内要接十几个伤兵。伤兵玩完了便扬长而去！

妓女最难忍受的是美国兵和日本鬼子来妓院，他们常常以恶作剧方式取乐。这些侵略者残忍地蹂躏妓女，有时四五个人轮奸一个妓女，有时还带着汉奸走狗来帮凶，无故毒打妓女。他们看着妓女泪流满面时高兴地手舞足蹈起来……

妓院是人贩子的推销处。人贩子用各种卑鄙手段拐骗或从穷苦人家骗买的女孩高价卖给领家，领家再把她们放到妓院去卖身挣钱。天桥附近有一个人贩子叫张罗罗，他把拐骗来的农村少女，像卖牲口似的，凭年龄长相分别标好价钱卖给领家。他每年要倒卖几十名女孩子。北平解放后张罗罗逃到内蒙古，后被包头市人民公安机关处决。

妓院还是藏污纳垢隐藏罪犯的场所，"金鬼子"、毒烟贩、投机倒把者、盗窃、诈骗分子把妓院当成安乐窝。一些作恶多端的土匪、特务、反革命分子也常常在妓院里逃避人民政府的惩处，把妓院当成避风港。

三 北京封闭妓院的准备

妓院问题是社会问题，对广大妓女要有正确的认识，应当认为她们是受压迫受剥削最深重的阶级姐妹。共产党夺取政权后，妓院的存在为新型社会制度所不容，非取缔不可。人民群众强烈要求封闭妓院的呼声也很高。

1949年5月，接管北平仅四个月，封闭妓院已摆上北平市委的议事日程，北平市长叶剑英指示："先派人了解情况，然后决定处理方针。"5月23日，根据中央和市委的指示，由民政局、公安局、市妇联等单位举行联合会议，决定各单位派人员参加，组成工作组，调查了解妓院情况。8月9日，北平市第一届各界代表会议提出了改造妓女的问题，要求政府提出处理方案，之后，在北平市委的组织和推动下，市公安局、市民政局、市卫生局、市妇联、市人民法院、市企业局选派干部，共同组成了处理妓女委员会。成立了全市处理妓院的领导机构。

为了做好封闭妓院的准备工作，市公安局及所属有关分局做了细致的调查摸底工作。他们要掌握全市大小妓院的分布情况、名称、地址、妓女数目、姓名以及老板、领家的姓名住址、罪恶和财产情况。同时对各个妓院的妓女年龄、籍贯、从事妓女年限、沦为妓女的原因也要了解清楚，做到心中有数。还派出女干部深入妓院了解妓女的思想情况，用事实启发教育妓女，新中国成立了要跳出火坑，做个自食其力的劳动者，为建设新中国贡献力量，同时让她们懂得人民政府对妓院的政策，教育她们要靠拢政府，依靠政府，配合政府不久对妓院所采取的行动。市公安局治安处（公安处改为治安处）将全市各个妓院所处的街巷位置、妓院内各房间分布情况都绘制在地图上，为市委市政府封闭妓院制定有关政策提供翔实可靠的资料。

1949年10月15日，北京市公安局召开局务会议，讨论封闭妓院和组成指挥部的问题。根据市委指示，由市公安局、市民政局、市妇联等单位组成指挥部。由公安部部长兼北京市公安局局长罗瑞卿总负责，统一领导封闭妓院工作。11月12日市公安局在罗瑞卿的主持下，召开局、处长会议，主要研究对妓女、老板、领家的处理问题。会议明确指出：对妓女是教育改造问题，对老板、领家视罪行轻重依法惩办或者强迫改造教育。11月16日，市公安局、市民政局、市妇联等单位又召开了联合会议，讨论拟订了处理老板、领家和收容、集中妓女的方案，并做了工作分工：集中警戒工作由市公安局负责；收容后对妓女的管教供给生活由民政局、妇联负责。会后市公安局成立封闭妓院的行动指挥部，地点设在市公安局。指挥：贺生高；副指挥：张洪烈。行动指挥部办公室主任：李仲岳；副主任：单兆祥。各有关公安分局设立分指挥部，各分局局长任指挥。分指挥部下设行动组，根据妓院分布和数量等情况共分27个行动组。每组三个人，其中一人为组长，每个行动组配公安总队的战士一个班，负责警卫、看守等任务。这项工作由治安处负责，二处、公安总队有关分局参加。由于妓院大多数在狭窄胡同内，行动指挥部根据地形图具体研究布置了行动路线，封闭妓院时哪家在先，哪家在后，汽车进哪个口，出哪个口，都进行详尽的研究和安排。到11月19日，封闭妓院一切准备工作就绪。[①]

11月20日，中共北京市委书记彭真同志听取了市公安局关于封闭妓院准备工作汇报，于当晚10时至次日凌晨4时，率领市委市政府负责同志深入前门外"八大胡同"和南城一带妓院了解情况。彭真同志问到一个15岁小姑娘时，她痛哭流涕地讲了她被卖到妓院的经过。彭真问她挣多少钱，她说："挣四个窝窝头。"原来，除了房钱、铺盖钱、灯油钱外，她挣的钱全让老板扣去了。彭真在石头胡同里又碰到一个年仅13岁的小女孩，彭真和蔼地问："你多大年龄？""13岁。"小姑娘有点羞怯地回答。彭真很

---

① 刘朝江：《警神》，大众文艺出版社2002年版，第156—157页。

吃惊，13岁的孩子在正常家庭中，正是天真活泼、无忧无虑的花季少女。彭真同志慈祥地摸了摸她的头，看看她的脸，有一个可怕的问题他不得不提出来："你是不是有病呀？""没，没有。"小姑娘脸上闪过一丝忧郁和害怕。她知道，要说出自己有病就不能接客，不接客她的老板是饶不过她的。

陪同彭真同志一起来视察妓院的市公安局治安处副处长武创辰见她说话吞吞吐吐，就让她拿出健康检查证。小姑娘不情愿地掏出一张卡片递了过来。彭真见健康卡片上清晰地写着四个字：轻度梅毒。

彭真同志看过健康卡片后心里很不是滋味，脸色霎时变得异常严肃，他没说一句话，是同情、愤怒，抑或痛恨。这件事可能深深地撞击了这个久经战火考验的山西汉子的心灵。

"走！"彭真一挥手，他们不容置疑地走出了妓院大门。

彭真说的最后一句话，透出了这位北京市领导人对封闭妓院的决心！

四 一夜扫阴霾 妓女见青天

1949年11月21日，北京市第二届各界人民代表会议在中山公园中山堂举行。下午5时许，北京市妇联筹备会主任张晓梅同志宣读了北京封闭妓院的决议："妓院乃是统治者和封建者摧残妇女精神与肉体、侮辱妇女人格的野蛮制度的残余，传染梅毒淋病，危害国民健康极大，而妓院老板、领家和高利贷者乃是极端野蛮狠毒的封建余孽。兹特根据全市人民之意愿，决定立即封闭一切妓院……"张晓梅响亮激动且有些颤抖的声音刚一结束，爆发出一阵暴风骤雨般的掌声，犹如一声春雷在空中滚过。字字句句叩击着每个代表的心扉。随后，代表们一致举手通过。

决议通过以后，聂荣臻市长神采奕奕，迈着矫健步伐走到麦克风前，庄严宣布："北京市封闭妓院的决议已经通过，我命令立即执行！"

这时整个会场沸腾了，掌声、欢呼声响成一片，像滚滚春潮在首都北京扩展开来。

时间是1949年11月21日下午5时30分，前后仅仅半个小时，221个字的封闭妓院决议，解决了千百年来未曾触及的社会痼疾——妓院。

晚6时，一场规模宏大的封闭妓院的战斗在全市范围内打响了。

总指挥部办公室经请示总指挥罗瑞卿同意，立即发布了第一号命令：为统一行动，总指挥部决定，今晚6时，以分指挥部为单位，用召集开会方式集中老板和领家；晚8时，各行动小组开始集中妓女；对茶房、跟妈、嫖客集中管制。

各路大军按照行动指挥部的统一部署，纷纷向指定地点集结待命，27个行动小组，2400名干部、民警从四面八方秘密到达各自的位置，公安总队5个连的官兵，也已到达指定地点待命。他们从各单位征用37部汽车隐蔽在天安门广场旁的红墙里，当时的天安门前，从北到南，有两道破旧的红墙，东边这道墙外边是公安街，西边墙外是大四眼井，两道墙中间是杂草丛生、瓦砾遍地的开阔地。为了避免妓院老板、领家逃跑、自杀和转移财产，避免引起妓女惊慌，封闭妓院的行动开始前一切工作是在秘密中进行的。

封闭妓院按计划进行，各分指挥部按照原来部署，先以召开会议形式通知老板、领家到分局开会，这并没有引起他们的怀疑，因北平和平解放后，分局经常召集他们到分局开会。这次则不同了，他们到分局就限制他们的活动；对个别不到会的，分指挥部派专人催其到会，不留死角，务必全部圈入网内。各行动小组按计划进入指定妓院，先把嫖客集中起来，经过检查、登记、教育后予以释放。其次把伙计、茶房、跟妈也集中起来，进行教育，令其登记，次日取保释放。最后集中妓女。由于行动突然，开始妓女们十分惊慌，干部们一边集中妓女，一边向她们进行宣传和解释，扼要地说明政府的方针、政策，讲明封闭妓院是解放妇女的道理，讲明妓女的财产全部归自己所有，加之，封闭妓院前，公安民警去妓院调查摸底时，也给她们讲了党的政策和一些道理，大多数妓女情况比较稳定，听从干部和民警指挥。深夜12时，各行动小组把集中的妓女送到设在韩家潭的妇女生产教养所，分别安置在八个教养所里。妓女留下的物品暂时予以保管。妓院的财产、物品清点登记后，行动组贴上了印有"北京市人民政府一九四九年十一月封"的长封条，然后令司账看守妓院，听候处理。外三区春花院妓女王某某说："叫我们到哪就到哪，政府是叫我们学好。"她不但打点自己的东西，还动员其他姐妹收拾行李。外一区一个妓女在前往教养院途中非常高兴，坐在汽车上高唱："没有共产党就没有新中国……"

有极少数的所谓上等妓女，过惯了纸醉金迷的生活，一时接受不了这个现实，哭哭啼啼。有的受老板和领家的恐吓，怕"配给煤黑子"，怕"种地开荒"，和干部民警吵闹的也有，但只是极少数，经过干部做细致的思想工作，她们的情绪慢慢地平静下来。

各行动组和公安总队官兵经过一整夜紧张的工作，至22日凌晨5时许，北京市所有妓院全部封闭。饱受剥削和压迫的1200多名妓女，从此脱离苦海，获得了新生。

从11月20日下午5时30分开始，共封闭全市大小妓院224家，集中了妓院老板269人，领家185人，妓女1268人。妓院的老板和领家集中到公安局，审查后，根据罪行轻重，分别作出处理。妓女集中到八个教养所，加以训练，改造思想，并帮助她们谋取正当的生活出路。

11月22日上午，北京封闭妓院总指挥罗瑞卿向北京市第二届各界人民代表会议的代表报告了执行大会封闭妓院的结果。罗瑞卿高兴地向大会宣布："市公安局依照市长命令，昨晚连夜执行本届代表会议的决议，到今晨五时止，已将全市224家妓院全部封闭。北京从此再不会有蹂躏妇女、摧残妇女的野蛮妓院制度了。（全体代表热烈鼓掌）从此，一千多名妓女跳出火坑，获得解放！"

彭真同志也作了重要讲话，他首先对参加封闭妓院的工作人员致谢。他说："从现在起，北京市的妓院制度被完全消灭了，我们消灭一种罪恶制度，一定会遇到一些旧势力的抵抗，我们要粉碎他们的抵抗，克服工作的困难……封闭妓院主要的善后问题是改造妓女的思想，安置妓女的生活，我们北京市人民是准备拿出足够力量来解决这些问题的！"

彭真同志的发言受到了代表的热烈拥护，会场上爆发出阵阵雷鸣般的掌声。

五 冰河开冻，走向新生

北京市妇女生产教养院下设8个教养所，分别设在韩家潭（今韩家胡同）、百顺胡同等14个妓院内，此项工作由北京市妇联筹委会副主任杨蕴

第十二章 封闭妓院

玉同志总负责，工作人员主要由市妇联、市公安局、市民政局等单位抽调干部组成。除做总务工作是男同志以外，其他都是女同志。

妓女来到教养院统称为"学员"，工作人员和她们吃、住在一起。教养院内有计划有步骤地对妓女进行教育，改造其思想，医治性病，然后安排她们以后的出路。市政府对治疗性病的妓女非常重视，并拨款6000万元（旧币）购买药品。把给妓女治病当做一项重要任务，并请卫生局医疗队到各教养所治病。据统计，学员中患轻、重性病的竟达90%以上。据第五教养所调查，经医生检查，145个学员中患有较重性病的竟达104人，占全所总数的70.7%，经过一段时间的治疗，妓女的性病大有好转，学员很感动地说："以前我们病死了都没人管，今天政府花这么多钱为我们看病，我们要不进步可太对不起毛主席和人民政府了。"

教养院的干部们把提高学员的思想工作当成一项重要的任务来完成。干部们分别和学员们谈心，进行新旧社会对比，启发她们的觉悟。干部们利用上大课给他们讲述与她们生活相近的《白毛女》、《血泪仇》和《一个下贱女人》等故事，许多学员听后悲伤地痛哭，从而打动了她们的内心，觉悟开始有了提高，大多数学员比较安心了。有的学员主动找干部诉苦，并揭发老板、领家的罪行。

妇女教养院中还经常组织学员开展文艺活动，学员们看了话剧《日出》和《九尾狐》后，深受触动，有的学员说："要不是解放了，咱们还不是落个陈白露、翠喜、小东西的下场！"学员们也自编自演了《苦尽甘来》、《跳出火坑》、《再生》等话剧，深刻揭露了妓院暗无天日的生活。

由于许多妓女长期过着不劳而获的寄生生活，她们被集中到教养院中害怕劳动，尤其一、二等妓女表现得比较明显。针对这种思想，干部们教育学员树立劳动观点，要成为自食其力的劳动者。给学员们讲劳动英雄《赵梅英》、《王秀鸾》、《坚贞不屈的侯玉嫂》和《女区长韩秀英》等革命故事，逐步地组织学员们管理日常生活，打扫院子和厕所、烧茶炉等，通过劳动她们树立了劳动观念，增强了对未来生活的信心。

1950年1月19日，妇女教养院在后马厂举行了第一次控诉会。

2月11日，在拘押老板、领家的公安分局的大院里，又一次召开了控诉大会，会前把罪行累累的黄树卿、黄宛氏二人押到现场。学员杨翠兰、吴玉玲控诉她们用皮鞭、木棍、藤条、火筷、铁丝缠的绳子拷打妓女的种种罪行，先后有妓女张义、小红、小翠、田秀英、尹金花等五人被打死，学员们一致要求人民政府严惩黄树卿、黄宛氏。4月6日，北京市军管会军法处将黄树卿、黄宛氏判处死刑。当二犯被押在卡车上游行示众，刑车由东四、灯市口、前门途经八大胡同一带的韩家潭时，四百多名学员整队观看，她们高呼：共产党万岁！毛主席万岁！姐妹们翻身万岁！充分表达了学员们翻身后的喜悦之情。

妓女们在教养院经过一段时间的学习和对性病的治疗后，有些学员性病已经痊愈，被家人领回；有的回家后择偶成婚；许多学员准备学技术进工厂做工。人民政府为了满足她们的愿望，成立了一个名叫"新生"的织布厂，购买了八十多台织布机和织袜机，有不少学员进了该厂当学员。

1950年6月6日，又有926名学员出了教养院。有505名结婚成了家，其中与工人结婚的有195人，与农民结婚的有154人，有374名回到农村参加劳动或家务劳动。参加中央防疫站的21名，考入艺术学院和曲艺院校的13名，还有33名学员继续留在教养院治病。

人民政府对收进教养院的94名妓女的女儿和被领家买来的年龄很小的女孩分别做了安置。

"千年的冰河开了冻，万年的枯树发了青，旧社会把人变成了鬼，新社会把鬼变成了人"这句话反映了翻身后妓女的心声。被踩入社会最底层的妓女站起来了，变成了自食其力的劳动者，成为社会的一员。据后来调查，多数妓女在街道表现很好，有的写了入党申请书，有的参加了居委会的工作，成为街道的积极分子。1986年9月，经过对光华染织厂（新生织布厂合并到该厂）原学员调查，分配到这里的学员，三十多年来表现得都很好。有的成了生产骨干，有的成了班组长或车间负责人，有的入了党，成了国家干部。她们退休后，过着儿孙绕膝、颐养天年的幸福生活。

北京封闭妓院这一划时代事件意义深远，它在人类文明史上写下了浓重的一笔。

主要参考文献：

刘朝江：《警神》，大众文艺出版社2002年版。

第十三章　追捕和打击行动特务

一　追捕军统行动特务佟荣功

1949年1月31日，古城北平和平解放。

北平市人民政府公安局军管会由良乡进入北平市区，迅速接管了国民党北平市警察局。担负对国民党潜伏特务进行肃清和打击的北平市公安局侦讯处，经过调查摸底，锁定戴笠的原贴身警卫、国民党军统局行动特务佟荣功作为主要搜捕对象。但经过一段时间搜捕，北平没有发现佟荣功的踪迹，后经过一段时间侦察和审讯有关犯人得知，佟荣功已潜逃。

北平市公安局侦讯处，在处长冯基平的领导下，经侦察员们缜密侦察，不懈追踪，历经近两年时间，终于把佟荣功抓获归案。

（一）佟荣功其人

佟荣功，化名黄义、张成华、张长发、王子明，男，时年41岁，北京市人，家庭成分房产主。家有母亲、妻子、三个儿子、三个女儿。家庭主要以开杂货铺为生。佟荣功1933年参加军统，次年在国民党杭州警官学校特警班接受特务训练。毕业后，充任国民党军事委员会统计局（简称军统局）北平站情报员、天津站交通员、华北区交通员、西北区行动组组员、军统局本部特务队队员、军统局西安站情报员等。佟荣功凭借自己头脑灵活、巧言善辩、办事果断，加之，对上峰会拍马逢迎，很快得到国民党高层人物的赏识，不久被国民党高级将领胡宗南看中，被任命为胡宗南所部的特务机关行动组长。后来，又充当军统局副局长郑介民的随从副官。军统局局长戴笠也看到佟荣功是个"人才"，便把佟荣功拉到自己身边，充任他的贴身警卫，并担任他的警卫组组长。

1940年12月，佟荣功奉调来到北平，开始充任日伪兴亚协进社情报股股长、日伪北平警察局特务科科员。1945年8月，中国人民经过八年抗战，终于使日本帝国主义宣布无条件投降。10月，佟荣功被国民党军统局任命为华北办事处行动组组长，兼肃奸委员会第八行动队队长。后又担任军统局北平站直属通讯员、北平警备司令部北区稽查所中校所长、南区稽查所中校所长。1947年3月又被任命为北平警备司令部稽查处上校督察长兼稽查大队长、统一检查处副处长，后又擢升为北平警备司令部稽查处副处长、代理处长等职。

佟荣功系国民党军统局的行动特务，对共产党和一些进步人士怀有刻骨仇恨。从1936年起到北平解放前，他先后亲自和参与逮捕与杀害革命进步人士以及进步学生百余人。1938年7月，奉蒋介石密令，刺杀了八路军驻西安办事处处长宣侠父将军。是一个罪恶累累、十恶不赦的家伙。

1948年底，北平被人民解放军重重包围，北平解放指日可待。在国民党北平警备司令部一次会议上，有人提及与共产党"和平谈判"，佟荣功听后气急败坏竟然向屋顶鸣枪弹压。说明了他对共产党有不共戴天的刻骨仇恨。

北平市公安局侦讯处在入城前就把佟荣功这个对人民犯下滔天罪行的军统局重要特务，列为第一批搜捕对象。入城后，发现佟荣功已潜逃。冯基平认为，不把佟荣功抓捕归案，将是新生的人民政权的一大隐患，具有很大的危害性。因此，北京市公安局侦讯处依靠群众，缜密侦察，克服一切困难，决心把这个军统行动特务佟荣功缉拿归案！

（二）寻踪觅迹，初查无果

北平市公安局侦讯处，经调查和得到的情报获知，佟荣功已逃到还是敌占区的青岛。

1949年4月，侦讯处得到群众的举报：3月6日，佟荣功自青岛给北平的好友索士衡来电报，询问北平情况，有来平之意图。这个索士衡是原潜伏在北平的佟荣功的心腹，他接到佟的电报后，便与军统特务马国瑞商量，复电报于佟："可来。"不久，马国瑞因刑事犯罪被人民公安机关逮捕。

索士衡在佟荣功打来的长途电话中，用暗语告诉佟荣功："马国瑞不可靠，勿归。"佟听到索士衡的暗语，明白了索的意思，未敢来平。不久，侦讯处发现，佟荣功又给在北平的好友、厚生火柴公司经理张厚生来电报称："拜托好好照顾在平的家属。"

侦讯处对上述情况进行了分析判断，因佟荣功的母亲、妻子和子女都在北平，佟荣功有潜来北平的可能。为此，侦讯处采取了两条措施：一是物色秘密力量，掌握了解佟荣功的动态；二是对索士衡、张厚生使用侦察手段，严密注意他们与青岛佟荣功的联系。一旦发现佟荣功来平，立即逮捕。

然而，8个月过去了，未获得佟荣功来平的一点线索。工作一度搁浅。

1949年12月，北京监狱的在押犯崔汉光（保密局北平站青年训练队队长）的一份供词引起北京市公安局侦讯处侦察员的注意，崔供出："1949年5月，崔汉光在青岛碰见了佟荣功，据佟说，他已接受了王蒲臣（原保密局北平站站长）布置的潜伏任务，准备潜入天津。到了8月份，崔汉光在天津罗斯路附近果然碰到了佟荣功。佟说他已改了名字，住天津××道三楼53号或78号，具体名字和确切地址已记不清了。"

侦讯处又接到曾和佟荣功的母亲住一个胡同并与佟荣功有过来往的群众报告：1949年10月，他看见佟荣功坐东四大街复达汽车行一辆载重汽车从天津来北京。车到通县（现通州区）附近他下了车。还告诉司机，代他问候"二爷"（该车行的经理侯某某）和姚树荣（系佟荣功的朋友）。

从群众的举报和在押犯的供词印证，佟荣功确实已潜入过京、津两市。侦讯处侦察员根据群众的举报和在押犯的供词所提供的情况，做了几项工作：（1）进一步突审崔汉光，让其详细交代两次见到佟荣功的具体细节。这次崔又供出："佟荣功潜津时，同行者还有北京廊坊二条聚义兴银行经理王德福，该银行天津有分号，在天津的永安大楼内。"但经侦察员调查，京、津两市均无聚义兴银行，也未发现王德福其人。（2）侦察员找到复达汽车行司机蒋金安了解情况，蒋说，下车人肯定是佟荣功。他仅知道佟荣功在通县附近下的车，其他情况不了解。侦察员分析，既然佟荣功在通县下的车，说明佟在通县有落脚点。侦察员经调查得知，佟的表姐夫刘长岭住在通县，刘长岭原是国民党北平稽查处少尉司书。还得知佟荣功的盟兄弟李海亭、马志良均居住在通县附近。侦察员到刘长岭原址调查，房东说刘已迁居河北省三河县（现河北省三河市）。侦察员又赶到孙河镇调查，得知李海亭因有血债，已被顺义（现顺义区）县公安局关押。在马志良的住处也未发现佟荣功的踪迹。（3）调查佟荣功的在京家属，发现其妻和子女，已在解放前迁走，去向不明。佟的母亲已前往天津，住佟荣功的堂兄、某剧团演员佟浩如家中。北京市公安局侦讯处在天津市公安局的配合下，通过"工作关系"想找到佟浩如了解情况，但"工作关系"没有找到佟浩如。追捕的线索再一次中断。北京市公安局侦讯处只好委托天津市公安局，注意发现佟荣功的线索和行踪。

（三）从"傻大姐"入手追查

1950年4月，北京市公安局侦讯处接到公安部的敌情通报，内称："保密局华北区于青岛解放时曾布置佟荣功进行潜伏活动，并来往北京、青岛之间，北京大中银行孟广亭可能知道。"处长冯基平立即指派侦察员进行调查，后得知，孟广亭系大中银行职员，是佟荣功的好朋友，但未发现与佟有联系的迹象。侦讯处即布置派出所注意发现佟之行踪。

同年6月，北京市公安局侦讯处又接到天津市公安局通报：在押犯刘金荣（国民党北平行辕二处参谋）供称，1949年5月末，佟荣功在青岛奉国民党保密局（此时军统局改名为保密局）华北办事处处长王蒲臣之命，返回天津潜伏。佟荣功对刘说，此次北上，北平环境不好，即在天津潜伏。在押犯刘明华（台湾派遣潜津特务）也供称："佟荣功确实于1949年5月经王蒲臣派遣，回京、津两市潜伏。"

以上情况又一次证明，佟荣功确实来过北京，然而，时过一年，追捕没有结果。侦讯处处长冯基平召开侦察员会议，让他们总结前一段时间追捕工作经验、教训，找出追捕和侦察工作的漏洞与不足。

通过分析研究，侦察员们发现，过去的追捕工作，发现佟荣功的关系人不少，但是，围绕这些关系人做调查工作不够深入，而且也没有抓住重点。于是，侦察员们将佟荣功的所有关系人进行逐人研究排队，从在北京与天津一带居住的25名关系人中，选择了与佟荣功潜来京津地区前后有过接触、联系和关系密切的对象张厚生、索士衡、佟浩如、姚树荣、李良英（佟的姘妇）等人列为重点侦控对象，一查到底。并将有条件了解到佟的踪迹的佟的表弟李保森，作为侦察员的联系对象，要求他如果知道佟的踪迹，务必及时向侦讯处报告。

然而，当侦察员找李保森谈话时，发现李保森谈话吞吞吐吐，一味敷衍。侦察员意识到，李保森可能知道佟荣功的一些我们不掌握的情况，便把他叫到派出所，继续与他谈话。很显然，侦察员之所以这么做，主要给他在心理上造成压力。但是，李保森仍不愿意提供情况，只是说，佟荣功有一个"傻大姐"，住天津郊区张贵庄。

1951年3月4日，北京市公安局侦讯处以假报户口、骗取路条为由，将李保森拘留突审。李保森供出："傻大姐"有一个卖成药的亲戚，中等个儿、黑胖子，曾于1949年4月替佟荣功的母亲报假户口，来骗取路条，并亲自送他们到天津的佟浩如家。他可能知道佟荣功的下落。

侦察员认为，找到这位"傻大姐"的亲戚，是弄清佟荣功下落的关键，必须从"傻大姐"入手追查。在几天的侦察和追查中，外线发现佟浩如有一个侄婿叫吴少甫，此人过去在北京前门外医药店卖成药，现在西四北大街130号后门开旧货店，特征与李保森所供的相符合，又经过调查后判定，吴少甫就是李保森所供的"傻大姐"的卖成药的亲戚。

3月22日，北京市公安局侦讯处，以报假户口骗取路条为由，将吴少甫密捕。吴供认："1949年5月去天津接佟浩如夫妻来京时（佟浩如在北新桥罗东坑25号新购置房屋一所），在佟浩如家碰到了佟荣功。以后，听'傻大姐'说，佟荣功在天津怕碰见熟人，害怕暴露，逃到他表姐夫刘长岭家躲避，又经佟浩如介绍到沈阳去了。"

至此，追捕佟荣功的工作已露出端倪。

（四）得来全不费工夫

侦察员把追捕佟荣功最新进展情况，向冯基平处长作了汇报，冯基平认为："佟浩如已构成窝藏反革命罪，应立即逮捕归案。通过对佟浩如的审讯，搞清佟荣功在沈阳的具体住处。"

3月22日，北京市公安局侦讯处派出侦察员赴天津。在天津市公安局协助下，较为顺利地将佟浩如秘密逮捕，并押解来京，连夜突审。佟浩如供出："佟荣功于1949年5月从青岛潜来天津，化名王子明，住在天津察哈尔路53号。同年10月佟荣功突然半夜来到我家，说有人注意了他，不能在天津住了，我便介绍他到沈阳我的朋友王来银（旧艺人）处。他由天津坐汽车经通县到了河北省三河县刘长岭家，然后，由刘长岭帮助去了沈阳。"

侦察员紧追不放："佟荣功在沈阳什么地方？"

佟浩如见到侦察员的严厉的目光和咄咄逼人的问话，他不得不如实说出了佟荣功的具体地址："他可能在沈阳市北市场一带开酒店。"

根据佟浩如的交代，冯基平处长指派侦察科科长王奇，带领两名有搜捕经验的侦察员持佟荣功的照片连夜出发，急赴沈阳，踏上千里之遥的追捕之路。

3月24日，王奇等三人来到了沈阳。

3月的沈阳毫无春意，严寒仍紧锁这个城市。在沈阳市公安局的协助下，他们对沈阳市北市场一带大小酒店都暗访了一遍，却没有发现佟荣功。王奇心里暗暗骂道："佟浩如这小子把我们骗了！"

王奇暗访沈阳北市场一带酒店结束后，只身一人来到一个杂货店，想买点日用品备用，在和该杂货店掌柜的讨价还价的谈话中，王奇突然发现此人与照片上的佟荣功面貌相仿，但没有把握。王奇还发现，此杂货店还卖酒。而且杂货店的名字叫"王记杂货店"。这和佟浩如交代的佟荣功来找他的朋友王来银的情况相符。于是，王奇买了一包香烟，便走出了王记杂货店。

王奇把两名侦察员招呼过来，三人来到王记杂货店隔壁的租书店，拿出佟荣功的照片又仔细地看了一遍，王奇觉得，王记杂货店的掌柜很像佟荣功。在沈阳市公安局外线的监控下，王奇等三人又一次走进王记杂货店。王奇再一次用眼睛斜视了一下这位掌柜的，虽然装束有改变，但他的脸形、眉毛与照片是一致的。

"是佟荣功没有错！"王奇心里想着。

此时，王奇主动进攻，突然问他："你贵姓？"那掌柜的猝不及防，回答道："姓佟。"另一名侦察员紧跟着说："你叫佟荣功？！"三人便把他围了起来，那掌柜的不知所措："啊，啊，我是，我是叫佟荣功。"王奇为了慎重起见，把照片给他看了看说："这是不是你？"那掌柜的见三个彪形大汉站在自己面前，又看见门口已经有人把守。无奈地点点头说："是我。"说时迟，那时快，王奇迅速将一副锃亮的手铐铐住了他的双手，并宣布道："佟荣功，我是北京市公安局的，你被捕了！"

真是"踏破铁鞋无觅处，得来全不费工夫"。潜伏近两年的军统行动特务佟荣功就这样落网了。

（五）罪恶的生涯，可耻的下场

3月26日，王奇等三人将佟荣功秘密押解回北京。

在审讯中，起初他拒不认罪，态度很坏，声称："我明白你们的这一套，我什么活动也没有，甭问！"气焰十分嚣张。经审讯人员反反复复地交代政策，佟荣功才把参与刺杀我八路军驻西安办事处处长宣侠父将军等历史罪恶和北平解放前后活动情况作了详细的交代。

据佟荣功供称，北平解放前夕，他自北平逃往青岛，1949年3月他去上海保密局报到（因从全国战局来看，国民党失败已成定局，国民党保密局从南京迁到上海）。后随保密局华北办事处处长王蒲臣返回青岛。佟荣功自恃熟悉京、津地区情况，关系众多，向王蒲臣提出要求，希望能回到京、津地区潜伏，伺机搜集情报和从事破坏活动。王蒲臣经考虑，同意了佟荣功的要求，并给了他潜伏的批准书，规定了化名和联络方法。王蒲臣化名丁宽仁，佟荣功化名黄义、张成华。王蒲臣与佟荣功联络时，可找天津的佟浩如或北洋火柴公司经理转或派人以丁宽仁的名义，在天津登报联络。

1949年5月，王蒲臣又派军统特务王德福协助佟荣功一同潜伏，因王德福参加军统以前是个商人，家住北平宣武区菜市口烂漫胡同72号，王蒲臣之所以这样做，主要是为佟荣功筹措活动经费。经过紧张的准备以后，二人化装商人相偕潜入天津。

佟荣功潜入天津之后，找他的堂兄佟浩如租房，隐匿在天津市察哈尔路53号三楼，改名王子明。5月26日，佟荣功和王德福一起潜入北平，他见北平市公安机关正开展肃特斗争，他很害怕，于27日回到天津，在天津原住址隐匿居住。

王德福潜伏在北平。佟荣功交给王德福黄金10两，为佟生利。二人经常联系。

同年10月，佟荣功怀疑被人盯梢，又经佟浩如介绍去沈阳王来银处，以开杂货铺为掩护，长期潜伏，妄图躲过公安机关对他的追捕和惩罚。

佟荣功潜伏在京、津地区前后，窝藏、掩护和给予经济资助以及知情不举的社会关系达19人之多。其中特务关系的5人，亲属关系的5人，旧友及旧友介绍的关系9人。

佟荣功的罪行极大，十恶不赦。1954年1月29日，经北京市军事管制委员会军法处审理，判处佟荣功死刑，立即执行。佟荣功就这样结束了自己的罪恶一生。

北京市军管会军法处还对窝藏、掩护、包庇他的19名关系人，分别根据情节轻重，给予了应有的惩处。

还要提及的是，同佟荣功一同潜来京、津的军统特务王德福。他也是一个罪大恶极的军统特务。1954年4月28日，经北京市军事管制委员会军法处审理，被判处死刑。此案已做另案处理，本书不做详细陈述。

二 京津联手擒"飞贼"

1950年8月，天气溽暑难熬。此时，北京市公安局全体干警正信心百倍地战斗在自己的岗位上，为新中国建立一周年的庆祝活动而积极做着准备工作。这时，市局侦讯处接到一份公安部发来的《敌情通报》，《通报》说："保密局特务段云鹏负责北京行动工作，解放后曾潜入北京，现准备再次来京。"

时任市公安局副局长兼侦讯处处长的冯基平，看到这份通报后，很是吃惊。他知道段云鹏是国民党保密局北平站重要特务，是有名的"飞贼"，他要潜来北京，非同小可，必须提高警惕和严加防范。于是，他把侦察科科长王兴华叫来，把公安部的通报交给王兴华，王兴华也吃惊不小。王是从解放区来的老干部，曾是华北局社会部保满情报站负责人。王兴华稍加思索对冯基平说："目前我们侦察员不够用，一个人手里就有两三个案件。此案交给张少吾同志吧，此人曾在北平做过地下工作，对北平情况比较熟悉。"

冯基平表示同意。他说："先让张少吾同志作些基础调查，关于人员问题，等案情展开后，我想法给你们调人来。"张少吾见到公安部的《敌情通报》和冯基平的批示也大吃一惊。段云鹏是保密局的行动特务，1946年张少吾在北平做地工时，根据刘仁同志的指示，通过关系人赵某调查过段云鹏、崔铎等人，并密切注意他们的行动。如今他胆敢前来北京进行破坏活动，决不能让他的阴谋得逞！

（一）段云鹏的罪恶轨迹

段云鹏，又名段万里，1904年生于河北省冀县。早年他在保定直鲁联军当兵。他个子不高，体壮如牛，性情粗野，胆大心细。在军队中练就一身武功，蹿高上房，跳越沟坎，身轻如燕，他凭着这一身武功被提升为训练新兵的教官。1928年，他离开了旧军队，在北平流落成为一个惯窃，成了一个专门夜间入户的"黑钱"。后来又拜了同院的李玉山为师学武功，学会了"开桃园"（挖洞）、"翻高岭"（攀高）等盗窃技术，专干那"掐灯花"（夜间盗窃）的勾当。他曾夜入瑞蚨祥绸布店和德国驻华使馆及一些阔商、富户室内盗窃，在京津地区作案多起，被捕入狱多次，成为国民党刑警队和看守所的"常客"，久而久之，他便与看守员勾结，白天在牢里睡觉，夜间放出，进行盗窃，所窃来的财物销赃后与看守员共分。于是，在社会上把他传得神乎其神，说段能"飞檐走壁，蹿房越脊"。

1932年10月，段云鹏心目中所崇拜的颇有名气的"燕子李三"在天桥被正法之后，对他有很大震动，他唯恐自己步"燕子李三"的后尘，决心金盆洗手。第二年春，他弃盗从军，在四十七路义勇军中混上了一个少校中队长的头衔。后在对日作战中被打散，回家重操旧业。他广交朋友，和惯盗、惯匪结伙在京津地区屡屡作案。在江湖上混了个"赛狸猫"的绰号，成了京津地区有名的"飞贼"。

1946年2月，北平金鱼胡同那宅被盗大量珠宝，段云鹏在天津正华金店销赃时，被天津警方发现，并当场将其抓获，押回北平，被关押在北平警察局看守所。此事被军统北平站行动组上校组长江洪涛获悉，他觉得段是他们可用的人才，便把段云鹏保释出来，吸收为行动组的中尉组员，并受到了军统局北平站站长马汉三的重用。

7月，国民党军统局改组为国防部保密局，10月，军统局的华北办事处改称为保密局北平站，北平站行动组改称为北平站第四组。此时，段云鹏被正式录用为北平站中尉通讯员，化名宋在起。从此段云鹏成了保密局北平站的特务骨干，在反共反人民道路上犯下了累累罪行。

1946年6月，段云鹏按照马汉三的指令，组织了一个特务行动小组，段为组长，他带着崔铎、于纪章、裴桢等特务深闯军调部中共首席代表叶剑英和滕代远的住宅，阴谋进行暗杀和盗窃文件，没有得逞。1947年9月，段利用上房技术，破获了一部中共地下电台，因此导致中共在北平、天津、上海、西安、沈阳等地的地下电台遭到破坏，中共地下工作者数百人被捕入狱。1949年1月，蒋介石密令，要保密局秘密处死正在为和平解放北平而奔走的原北平市长何思源，以警告傅作义。保密局局长毛人凤派行动处处长叶翔之来北平指挥行动。段云鹏、崔铎等人夜入何宅，放了四枚定时炸弹，炸伤了何思源，炸死了何的二女儿，炸伤何妻和其他子女5人。随后，段云鹏、崔铎等特务乘飞机逃到上海后去了台湾。

段云鹏就是这样从一个惯偷的"飞贼"，成了国民党反动派的一个忠实走狗和鹰犬。

（二）从调查社会关系入手

根据公安部敌情通报和我们掌握的段云鹏的基本情况，王兴华科长和张少吾经多次研究，一致认为，段云鹏混迹国民党保密局北平站，他在京津地区交往广泛，在国民党军、警、宪、特，地痞流氓中，以及窝藏犯、销赃犯、毒品犯中有不少狐朋狗友，社会关系复杂，人员颇多。我们的侦破工作必须摸清段的社会关系，以此入手，选择案件突破口，以发现其组织活动和段云鹏的行踪。

王兴华科长和张少吾拟订了一个侦破方案，报邢相生处长审批。

段云鹏不论是在1947年破获中共电台，还是在何思源住宅放置炸弹，或者有其他行动，有一个人始终伴他左右，是段的得力助手，这个人叫崔铎，也是保密局的行动特务。段和崔的私交甚好，新中国成立前夕和段云鹏一起逃到台湾。张少吾和崔铎直接打过交道，并去过崔铎家中。崔铎在京的社会关系也不少，张少吾考虑到，为了防止他们之间互相利用，也把崔铎的社会关系列入此案，同时开展侦察工作。

由于当时侦察处任务重，干部少，为了尽快破获此案，邢相生处长经请示市局同意，决定召开市局所属业务处和各分局侦察科科长会议，布置对段运鹏案件的调查和控制。

经全局范围展开调查控制，很快，就查出了段在京的社会关系有100多名，崔铎的关系也有30多名。各有关分局侦察科指定专人负责，掌握情况，街道积极分子大力协助，这为严密控制和侦破此案提供了坚实的保障。

张少吾一面掌握各分局的进展情况，一面深入开展对段云鹏主要社会关系的调查。他首先对段的徒弟、军统"运用员"杨某采取正面接触的办法，想套取有关段的一些情况，经几次交涉，张少吾感到此人不老实，不可靠，便暂时放弃不动他。随后，便查出段的至交张某（贩毒起家，在京开设旅馆），此人刚去香港，其家属在北京居住。进而了解到，张某因贩毒曾与中共察北禁烟局有过联系，该局一位同志与张熟识，解放后在中山公园当主任。王兴华科长和张少吾一起找他洽谈。随后，由他介绍张少吾与张的小老婆相识，双方开始接触。当时，张少吾认为，张在香港可能与段云鹏有来往，争取张为我们工作，可以了解掌握段的活动情况，进而创造条件捕获段云鹏。

（三）主动出击，寻找案件突破口

1950年10月，全国已开展了大规模的"镇反"运动，由侦讯处负责的段云鹏案件，在分局的帮助下，借此"镇反"的态势，对段云鹏和崔铎的社会关系严加监控，初步张开了罗网。但是，段是否潜入北京？是否有潜伏组织？显然从表面上控制是难以实现的，并且缺乏捕段的条件。按照原定的侦破方案，在基本掌握了段云鹏的社会关系后，经上级批准，侦讯处逮捕了几名有历史罪恶的段的社会关系，但是这些人都没有供出解放后见过段。

第一次出击没有打中目标，说明没有选准对象。张少吾分析，可能是段云鹏对有反动历史的关系未敢联系，怕以此暴露。

根据这个启示，张少吾又重新筛选，逐个分析，继续寻找段的社会关系，打开案件的突破口。

1951年2月，侦讯处把与段云鹏关系密切并当过伪警察的秘静轩逮捕，关押在草岚子侦讯处的预审科内。预审员是预审能力很强的汲潮。

张少吾与汲潮多次研究，并准备好有关秘静轩材料，决心从秘身上打开缺口。

当秘静轩走进预审室，张少吾看到，此人小个子，留平头，腰板挺直，两只小眼睛贼溜溜地转着，透着狡猾。

汲潮只问了几句话，秘就痛快地交代了自己的历史罪行："日伪时在北京当过伪警，日降后，在天津当过护路警察，抓过八路军侦察员。"

接着，秘静轩就说没有其他问题了。

汲潮和张少吾采取政策攻心，强调坦白从宽，抗拒从严，立功赎罪的政策，晓以利害，指明前途，后继续追问。秘看出公安机关已掌握了他的罪行，被迫又交代出："日降后，为保密局北平站行动组组长江洪涛搜集过情报。"至此，秘又闭口不谈了。

于是，汲潮抓住秘犯口供中的破绽，紧追不舍：你的领导人是谁？秘犯被追得黔驴技穷，没法回避，不情愿地交代出："是段云鹏。日伪时，他在北平看守所当看守员时，段被捕，我们就认识了。我们知道他的武功很好，晚上放他出去偷东西，卖出的钱我们分成。日降后，我在天津当路警，段云鹏当时已经是军统局的特务。他和江洪涛来天津时，发展我为情报员，搜集铁路两侧人民解放军的情报。"

"以后呢？以后你们是如何联系的？"汲潮问话像连珠炮似的，使秘没有喘息的机会。

"1948年初，我在河北文安县自卫团当司务长时，我的内兄张兰亭是大队长，我把我内兄的姨表妹介绍给段云鹏并与其结婚。"秘静轩又交代一些情况。

审讯至此，已是翌日拂晓，东方已出现鱼肚白，郊区传来了连续不断的雄鸡报晓的啼声。汲潮和张少吾决定停审，择日再战。

张少吾和汲潮详细地分析了秘静轩的口供，认为，秘原来是段云鹏的情报员，段的老婆是他介绍的，而且他们又是亲戚关系，如果段云鹏从台湾潜京，很有可能去找秘静轩。下一次审讯，决定以此为主线，让秘交代。

第二次审讯，汲潮一开始就反复地交代政策，并指出，虽然上一次交代了一些问题，但是远远不够，而且避重就轻，一些重大问题并未交代，尤其解放后和段云鹏的一些事情没有交代。

汲潮的话，向秘暗示，你解放后的问题，我们已经掌握了，就看你的了。

经过几个回合的交锋，秘静轩终于交代了解放后接受段云鹏潜伏任务的情况。

那是在1950年6月某日的一个傍晚，秘下班回家，进门后其妻便说：

"段大哥回来了，真行，挺神气的。听段大哥说，他前天在朝阳门外见到我大哥张兰亭在推车卖劈柴，他悄悄跟踪张兰亭回了家，记下地址门牌后，到今天才去张家，恰好又碰上其弟张熙亭，随后，让熙亭领着段大哥到咱家来了。段留下话，说晚上来家找你。"正说着，段走进屋子，只见段云鹏留着八字胡，身穿灰色中山服，手提毛巾缝的布包，上面还绣着"为人民服务"五个红字。段对他们说是从香港来的，还在军统局做事。1949年10月来过北京未能找到秘。这次来主要是搜集共产党中央领导人的情报，然后暗杀。搞到中共领导人的情报，台湾会给黄金的。段还说，他几个月来大陆一次，让秘搞到情报后交给他，就这样秘静轩接受了段交给的任务。段临走时，还留下了一个香港的通讯地址。

段还向秘透露，曾到朝外大街一元堂药店找过杨玉芬。

随后，秘发展了在一起挖河的临时工陶天林参加潜伏组织。

秘还听张兰亭说，段曾约张去天津商议购买枪支搞武装活动，因无钱买枪，段又让张到乡下组织武装活动。张已去过河北香河县城子村，住在张的部下勾振华的家中，化名张香圃。

张少吾和汲潮审完秘静轩，立刻向预审科科长吕岱、侦讯处处长邢相生汇报，当即决定逮捕张兰亭、陶天林，拘传张熙亭、勾振华和杨玉芬。

日伪时张兰亭当过文安县保安团大队长，是个汉奸。日本投降后，以请客送礼等手段讨好北平站站长马汉三，加上段云鹏的从中说情，张的汉奸问题不但没有得到追究反而又当上了文安县自卫团大队长。从此，他们勾结军统局，下令捕杀共产党干部，血债累累。当把他押到预审室，他自知罪恶深重，抵赖不过，很快交代了与段云鹏的活动。

据张兰亭交代："1950年6月，段到京后找到了我，并约好在天津黄家花园见面，当时，我带着二弟原自卫团中队长张振仲和原伪专署特务队长王惠民两人，到津后见到段，商谈购买枪支搞武装破坏活动，因没钱购枪，段以军统局平津地区负责人的身份，命我们组织情报、暗杀小组。分手后，我以卖劈柴为掩护到南苑机场附近，刺探飞机和工作人员的情况；王惠民专程到天津八里台，观察机场情况。我们正准备联络原来部下人员时被逮捕。"

据张熙亭交代，段见到他时，说过刚从通县来，但不知道去通县找谁。

一元堂药店的女东家杨玉芬说，1950年6月段云鹏找她要过雄黄，说是配制炸弹搞爆炸。

其他案犯王惠民、勾振华和陶天林等人都交代了各自的活动情况。

（四）巩固成果 乘胜追击

通过前一段工作，捕获了8名案犯，防止了张兰亭一伙搞破坏活动。从这些案犯的口供中，看出了段云鹏潜京后，是从其社会关系中发展组织的，而且是采取短时潜入活动的方式，进行暗杀爆破活动，这是段的活动特点。

但是，段云鹏在哪里，是否还在京津，他的社会关系中谁和他联系过，使张少吾陷入了思考。

张少吾经过详细分析，做出了如下判断：段云鹏还会来京津地区，通县很可能有他的潜伏组织，因为段搞到了配制炸药的雄黄，并没有交给秘静轩和张兰亭去搞，必然是交给了段更信得过的、更得力的潜伏人员，而且还没有发现段在京津的落脚点。张熙亭供出段曾去过通县，段在该地可能有潜伏人员。因段在京津地区社会关系颇多，不会就是我们逮捕和拘传的这几个人。总之，段云鹏的潜伏组织，就在他的社会关系之中，我们要捕段，就得从他的社会关系之中打主意、做"文章"。

张少吾经过再次对段的社会关系分类排队，逐个分析，再次深入调查，又有两个人浮出水面：一个是魏金山，另一个是赵友三。魏在京开设茶庄，还同胡某一起经营一个煤铺。魏金山，贩卖过毒品，是段的挚友。北平解放前夕，段将衣物存于魏处，魏没有反动身份，段潜京后很可能找他。赵友三，解放前，买赃、卖赃发了财，在京开了个中西旅馆，段常住宿其处，吃喝嫖赌，有专用的房间，赵还当过伪宪兵十九团特高组的运用员。赵具备段发展利用的条件。

1951年3月17日，经市局批准，侦讯处分别拘捕了赵友三和魏金山。

汲潮和张少吾连夜突审赵友三，赵进入审讯室后，只见他身高体瘦，大长方脸，面黄，像个大烟鬼。汲潮让他交代问题时，他也是交代解放前一些罪恶，却闭口不谈和段云鹏的关系，当汲潮追问有哪些国民党特务常住他的旅馆时，赵才承认有段云鹏。在汲潮追问和段的关系时，赵才承认认识，没有什么来往。当汲潮追问解放后是否见过段云鹏，赵以发誓的姿态矢口否认。汲潮和张少吾商定，赵比较狡猾，不会轻易缴械，暂时放下。转向弱点较多，准备利用的魏金山。

魏金山，40岁，中等个子，身材微胖，穿一件长大褂，胡子刮得精光。当警卫把他带进审讯室时，他站在那里，张少吾细心地观察，他的两腿微微发抖，面露惶恐神色。回答问题时，战战兢兢，声音软而无力。开始时，魏金山承认贩过毒品，表示愿意接受政府惩处。汲潮和张少吾反复强调坦白从宽，抗拒从严，检举别人可立功赎罪的政策，向他指出，要考虑到个人家庭和茶店的切身利益。魏是个商人，汲潮和张少吾的话击中了他的要害，他用颤抖的试探的声音问："老实讲了，能否得到宽大？""当然。我们公安机关说话是算数的。"汲潮看到魏的防线已被攻破，肯定地回答了他。

魏金山用手抹了抹额头上的汗水，说："段云鹏来京时找过我，我接受了他给我的任务。"接着，魏详细地交代了和段云鹏联系和活动的全过程。

魏金山是段云鹏多年的挚友，魏曾做生意亏本，段随即供给魏黄金二两，使魏感恩不尽。认为段讲义气，够朋友。北平被人民解放军包围期间段将衣物存于魏处。段南逃时，魏还资助给他路费。

1949年10月的一个夜里，魏已经入睡，突然被人捅醒，睁眼一看，大吃一惊，只见段云鹏站在床前。段说他是翻墙进来的，还说从台湾来的，在台时，毛人凤带他见了蒋介石，提升为上校，负责京津工作。

这次来京，主要搜集政府领导人和民主人士情报，然后进行暗杀。他还说，搞到情报台湾给黄金，要求魏同他一起去参与情报与暗杀活动。见财如命的魏金山听说台湾给黄金，欣然同意。段立即给魏布置了任务，还教了魏从事情报活动的方法，如发现中央首长的汽车，要记清车型、车号，顺着行车路线逐段跟踪，跟至住处即可。段还布置魏适时发展组织。

过了几天，段云鹏又在夜间找到魏金山，魏告诉段，他发展了混入民航局当炉工的李万成，是否面谈。段摆了摆手说："时间太紧，这次不见面了。"段告诉魏，回台后给魏上报为组长，李为组员。规定魏的化名为魏玉峰，李的化名为赵芝圃。另外还规定，今后由天津的曹玉静来京与魏联系。段留下一个香港的通讯地址，收信人为李馨斋即可。段还透露带来一个王小姐。

过了几天，这位王小姐来找魏，说段云鹏回台路费不够，让魏借给钱。魏满口答应。下午，魏按照王留下的地址，把钱送到了和平门内新华街11号楼上。王即收下，王20多岁，烫发，不知姓名。

1950年4月，魏金山收到段云鹏的来信，约魏去天津会面，这是段云鹏第二次由台潜入京津地区。魏按时到津，出车站口时，曹玉静在此等候。曹领着魏到二道沟于振江家中见到了段云鹏。段问魏活动情况，正说着一个姓郭的人进来，拿出一包白色药面，将药面撒在火柴盒上有沙粒的一面用力一划，白色药面呼呼地着了起来。段看后非常高兴，说这药好，嘱咐郭赶快去买。魏金山不明白其意，段向他介绍说，这是做炸药搞暗杀用的。段催魏同李万成赶快活动。魏于当日回到北京，并把在天津见段的情况告诉了李万成。

过了二十余天，段云鹏来京找魏，命令魏把李万成找来，由段口述，让李给北京靳某写一封恐吓信，段说靳家在北平政府时当过大官，很有钱，最近买了一座楼房。咱们敲诈他一下，以解决活动经费不足。过了几天，段云鹏派其兄段云彪去找魏，约魏到石雀胡同段云彪的家中与段云鹏见面，这次段仍向魏借钱。魏于第二天把钱送来，此后，魏再没有与段见过面。

6月底，曹玉静从天津来找魏，说段云鹏已回香港，让其到京与魏联系。不久，魏接到段从香港来的信，仍是了解魏的近况，催促魏进行活动。

7月中旬，李万成给魏送来一张纸条，上有五位中央领导同志的住址。李万成说，这是他从民航局一位司机口中套出来的。

8月的一天，曹玉静又来找魏金山，魏把李万成写的纸条交给了曹，曹看后，把姓名和地址记在心里，又将条子退给魏，说条子不能带在身上，随后便走了。

此后，曹玉静又先后两次找魏金山，时值北京市正轰轰烈烈地开展镇压反革命运动，魏心中害怕，又见国民党反攻大陆没有动静，不想再干，遂向曹玉静表示，让她少来找他为好。此后，曹玉静再没有找魏金山。

经过突审魏金山，又发现十几名段云鹏在京津地区的重要潜特，而且这些潜特已经试制了炸药，得到了中央领导同志的具体住址，情况十分严重。张少吾和汲潮于午夜向预审科科长吕岱作了汇报，并约定第二天上午，向邢相生处长汇报。

邢相生，1915年8月出生于山西省定襄县，曾任同蒲铁路列车长。1938年参加革命工作，同年参加中国共产党。曾在延安抗大、马列学院学习，1941年任晋察冀情报站负责人。日本投降后，情报站撤销，回到中共中央社会部工作。1948年参加了西黄泥村训练班学习，任支部委员。北平解放后，历任外二分局局长，市公安局侦讯处科长、副处长、处长以及市局副局长、局长等职，1964年被选为中共北京市委常委。

邢相生准时来到了草岚子胡同13号侦讯处预审科听取了汇报。听取汇报的还有二科科长王兴华。

汲潮首先汇报了审讯秘静轩、张兰亭、魏金山等罪犯并从他们口中挖出了隐藏在京津地区十几名潜特的情况。着重指出，这些潜特已经试制了炸弹，妄图暗杀中央首长。从罪犯的口供中看出他们活动规律是，段云鹏坐镇天津，短时间来京，由天津的曹玉静担任交通，经常往来京津联系潜特，包括尚未发现的程某。形势十分严峻。

张少吾对下一步的工作提出了意见，北京方面立即逮捕李万成、王小姐和段云彪。天津的潜特应立即通知天津市公安局，以便协同作战。对尚未发现的程某加紧追查。

邢相生处长认真听取了张少吾和汲潮的汇报，边听边记，有时还仔细地询问某些重要情节，他黧黑的面庞始终透着严肃，最后他说："段云鹏这个案件你们搞得不错，方法和思路是对的。你们挖出了穷凶极恶并对中央领导安全构成威胁的潜特，是有成绩的。我完全同意你们的工作安排。我提几点意见：一、少吾同志立即向市局、市委和公安部写出报告和填好呈请逮捕表，立即逮捕李万成、王小姐和段云彪。二、去天津市局通报情况和沟通情报，希望京津密切协作，联手布网。三、对魏金山可以教育释放，为以后使用打下基础。四、对程某要深入调查，下气力把他挖出来。五、我们围绕段的社会关系，挖出了潜特，打击了他的社会基础，下一步我们就要考虑如何逮捕段云鹏的问题。"

张少吾按照邢相生处长的指示，连夜写出报告和填好呈请逮捕。市委、公安部的领导不到一天的时间就做出了批示。彭真同志批示："所有行动犯，应即逮捕。"罗瑞卿部长的批示："照所拟办理。"速度之快，

效率之高，反映了上级领导对此案的重视。^①

张少吾立即赴天津，向天津市公安局侦察科科长赵师文详细地介绍了案情和天津的线索，明确了京津两地公安机关密切协作，互通情况，共同作战。天津市公安局非常重视，立即展开了侦察。

张少吾和汲潮审讯了钻进民航局的李万成，李对向段云鹏提供中央领导同志的住址和代写敲诈信的罪行供认不讳。

为了查证段云鹏是否已敲诈了靳某，也是为了能从中发现线索，张少吾找到了靳某，靳当即把两封敲诈信交给了张少吾。他说，他没有按信中的规定给钱。张少吾将两封信进行了技术鉴定。两封信都是从北京寄出的，有一封信确是李万成所写，另一封信不知是谁写的。张少吾对十几名在押犯的笔迹进行技术鉴定，均予否定，这说明，段云鹏在北京还有潜特，是谁呢？是否是尚未发现的程某？从何处去查？这又使张少吾和汲潮焦虑不安起来。

（五）京津潜特全部落网

4月29日，从天津市公安局传来了振奋人心的消息，他们逮捕了曹玉静、于振江和王国庆等十余名潜特。张少吾接到电话后，经请示邢相生处长同意，他和汲潮立即赶赴天津。天津市公安局侦察科科长赵师文详细地向他们介绍了破案情况。

"据初步审讯证实，解放后，段云鹏曾先后三次潜入天津。"赵师文操一口天津话介绍道，"第一次在1949年秋天，段发展了为他窝赃销赃的于振江和曹玉静，于、曹二人又发展了天津车站的王国庆，就是那个被魏金山误听为姓郭的人。段把这三人封为保密局华北行动组天津特别小组核心成员。段布置他们发展组织，破坏工厂、企业和公共设施。调查政府领导人和外国驻华使馆的情况，准备暗杀。第二次是在1950年5月，这次段云鹏组织他们购买大量硝酸钾，交给他们制造炸弹和燃烧弹。于振江又发展了8名特务，其中一名是天津市公安局消防队队员。这些人用自己制造的小炸弹试炸过有轨电车，因药力不足，未造成破坏。他们还多次策划炸工厂、电影院和公安局宿舍，曾几次到现场勘察。因遇上巡逻的和来往人多

---

① 刘朝江：《警神》，大众文艺出版社2002年版，第93页。

等原因没敢下手。第三次在1950年9月，这一次段在天津时间很短，只是把北京潜特送来的中南海内首长住处位置图和其他重要情报经秘写后，亲自带回台湾。"

"总的来看，段云鹏把天津当成大本营，坐镇这里，由曹玉静做段的总交通，时常往来京津，掌握了解情况。"赵师文最后又补充道。

"看来，段云鹏最后一次没有去北京？"张少吾问道。

"是这样的。"赵师文肯定地回答。

为了尽快地挖出北京的潜特，征得天津市局同意，张少吾和汲潮于当日连夜把曹玉静押解回北京。到北京后已是翌日三点钟，张少吾和汲潮不顾连日奔波的疲劳立即突审曹玉静。当警卫把她领进审讯室，张少吾和汲潮才清楚地看到，曹玉静，40多岁，身穿中式衣裤，虽徐娘半老，但风韵犹存，看外表像是一个农村妇女，但说起话来干脆利落。是一个很狡猾很有城府的特务。她自知她们的组织已被破获，无法抵赖，很快供出了几次来京和魏金山联系，先后五次来京和一个叫程立云的联系。她交代说，程住在地安门大街新开路内一个独院里，向程传达段的指示，给程送来了制造炸药的原料。曹还亲眼看到程立云自制的炸弹。并亲眼看到程在天津市，交给段云鹏的中央首长住处图和其他重要情报。曹到程立云的住处，也亲眼看到程的小老婆跟着他一起活动。

程特终于被发现了，而且又是一伙人。张少吾和汲潮精神上处于高度的兴奋状态，把一夜连续战斗的疲倦抛到脑后。然而，他们突然想到明天就是"五一"国际劳动节，中央领导要登上天安门检阅首都几十万群众的游行，程特手上有炸弹，如果搞破坏，后果不堪设想。

事不宜迟！张少吾和汲潮立即向邢相生作了汇报，邢相生当机立断指示："立即行动，把程立云一伙逮捕归案，决不能让敌特在节日里打响！法律手续后补！"

邢相生派出的侦察员在派出所了解到的情况是这样的：新开路二号院是个独院，住户叫程沛然，有两个老婆，小的叫夏华媛，还是街道的"积极分子"，搞联欢时唱京剧，情况与曹玉静所供一致，只是名字有差异，分析程立云可能就是程的代号。

4月30日下午，由派出所民警摸清程、夏都在家。张少吾带领侦察员立即将程、夏二人逮捕，并留下几名侦察员进行搜查。

张少吾和汲潮立即对程立云进行审讯。

"你叫什么名字？"

"我叫程沛然，号程立云。"

"你知道为什么把你逮捕吗？"

"我有罪。"

"那你就把你的罪行交代清楚！"汲潮加重了语气，给他的心理造成一种压力。

此时，张少吾和汲潮下意识地打量了一下站在他们面前的程沛然，只见他30多岁，身材稍高，留分头，穿着一件大褂，白净的脸，外看像文人。

程沛然低了一下头说："我是汉奸。日伪时，在河南开封当过'新民会'的股、科长和宣传主任，并在报纸上撰文歌颂'中日亲善'。我还带着汉奸下乡，为日寇征粮征款，参加过对新四军的进攻，组织人对解放军实行经济封锁。

"日降后，有人介绍我到热河自卫军中当中校法官，我因病未到职，别的问题就没有了。"

"你要交代解放后的问题！"汲潮厉声提醒他。

"我没有做过什么违法的事情。"程沛然语气肯定。

汲潮又是几句追问，程犯只交代历史问题不交代现实问题。看来他已有准备，这时时钟已指向晚间8点钟，距离"五一"国际劳动节只有十几个小时了。张少吾和汲潮心急如焚。二人决定单刀直入，猛烈进攻，于是把脸一板，厉声问道："交代你和段云鹏的问题！"

话音刚落，只见程沛然身子有些颤抖，面如土色。他低头沉思一下说："他是个有名的飞贼，我的老朋友，我常买他的赃物，为这事被当时的政府判过刑。日降后，他成了国民党的大特务，解放前逃到了台湾，自此再无往来。"

显然是避重就轻，负隅顽抗。

张少吾和汲潮当即戳穿他只交代历史问题，不谈现实活动的伎俩，伴以讲明政策，晓以利害，指明前途，并着重说明，政府已掌握你们一伙人的罪行，别人已做了交代，如你继续顽抗，只能从严惩处。

又经过几轮较量，程沛然被迫做出了交代。

1950年6月段云鹏由台湾潜来北京，先找到了赵友三，由赵约程一起去天津见到了段云鹏，段自称是保密局华北地区的上校负责人，当面任命程沛然、赵友三为北平行动组正、副组长。任务是，发展组织，搜集中央领导人和著名民主人士的住址、车号等情报，待机暗杀；对工厂、企业和公共设施进行爆破。段云鹏还决定，段原来发展的通县的潜特刘珍夫妇及刘的徒弟张文起，归程和赵领导。段又决定由天津的曹玉静和他们联络。

程沛然和赵友三回京后，积极发展组织，程先后发展自己的小老婆夏华媛、妹夫阎泽普（在中央水利部工作），赵发展了自己的外甥苑景芳、朋友宋林森。程曾去通县和刘珍等潜特联系过。

程沛然按照段云鹏的布置，给北京的靳某写了一封敲诈信。他们为了解决活动经费问题，程、赵伙同刘珍、张文起先后六次夜入民宅进行抢劫，抢走了大量金银首饰和贵重衣物。

他们积极搜集和刺探情报，苑景芳了解了人民机械厂干部枪支配备情况；阎泽普调查了天坛粮库储备粮食和警卫情况；程沛然通过曾在中南海修房的工人，打听到周总理等中央领导人办公、驻地情况，然后绘制成图。

10月初，段云鹏由台湾潜入天津，程沛然接到通知去天津与段见面，段称保密局已批准程为少校组长。程为段汇报了小组的活动情况，并把绘制成的中南海中央领导人的办公与居住位置图交给了段。段看后大加赞赏，令程尽快行动。并说，台湾有规定，暗杀一名中共领导人给黄金十条。

不久，段回到香港后，给程汇来港币800元作为活动经费。

他们加紧了研制炸药的步伐。曹玉静从天津带来炸药用的硝酸钾，交给了程。程、赵二人按照段云鹏交给的方法制成了炸弹，由刘珍带到通县一个河套内试爆，因配制方法不对，未能成功。

他们还几次到长安戏院进行观察，策划当中央领导人出入时进行爆炸暗杀，因炸弹尚未配制好，行动只好推迟。

审讯至此，已是5月1日凌晨1时，张少吾和汲潮带着通过审讯获得的"成果"，直奔吕岱科长办公室，吕岱正等待他们的审讯结果，听完他们的汇报，立即用电话向邢相生处长报告。

邢相生彻夜未眠，也是等着张少吾和汲潮的审讯结果。听到吕岱的汇报后，和上次一样语气干脆有力："立即行动，法律手续后补，我已通知执行科和侦察科执行这次逮捕任务。你们要分好小组，务必将潜特一网打尽！"

吕岱按照邢相生处长的指示，兵分几路，于凌晨5点钟前相继捕获了案犯苑景芳、宋林森、刘珍和张文起。案犯阎泽普被中央水利部派赴朝鲜，不久调回也逮捕归案。

张少吾的任务是抓捕通县的刘珍。抓捕任务完成之后，便回到了审讯室。他见汲潮刚刚提审赵友三，赵依然低头哈腰，拍着胸脯说："我已坦白交代了，解放后确实没有见过段云鹏。如果见，政府可枪毙我。"张少吾听了，抑制住内心的愤怒，单刀直入地追问："你和姓程的是怎么回事，交代清楚！"

赵友三听后，吓呆了，他知道自己的罪行已经败露，立刻"扑通"一声跪在地上求饶，边哭边说："我家上有老下有小，饶了我吧！我交代。"赵友三这才如实交代了自己的罪行，和程沛然口供一致。

随后，张少吾和汲潮又审讯了刘珍、张文江、苑景芳、夏华媛等案犯。他们对自己的罪行供认不讳。

至此，窗外春光明媚，旭日东升，张少吾和汲潮听到大街上锣鼓喧天，歌声阵阵。成千上万的群众开始涌向天安门广场，接受毛泽东主席和其他中央领导同志检阅。

此时此刻，张少吾和汲潮心情格外激动，作为一个首都公安保卫者，在"五一"前，挖出几十名对首都和中央领导人安全构成威胁的国民党行动特务，这也就算向"五一"国际劳动节送上的一份最好的礼物吧。

（六）京津联手"捕段"

"五一"节过后，公安部部长罗瑞卿亲自审阅了北京、天津两地逮捕几十名潜特的报告，他肯定了京津两地公安机关前一段工作的成绩，同时，对下一步"捕段"做出指示，要求对段云鹏"想尽一切办法抓住他"。

北京市公安局侦讯处根据罗瑞卿部长的指示，着手对"捕段"做准备工作。按照邢相生处长的要求，张少吾起草了一个"捕段"的方案。《方案》共有三条，一是利用香港的线人"捕段"，这是张少吾开始侦破此案的构想；二是利用坦白较好的魏金山"捕段"，段云鹏潜京后必会来找魏，待机"捕段"；三是对段云鹏的社会关系，继续搜索和监控，建立得力关系，切实掌握情况，及时发现段的行踪。

邢相生对《方案》中三条工作意见，表示原则上的同意，但对争取张某"捕段"这个问题上有不同意见，他认为："'捕段'是京津两地的共同任务，天津是首都的大门，用张某'捕段'由天津市公安局去做更为妥当。远离北京一步，对中央的危害就减少一点。"

张少吾听了邢相生处长的话后，吃惊不小，出乎他的意料，他迟疑地望着邢相生，憋不住北京市局自己来"捕段"的强烈愿望，立即表示："这个案子是我们开始搞的，天津的潜特也是我们发现的，况且，张某的家属在北京，我们搞比津局更有条件！"

邢相生耐心地解释说："少吾同志，我们要从保卫首都，保卫中央领导人的安全这个大局出发，不要考虑本单位的荣辱得失……"

作为一个共产党员，应当个人服从组织，局部服从整体，邢相生的意见还不完全是他个人的意见，也可能是市委和公安部的意见，张少吾慢慢想通了，便毫无保留地把张某的线索和设想介绍给天津市公安局，并说明了北京市公安局和天津市公安局通力合作，共同破获此案。天津市公安局对此案非常重视，立即开展侦察工作。不久，他们通过香港一个人与张某拉上关系，张少吾为天津市局的人同张的小老婆在北京见了面，接上了关系。指挥她给张某写信，对张进行工作。

至此，段云鹏在台的讯音不断传来。1950年以来，段云鹏在香港时，张某和他一直有来往，他乡遇故知，两人倍加亲切，张某还资助过段。段在台时，两个人一直保持通信联络。段还将自己的头像近照寄给张某，天津市局给北京市局一份照片，这对"捕段"很有帮助。

1952年，为了配合天津市局的工作，北京市公安局侦讯处经请示市局批准，布置魏金山寄给香港段云鹏一封信，表示思念之情。但未获得段的复信。此时，段云鹏仍在台湾未动。

大陆的镇压反革命运动，给潜伏在大陆的国民党特务以沉重的打击，漏网的特务化影潜形、蛰伏地下，不敢活动。台湾国民党保密局等情报机关也不敢派遣特务来大陆。台湾的国民党特务要听说派遣去大陆就非常害怕。这也是段云鹏不敢和大陆魏金山联系的缘由。

1954年5月，保密局为鼓舞在台湾特务和潜在大陆特务的士气，决定起用段云鹏。

保密局二处处长张龙文命段潜回平津。张龙文说："你到平、津后，只要能在人口稠密的大众场所如东安市场、西单商场等地放一把火或搞一次爆炸，就是大功一件。"

"不，我要实现原来的目标，暗杀中共领导人，相机爆炸中共重要目标。"段云鹏仍然雄心勃勃。

"好，你先潜入大陆，随后我派人给你送去先进的爆炸器材。"张龙文说。

随后，保密局规定了与段的秘写通信联络方法。确定保密局化名为"张智"，段的化名为"张仁"，和台湾的联络人为保密局香港特别站联络员阎琢。一切准备工作就绪之后，段云鹏在台北天目区山上保密局的技术研究所复习各种爆破、纵火技术，等待潜入大陆的命令。

6月初，毛人凤单独接见了段云鹏。还是毛人凤老谋深算，他劝说段云鹏不要急于到处放火、爆炸。这是短见，要有长远打算。让他先对关系人进行甄别。关于到中南海暗杀之事，要段不要操之过急，要了解清楚中南海的情况再行动。段云鹏表示："此次抱定'不成功则成仁'决心，以报团体和毛先生的知遇之恩。"

6月15日，段云鹏自台北乘船至高雄，18日上午由高雄乘船19日夜到达香港，他躲过港警的检查，直奔我们的鱼饵张某家，掉入我们预设的网内。

公安部部长罗瑞卿立即发出指示："立即严密布置，防止走漏消息，对段务在必获。"并下令，从公安部队中调两个团的兵力在边界截堵，发现段潜入后，立即逮捕。

6月24日，保密局香港站联络员阎琢来找段接头，阎说已接到局里通知，特来协助段潜入大陆，他说他可以找偷渡的"黄牛"。

段云鹏这次入港，非常谨慎，为了使这次潜入活动绝对保密，他既没有找王兰海（段云鹏香港转信人，山东籍海员），也没有写信通知京津地区任何一个特务。他在张某家深居简出，尽量减少与外界联系。

7月2日，公安部召集北京市公安局、天津市公安局和山东省公安厅在京开会，制定了在公安部统一指挥下的"捕段"策略和部署。

天津市局派出得力干部前往广州，指导张某"捕段"。

北京市公安局进一步加强了对魏金山的工作，并在其住处增加外线力量，实行昼夜监视，发现段后立即逮捕。

8月19日，段云鹏花了3100元港币，由阎琢在香港雇来的"黄牛"领路来到了九龙和大陆一河之隔的上水，此处河水甚浅，是香港和大陆走私者惯走的路线。夜幕降临时分，"黄牛"让段在原地等候，他先过河探路，等了一个多小时，仍不见"黄牛"回来。此时，电闪雷鸣下起瓢泼大雨，段焦急不安，又不敢远离，等了一夜也不见"黄牛"回来。他哪里知道，"黄牛"在偷渡时被港英警署的人捕去，当时黄牛身上带了十块手表，承认是走私了事。天亮后，段云鹏像落水狗一样回到了张某家。大骂"黄牛"骗了他。

此时，天津市局迅速布置张某，以关心和设法协助潜入的姿态，劝说段改用合法人的身份入境比较安全，可托广州和昌行经理韩宝漳代领入境证，段对此大加赞赏。段以香港大轮行副经理的身份到穗与和昌行洽谈投资的名义，于9月13日领到了入境签证。14日由深圳进广州入境，直奔和昌行。段进入深圳后，我公安机关采取多层次、强有力的外线包围、监控，直到广州。

14日晚7时，段云鹏到达广州。和昌行经理韩宝漳把他接到一个高级饭店，段痛痛快快地洗完澡后锁上房门，给香港的张某写了一封"平安信"。韩宝漳在饭店摆了一桌酒宴为段接风洗尘，宴罢已接近深夜11时，他们回到房间，二人兴致不减地议论着酒菜。突然房门被打开，十几支黑色枪口对准段云鹏，段不愧是老牌特务，他见势不妙，立即做出"骑马蹲裆式"的架势，想负隅顽抗，说时迟，那时快，几名身强力壮的侦察员迅速上前把他摁倒在地，给他戴上手铐。

消息传到北京，公安部和北京市局的参战人员，欢呼雀跃，一片欢腾。罗瑞卿部长作出指示："必须十分注意，不要出乱子，决不能让他跑掉。"并决定，把段云鹏押解回北京审讯。

遵照罗瑞卿部长的指示，北京市公安局侦察处选派十名身强力壮的干警，用一架空军的飞机把段云鹏从广州押解到北京。为了安全和保密，用公安医院的救护车把段云鹏押送到草岚子看守所。

为了严加关押段云鹏，防止其逃跑，张少吾和汲潮特意在看守所找到一个单独房间，该房间约有60米，里面有个铁笼子，高约2米，长约1.7米，宽1米，三面是钢板，正面是很粗的钢筋栅栏，栅栏两边都焊在钢板上，栅栏上有一个很小的栅栏门，弯腰才能进去。段云鹏被铐上死铐关押在这个笼子里。这个牢房的外边安装了一个照明灯，有一个看守班昼夜轮流看管。这个飞贼尽管使出浑身解数，再也飞不起来了。

段云鹏在广州落网时，天津市公安局审讯员立即对段进行突审。然而段拒不承认他叫段云鹏，并且口口声声地说自己是一个老实的商人，还声嘶力竭地向公安机关提出抗议，之后，段又施展出他多年惯用的"气功休克"的办法，以装死拒审。

第二次审讯，审讯员改变了审讯的方式，采取了一个办法，使段吐出真情。

段云鹏戴着镣铐坐在椅子上，目不转睛地望着预审员，他心中打定一个主意："老子不开口，神仙难下手。"他确信自己有应付审讯的办法。第一次审讯，他的小伎俩骗过了审讯员，自觉得意。他今天十分坦然地望着审讯员，等候发问。然而，今天在场的人既不看他，也不问他。审讯员低头翻阅材料，不时提笔又写又画，书记员在埋头抄写着什么，坐在旁边的三个便衣侦察员各自捧着报纸看着，审讯室里十分平静，只听到书记员"刷刷"的抄写声和便衣侦察员翻动报纸的声音。这是一种不动枪炮的战斗，然而，这种沉闷的空气使处于守势的段云鹏紧张起来，一分钟，十分钟，半个小时过去了，段云鹏不安起来，他狐疑地低下头，陷入沉思，他开始回想，到香港后所接触的人是谁给他走漏了风声，自己在港的活动哪一点被中共的谍报人员侦知了呢？……

"段云鹏！"

"唉。"正在陷入沉思中的段云鹏，突然听到有人唤他的名字，顺势应了一声，他急忙抬头一看，审讯室的人都望着他微笑，后悔也来不及了，他无可奈何地向审讯员说出了自己的真实姓名。

"段云鹏，不要再耍小聪明了，不要再演戏了。你看看这是谁？"审讯员让书记员递给他一张照片。

"啊！"段云鹏张了张嘴，几乎要喊出声来，这是他和"黄牛"在窥视边境，准备偷渡时的现场照片。

"你再看看这是谁？"审讯员又让书记员递给他另一张照片。

段云鹏看后，脸色马上变得煞白，额头的汗顺面颊而下。这张照片是于1951年初，在保密局礼堂里毛人凤亲自授他的"六等云麾勋章"之后，他戴着勋章照的半身像。他的防线彻底崩溃了。他承认自己来广州是来搜集情报的。但对过去三次潜入京津地区和这次潜入的真实目的避而不谈，口供真真假假。但我们清楚地看到，他已是黔驴技穷了。

段云鹏被投到草岚子看守所的第二天，公安部预审局局长姚轮亲自审讯了段云鹏。段供认这次潜入大陆主要任务是暗杀毛泽东主席、周恩来总理等中央领导人，恢复原来的组织活动，发展组织，同时，建立大陆秘密交通和接收、存放爆炸器材以及电台的据点。

段云鹏被关在铁笼子里之后，每天长吁短叹，他对看守所的郑所长说，他知道这是草岚子监狱，知道这铁笼子是当年关押"燕子李三"用的。他戴的这副镣铐是国民党留下的最重的镣铐。

历史如此捉弄人，想当年，段云鹏把"燕子李三"奉为榜样，想不到，若干年后，他却落了个"燕子李三"的下场！国民党反动派用来迫害共产党人和进步人士的最重镣铐，现在铐在国民党特务的身上。

段云鹏被捉住之后，罗瑞卿向毛泽东主席汇报了侦破该案的情况，受到了毛泽东的赞扬，毛泽东风趣地说："他不是飞贼吗？让他飞个样子看看嘛！"

经过审讯员和管教人员耐心的思想教育，以及在生活上的特殊待遇。段云鹏逐渐消除了敌对情绪，逐渐坦白了他的全部罪行，并揭露了台湾保密局和其他特务组织的内幕。

由于对段云鹏的逮捕是秘密的，台湾保密局很长一段时间不明真相，仍然定期给他邮来活动经费。

1967年10月11日，段云鹏被押赴天津执行枪决。这个作恶于几个时期的飞贼，罪大恶极的国民党特务，终于结束了他罪恶的一生。

三 破获阴谋行刺朱德总司令案件

中华人民共和国成立之后，国内的治安形势仍不容乐观，被推翻的反动势力不甘心他们的失败，伺机进行破坏和捣乱，尤其境外派遣来的和隐藏很深仍未肃清的间谍、特务分子，他们不但疯狂地搜集我们新生革命政权的情报，而且妄图对中央领导人进行暗杀，给共和国的安全和中央领导同志的安全构成了很大威胁。

1950年底至1951年7月间，北京市公安局成功地破获了一起妄图行刺朱德总司令的特务案。

1950年12月，负责企事业单位保卫的北京市公安局四处，在调查一起国民党特务案中，发现有一个叫王春霖的人有重大嫌疑，并隐藏在某企业内部。

侦察员提审了与王春霖曾有交往的在押犯、中统特务陈某，陈某交代说："王春霖确是中统的人，我们于1947年在天津警察局一起参加的。"

四处处长王林接到侦察员的报告，非常重视，一方面要求侦察员继续深入地调查，一方面将此案的情况报告市局侦讯处。

经过侦察员缜密调查得知，王春霖，别名王佩城，男，时年28岁，北京人，住外三区西唐洗泊街15号。早在1939年，王春霖参加国民党治安军，在第四集团军十七团一连当兵。由于他身大力大，肯卖力气，后被提拔为班长、排长。1944年，在治安军军事学校接受军事训练半年。后在天津警察局当督察，并参加了宪兵特高组，为组员。王春霖在这期间，积极效力国民党反动派，非常仇视共产党和八路军，并亲自枪杀了一名八路军战士，双手沾满了人民的鲜血。

天津、北平相继解放，王春霖改头换面，潜回老家北平，在一个区级的小工厂里面看大门。有时候还用三轮车跑点生意。

1951年2月18日，王春霖秘密送逃往香港的中统特务范焕文之妻胡其彬去香港，胡其彬也是中统特务。他们在香港完成任务后，返回广州，介绍王春霖参加特务组织。并命令王春霖要积极地发展特务组织，联络反共人员，伺机搞暗杀和破坏中共的交通和建筑。

王春霖听到胡其彬的话很高兴，因两人在反共这个问题上臭味相投，一拍即合。王春霖的反动气焰早已按捺不住了，早想找机会给已经取得政权的中共一点颜色看看。

王春霖回到北京后，秘密奔走和网罗人员，仅仅用了两周时间，就建立了一个名为"克天组"的特务组织，王春霖自任组长。陈某也在该组织之内。王春霖还在三轮车夫之中积极物色跟自己接近的人参加特务组织，并组织原在国民党政府的伪职人员伺机进行暗杀活动。

侦察员把调查的情况向王林处长作了汇报。

王林在延安时期，曾给毛泽东当过警卫员，是一个工作态度极其严谨的人，他听到侦察员的汇报后，对此事很重视，立即指出，要立案侦查，成立以副科长张鸣林为组长的侦破组，配备三个侦察员，积极组织侦察，获得敌人的罪证，并摸清和严密控制敌人的活动。对陈某再作进一步审讯，把王春霖的特务组织等情况搞清楚。

张鸣林副科长带着两名侦察员再次提审了中统特务分子陈某。

陈某的这次交代令处长王林和侦破组的成员大吃一惊，他们的高度的政治敏感和对党的公安保卫工作的责任心所系，顿时紧张起来。

陈某不但交代了王春霖成立了"克天组"特务组织的情况，而且交代了王春霖妄图行刺朱德总司令的阴谋。他交代说："王春霖曾四次对我说，朱德经常去光华木材厂参观，这是我姐姐向我透露的，我姐姐是听过去曾给她种过地现在是光华木材厂的炊事员的王某说的。我也常看见四辆吉普车和一辆小轿车经常经过我姐姐家门口。朱德坐在头一辆车上，路上也不戒严，这是一个好机会。我有一只二号撸子藏在家中，如果撸子不行，我们来个生打硬冲，宁可牺牲都值得。"

王春霖说朱总司令经常去光华木材厂参观，他只是说对了一半，实际上，朱老总去光华木材厂，不仅仅是参观，而且指导工作。

光华木材厂是在朱老总的关怀下创办的，从设想、规划、选址到开工建设，从设备置办、人员培训到建设投产，无不凝聚着朱老总的心血。

1949年党中央进入北平后，为了解决中央和机关的住房问题，中央直属机关成立了修建办事处。1950年初，朱老总指示修建办事处的负责人范离要建造一个木材厂，以适应建筑任务的需要。木材厂是修建办事处的生产单位，它是新中国第一代木材厂。

朱老总亲自视察厂址，最后确定，在北京东郊雨王坟建厂，工厂要有一个名字，朱老总问杨尚昆、范离起个什么样的名字好，二人摇摇头，说："没有想好。"一些同志纷纷议论，但是一时又想不出好的名字来，还是朱老总提出："我看就叫光华木材厂吧，光华就是光耀中华嘛！"

工厂建成之后，朱老总经常来厂指导工作，如对职工培训，包括技术培训、文化培训、政治教育等，建立木材厂干燥室，改进设备，以及木材的销售等方面的问题，朱老总无不过问。因此，朱老总经常来光华木材厂就不难理解了。

王林处长听完张鸣林的汇报后，和侦破组做了三件事：（1）他亲自向市局主管四处工作的副局长报告了此案的情况，并向市局侦讯处通报了案情。征得市局领导的同意，要求侦讯处派两名得力的侦察员来帮助侦破此案。（2）张鸣林带侦察员去中南海警卫处通报了案情，要求互相配合，加强首长外出活动的警卫工作，严防发生意外。（3）对陈某交代的情况，要做深入细致的调查核实，王春霖是否有枪，有什么样的枪，这是该案的关键，也是该案的重中之重。

4月23日，侦破组通过缜密的侦察，证实王春霖确实隐藏在家中一支手枪，但是不知是什么牌子的手枪，是否能用。

情况非常紧急，如果我们侦察员控制稍有不慎，朱德总司令的安全就有很大的威胁！王林处长和侦破组经过多次研究决定，报请市局领导批准，为在押犯陈某办保外就医的手续，让他出来，控制使用，搞清楚王春霖手枪的真伪和其他阴谋活动。

王春霖和陈某关系一直很密切，加之陈某刚刚从监狱释放出来，他相信陈某和他一样，是非常仇视共产党的，因此对陈某非常信任。

陈某从监狱出来以后，王春霖很快就知道了。他需要人手，何况陈某是他的多年生死之交，王春霖迫不及待地来到东便门外陈某的家中，二人见面后，王春霖就把他藏有手枪和"克天组"特务组织情况，以及妄图行刺朱总司令的打算和盘托出。

陈某沉着应对，不时向王春霖提出建议，二人谈得很投机。

王林处长和侦破组一起，指挥陈某和王春霖斗智和周旋，从而控制了王春霖的行踪。

由于侦察工作缜密得当，5月21日，陈某拿到了王春霖所藏的手枪，并及时交到了侦破组。王林处长和侦破组的侦察员们都为之高兴，长长地舒了口气。一方面消除了隐患，另一方面也获得了王春霖阴谋行刺朱总司令的有力证据。

尽管如此，王林处长对侦破组的张鸣林说："王春霖的手枪虽然我们已经得到了，但是你们不能掉以轻心，王春霖不是说准备去天津搞一些地雷和大炮吗？如果是这样，朱德总司令的安全仍然受到威胁。因此，你们要严密地控制王春霖的行踪，他到哪里，我们的侦察员就到哪里。另外，掌握和指挥陈某，掌握王春霖的动态，也要注意扩大线索。我把此案的情况报告给市局、市委和公安部，看看上级有什么指示。"

"请处长放心。"张鸣林斩钉截铁地说，"我们几个侦察员绝不会懈怠，仍然缜密地调查，过细地处理一些线索，保证完成领导交给我们的任务！"

1951年7月13日、14日，公安部部长兼北京市公安局局长罗瑞卿先后作出两次批示："王春霖之侦捕，市局要迅速办理。"他又打电话给市局副局长张明河说："为了保证中央领导的安全，应该尽快将王春霖逮捕归案！"四处接到上级逮捕王春霖的指示后，处长王林紧急调动警力，捕捉机会，将王春霖收入法网。

7月21日凌晨，外线发现王春霖从家中出来，去他姐姐家。途中，侦察员从四面收拢过来，突然来到他的面前，干脆利索地将其打倒在地，给他戴上手铐。

张鸣林等侦察员在王春霖的家中，搜出用铅笔写的准备发展为特务的名单。经对王春霖的审讯，王春霖对自己的特务身份以及妄图行刺朱总司令的犯罪事实供认不讳。

7月28日，四处按照市局的指示，将王春霖送交侦讯处预审科收押。侦讯处预审科经过两个月的审讯，已经把王春霖的罪行搞清，证据确凿，本人供认不讳。侦讯处将本案提交北京市检察院起诉，后交北京市中级人民法院审理。

1954年3月13日，北京市中级人民法院经过审理，依据《整治反革命条例》第七条有关规定，判处王春霖死刑，立即执行！

这是一个誓与人民为敌的国民党特务分子的可耻下场！

四　中山公园擒匪特

1948年底，国共两党军事力量经过三年较量，国民党败局已定。在中国共产党和毛泽东主席的领导与指挥下，中国人民解放军第四野战军在取得辽沈战役的重大胜利后，迅速挥师入关，与华北野战军一起，对京津地区形成了包围的态势，北平和天津的解放指日可待。

河北省房山县（今北京市房山区）与北平毗邻，是北平的南大门，解放这个县城为打通和解放北平在战略上有重要意义。

12月14日清晨，华北野战军某部经过一昼夜激战，全歼房山县守城的国民党部队。是日，入城工作委员会正式接管该县城，房山县宣告解放。

国民党房山县自卫大队的一股负隅顽抗的残匪，在人民解放军的强有力的打击下，狼狈地向北平的南苑方向潜逃，正好遇到人民解放军华北野战军二十旅某部，没有交战人民解放军就解除了他们的武装，并将这伙残匪押往河北省霸县的冀中军区教导团管训。

混在这伙残匪中，有一个年龄约30岁左右的人，此人瘦高个子，圆脸，高高的颧骨。他眼睛转来转去，显得心神不宁。他的瘦高的个子与他穿的短小的国民党的军服很不协调，十分惹人注目。他常和周围的匪徒聚在一起窃窃私语、鬼鬼祟祟。他的举止行动，已经引起管教队的注意。管教队正欲查明其身份时，他竟然趁深夜拉了几个与他死心塌地的匪特潜逃了。

此人名叫马德福，化名马钧波、马程志，河北省涿县马踏营村人。1937年"七七"事变后，参加抗日联军，1940年投降了日寇，充当了汉奸。马德福在日本主子的支持下，杀人越货，无恶不作，手上有数十条的人命血债。经他潜心钻营，换得了一个房山县伪保安第八团团长的位子。

马德福潜逃之后，窜到北平，继续从事着与人民为敌的阴谋活动。

（一）神秘的"三义成煤栈"

1949年1月31日，傅作义将军顺应历史潮流，同意中共提出的和平解放北平的八项条件，他的部队到指定位置，接受改编，北平宣告解放。

2月3日，中国人民解放军举行盛大入城式，威武雄壮的解放军战士浩浩荡荡从前门开进市内。

此时，中国历史将在这里拐弯！

古城北平沸腾了，到处红旗招展，歌声震天，每个市民脸上都写着喜悦和自豪。

马德福窜到北平后，见大街面上都是解放军，心里很害怕，他白天蜷缩在一个地方不敢露面，晚上睡在浴室、火车站等地方。他又不敢逃出北平，怕解放军在路口盘查而被查获。

有一天，在前门火车站，马德福看见一个熟悉的身影在面前闪过，他急忙窜到此人面前，一看，原来是原国民党第十一战区调统室少校调查官、军统特务刘某，过去打过交道，二人急忙跑到一个角落里密谈起来。

刘某是接受绥西国民党军统特务头子李守信的指令，于1948年10月就潜伏在北平，准备搞地下武装伺机暴动的。

马德福和刘某一拍即合，决定在北平以开煤栈为掩护，迅速建立秘密联络站，并着手准备活动资金，网罗旧部，挑选秘密联络站的地址，策划武装暴乱事宜。刘某这个老牌军统特务，不惜把自己的住宅——东单西观音寺49号腾出来作为开设煤栈的店铺，也是这帮匪特的秘密联络站。

马德福见煤栈有了着落，便与老婆李凤英一起向其岳父家借了60万元人民币（旧币）作为资金；招募盟兄马德才，同乡马维良、李秀峰合股经营这个"煤栈"，马德福又将原来的勤务兵祁树海招募来平，充当联络员。马德福和刘某商议，将该"煤栈"命名为"三义成煤栈"。

一天，"三义成煤栈"的招牌挂在西观音寺49号门前，里面有戴着礼帽的人，有光头的人，在"煤栈"出出进进，很引人注目。

马德福、刘某以"三义成煤栈"老板的身份为掩护，密谋着一场与人民政府为敌的阴谋活动。

（二）马德福又官升一级

1950年2月，国民党内调局的"华北党政军工作指导委员会"下属的"冀察热辽反共救国军"总司令孙翔辰，委任曾在日伪时任河北省房山县自卫队大队长的尤茂志为该"救国军"第三中队队长，令其亲赴房山县搜罗残部，拼凑地下武装，建立"房山游击工作区"。尤茂志从绥远潜到北京后，又接受了国民党内调局另一个组织"冀西人民自卫军"总司令常仲华的任命，尤茂志被委任为该"自卫军"的第一副总司令兼第一纵队司令。

尤茂志接受委任后，为了扩充力量，就找到了隐藏在北京东单西观音寺49号"三义成煤栈"的马德福。马德福此时正苦于没有靠山，见尤茂志是受上峰委派来领导包括北京在内的冀西和冀热辽一带"游击工作"的，心里非常高兴。鉴于尤茂志又是大土匪王凤岗的部下，认为跟随尤茂志一定能得到器重，并能大显身手，干出一番"事业"来的。于是毕恭毕敬地将半年来的发展匪特情况及刘某的情况和盘托出。尤茂志频频点头，倍加赞赏，当即以"冀西人民反共自卫军"第一副总司令的身份，委任马德福为该"自卫军"第二副总司令兼第二纵队司令。并命令马德福以副总司令的名义，代表他和常仲华向刘某宣布，正式收编刘某领导下的纵队番号，并任命刘某为第三纵队司令。

第二天，马德福奉命将尤茂志的"指示"及意图向刘某通报了，刘某听后很不满意，后来一想，此时自己虽有纵队番号，又联系了不少人马，但近日与李守信失去了联系，成了没有娘的孩子，没有巢的鸟儿了，他只得另寻主子。无奈，只好屈做马德福手下的第三纵队司令了。

其实，他们的所谓"纵队"，是个空架子，没有几个人。

（三）阴谋策划"福记烟庄"

1950年3月，"冀西人民反共自卫军"总司令常仲华，由香港来到北京，在"三义成煤栈"见到了马德福，当晚，马德福在"三义成煤栈"殷勤款待常仲华，席间，马德福详细地向常仲华报告了"工作"。常仲华对马德福纠集残部人马等项"工作"表示满意，但认为"三义成煤栈"的地址选得不好。认为这个地方太小，全体人员开会都容纳不下。另外，该地方是刘某的旧宅，容易暴露。应当尽快地另选地址，组成自卫军总司令部。

马德福听了常仲华的话，大吃一惊，怎么自己没有想到！他十分佩服常仲华的眼光，于是，用献媚的口气说："不愧常司令是见过世面的人，小弟自愧不如。常司令的'指示'，小弟遵命照办就是！"

马德福不敢怠慢，立即命令"聚泰金店"经理、马德福的亲信郭殿玉全权筹备此事。郭殿玉纠集黑市商人孙荩臣（化名孙中），用一根金条，以孙荩臣的名义，买下了前门廊坊头条3号一幢房子，并申请开设了以经营纸烟、杂货为名的"烟庄"，全名为"福记烟庄"。马德福委任孙荩臣为该"烟庄"经理；委任郭殿玉为总司令部的财政经纪人，统筹活动经费和联络事宜。

"福记烟庄"这个匪特又一个秘密联络点，筹备经营基本就绪之后，以筹资金为名在香港居住的常仲华得到了消息，迅速潜回北京，当晚，亲自在"福记烟庄"秘密召集了一次纵队司令以上人员参加的会议，会议制定了在"青纱帐"期间进行武装暴乱的行动纲要：（1）暗杀中共干部、民兵，抢夺枪支；（2）抢砸银行、公营商行、供销社、机关单位；（3）建立游击工作区……

常仲华这条狡猾狐狸，开完会之后，又匆匆逃出北京，回香港去了。

1950年7月，常仲华特派自己的嫡系、自卫军参谋长王润亭，从香港携带黄金13条，作为马德福、尤茂志联络组织、扩充人马、准备武装暴乱的活动经费。王润亭拿出常仲华的手令说："一切要听我的指挥。由我代总司令。"王是常仲华的心腹，常仲华任国民党房山县县长时，王是常的秘书。王润亭的话，他们不敢不听。

王润亭以代总司令的名义，召集马德福、尤茂志、刘某等人开会，宣布常仲华的命令："决定将'冀西人民反共自卫军'，扩编为'河北人民自卫军'。"并支付给马德福40万元人民币（旧币）用以购买枪支。并刻制"河北人民自卫军总司令部"关防，及总司令常仲华、副总司令马德福、尤茂志和王润亭等人的名戳。

由于有了充足的活动经费，马德福、尤茂志等迅速将"河北人民自卫军"组建起来，截止到7月中旬，以扩编三个纵队的建制，着手策划房山、涿县、涞水、北京等地的武装暴乱……

（四）张国印同志壮烈牺牲

暗杀我方工作人员是"河北人民自卫军"制定的首要目标，房山等地接连遭到这些匪徒的骚扰和袭击。继房山石楼民兵遭到袭击，北京市人民政府清理财产管理局所属的周口店洋灰矿被抢，房山县税务局干部康怀英被枪杀之后，竟然又发生了我公安队员张国印同志遭到马德福一伙匪徒的枪杀。

7月14日下午4时左右，身穿一身黄军装的公安队员张国印同志，奉保定专署公安处之命，前往房山县长沟乡剿匪工作组报到。

这天，长沟乡剿匪工作组的同志们，正忙碌着为张国印同志安置休息的地方。当地老乡们听说要剿匪，脸上都露出了笑容。老乡们都来嘘寒问暖，有的老乡从家里拿出了被子，有的老乡扛来了面粉……到了下午4时，各路的公安队员都到齐了，唯有张国印同志未到，剿匪工作组负责同志甚为焦虑，于是派出两名公安队员去顾册村一带迎候……

张国印同志由于执行一项特殊任务，耽误了起程时间，地区公安处又距长沟乡较远，直到下午4时，才走到顾册村，离目的地还有20余里路。他知道此时剿匪工作组的同志在焦急地等待他，不由得加快了脚步……

马德福等匪特得到了长沟乡建立剿匪工作组的情报后，即派李银廷和刘福全携带枪支到长沟乡一带再次刺探情报。当两个匪徒走到顾册村时，恰遇张国印同志只身一人背着冲锋枪路过这里。李银廷马上示意刘福全尾随其后，悄悄地跟了两三里路，距曹庄村不远时，李银廷见四周无人，猛的扑向了张国印同志。张国印同志并没有被这突如其来的阵势所吓倒，马上意识到与匪特遭遇了，张国印同志和李匪滚打在一起，凭着他那熟练的擒拿术将李匪压在身下，用铁拳猛打李匪的头部……这时，躲在树后的刘福全，猛地掏出了手枪，朝着张国印同志射出数颗罪恶的子弹，张国印同志倒在血泊中……

剿匪工作组的两个同志来到顾册村附近，马上接到了当地民兵的报告，等他们赶往曹庄村附近时，年仅20岁的张国印同志，因流血过多，已壮烈牺牲了。

河北省公安厅接到张国印同志牺牲的消息后，立即命令保定专署公安处同房山县公安局组织精干力量，下大气力，尽快破案。一个由保定专署公安处和房山县公安局精干人员组成的侦破小组成立了，由保定地委常委、公安处处长贾希光同志亲自领导此案的侦破工作。

（五）京冀联手，布下法网

1950年3月，北京市公安局侦讯处把打击目标指向以国民党内调局北平区主任李鲲生为首的"华北党政军工作指导委员会"及下属的各个"地下军"。

经侦察得知，北平解放前夕，李鲲生跟随内调局华北办事处处长张庆恩逃到绥远包头。在包头，接受国民党内调局电令，要求重组华北办事处，张庆恩、李鲲生分别任正、副处长。1949年9月，绥远和平解放，张庆恩南逃，李鲲生携华北办事处成员潜往绥远省陕坝地区，与阎锡山系统特工崔正青会合并转入地下。1949年11月，阎锡山（国民党行政院长）、谷正鼎（国民党中央组织部长）、张庆恩（此时已是内调局副局长）联合发出电报，要求成立"华北党政军工作指导委员会"，任命李鲲生为主任，崔正春等为委员，崔分工掌握游击"工作"。负责建立地下武装，开展"敌后游击活动"。

北京市公安局侦讯处按照公安部部长兼北京市公安局局长罗瑞卿的指示，在绥远省公安机关尚未开展工作的非常时期，从保卫首都大局出发，担负起打击这股敌特的任务。此时，北京市公安局侦讯处得到情报，李鲲生、崔正春任命反动军官孙翔辰为"冀察热辽反共救国军"总司令。委任原房山县县长常仲华为"冀西人民自卫军"总司令。北京市公安局一面通报有关地区公安机关，一面分别组织力量开展追查搜捕工作。

经查，孙翔辰曾充当国民党驻苏联外交官、河北保安团三十六团团长、华北"剿总"参议，北平解放时逃到包头。据情报报告，孙翔辰活动在河北地区，曾经潜来北京，发展了不少地下武装成员。在追查过程中，北京市公安局侦讯处于1950年6月17日获悉，张家口市公安局将孙翔辰捕获。当日，北京市公安局侦讯处派出侦察员奔赴张家口市，与当地公安机关同力协作，对孙连夜突审。孙犯供认：1949年11月接受了李鲲生在京津地区建立地下游击武装的任务，被委任为"河北人民反共自卫救国军"总司令，之后在包头纠集了一批华北各地逃窜到包头的反动军官，委任了副司令和参谋长等职。并将"河北人民反共自卫救国军"扩充为"冀察热辽反共救国军"。并先后将20名纵队头目，陆续分配到保定、石家庄、邯郸、大兴、定兴、涞水、内蒙古等地，妄图在各地发展地下武装组织，待机暴乱。

1950年7月，北京市公安局侦讯处接到绥远省公安厅的电告："'冀西人民自卫军'某纵队司令尤茂志活动于房山一带，现住北京校场胡同六条3号。"侦讯处派出得力侦察员，按地址调查，但未发现线索。侦讯处布置管辖校场六条的外四分局扩大追查范围，在全辖区的派出所中注意发现线索。7月28日，侦讯处接到外四分局电告："第七派出所的积极分子反映，本辖区的丞相胡同50号李平家，住着一个叫尤荫堂的人，该人头戴礼帽，身穿西装，经常左顾右盼，非常警惕，但从他的眼睛里，也看出了他的恐惧和惊慌。此人未报户口，与李平长女李兰琴姘居，情况可疑。"市局侦讯处在分局的协同下，以漏报户口为由，将尤荫堂传唤审查，尤供认了他的真名叫尤茂志，侦讯处将尤拘留审查。经审查，他供认了他曾是房山县自卫大队长，并担任孙翔辰为司令的"冀察热辽反共救国军"第三纵队队长和以常仲华为司令的"冀西人民自卫军"第一副司令兼第一纵队司令，以及马德福下落的一些情况。

尤茂志的被捕，增强了北京市公安局侦讯处侦察员们追捕马德福这伙匪徒的信心和决心。

9月中旬，由保定专署公安处处长贾希光同志领导的侦破组，加大了对马德福等一伙匪特搜捕和打击的力度。

侦破组根据已掌握的情报和马德福武装匪特相继进行抢劫破坏活动的特点，决定从调查北京市周口店洋灰矿被抢一案为突破口，查找匪特的下落。

很快，疑点落到周口店税务所所长赵春山身上。赵春山虽是税务所所长，共产党员，但生活作风很乱，和多名妇女有男女关系问题。据群众反映，赵春山自本税务所会计康怀英被杀之后，情绪反常，尤其是抢劫洋灰矿场那一天，是赵春山报的案……

赵春山似乎觉察到侦破组对他的注意，感到风头很紧，难以隐藏。不久，便向公安机关投案自首了。原来，赵春山不但知道这起抢劫案的内幕，还参与了此案。抢劫的目标就是赵春山提供的。事后，赵春山还将所得部分赃款挥霍了。

赵春山这个混进党内的投机分子，他经受不住马德福等匪特们的金钱、官职的诱惑，不惜出卖自己的灵魂，当了可耻的叛徒。但他能坦白自首，并表示愿意戴罪立功，保定专署公安处、房山县公安局当机立断，决定给赵春山一次洗刷灵魂的机会，让他以投靠马德福参加匪特组织为名，打进敌人内部，摸清马德福匪特组织的全部情况，为一网打尽这股匪特创造条件。

赵春山通过关系找到了曾杀害我公安队员张国印的刘福全和李允武，刘福全将赵春山引荐给马德福。马非常高兴，欣然同意赵春山参加他们的组织。

赵春山和马德福接上关系后，专署公安处和县公安局认为时机已经成熟，让赵春山设法将李允武和刘福全引诱到我方设伏地。赵春山按照指示，将李、刘两个匪特引诱到我设伏地。我公安队员顺利地将二人抓捕归案。

9月中旬，在保定专署公安处和房山县公安局追捕下，马德福差一点被我公安队员逮住，但他又一次漏网逃跑。

尤茂志随即被押解到北京市公安局侦讯处审讯科，和李允武、刘福全并案审理。一张全歼马德福一伙匪特的大网拉得越来越紧了……

（六）巧妙出击，一网打尽

尤茂志、李允武、刘福全相继被我逮捕之后，在香港遥控指挥的常仲华急派秘密交通联络人李文俊赴北京，通知马德福，"尤茂志已取消"，这是匪特暗语，意为尤茂志已被逮捕。李文俊将常仲华手谕呈给马德福，命马德福继任第一副总司令，取代尤茂志，全权负责领导"河北人民自卫军"。

马德福看到常仲华对他如此器重，甚为感激。常仲华的指令也起到了稳定马德福匪特军心的作用。惶恐中的马德福连连向王润亭和联络人李文俊表示："请常总司令放心，有我马德福在，就有'河北人民自卫军'在，我要与'河北人民自卫军'共存亡！"云云。为了保存实力，马德福一方面指示陈克征等人暂时寻求职业，以做小工、拉洋车为掩护，等待命令；一方面指示杨逸民立即赶往天津，与国民党二〇八师师长的妻子高王义君取得联系，准备与高部匪特在国庆节期间，组织京津地区大暴乱。

9月15日，马德福收到杨逸民从天津寄回来的报告信，信中说，杨与高王义君联络上了，并拉了一伙匪特。这时，马德福为了稳定军心，故意让其老婆李凤英在匪特中散布：马德福在乡下拉小竿（即拉一伙土匪），是为党国效忠的，现在不是害怕，而是根据形势的需要，暂时转入地下，现在委屈一点，将来能干一番大事业的！借以鼓舞士气。同时，通知骨干匪特，拟于9月23日12时整，在中山公园召开秘密会议，部署暴乱行动方案。

赵春山得到这个情报，及时报告给了房山县公安局和河北省保定专署公安处。北京市公安局侦讯处也得到了这个情报。

9月22日，保定专署公安处干警带着我方控制使用的匪特任义芳来到北京，令其设法寻找马德福，以弄清情况。

22日晚，任义芳在"三义成煤栈"找到了马德福。马称："原定于中秋节在北京组织暴动，后见北京军警戒备森严，不能下手。另有人主张在

'十一'国庆节大会上进行行动，意见未能统一。"又说："天津有基础，准备在天津暴动。已定好明天中午12时整，在中山公园召开秘密会议，商议去天津行动的事宜。"

情况紧急，事不宜迟，从两方面情报证实，9月23日中午12时，马德福一伙在中山公园召开秘密会议。北京市公安局侦讯处在冯基平处长的领导下，连夜召开紧急会议，调动警力，部署抓捕工作。

9月23日上午，天空晴朗，秋风送爽。中山公园和以往一样静谧与平和，游人在轻松的环境里游览着公园的草木和景物，谁都想不到，这里将要发生一次激烈的战斗。

9时10分，埋伏在公园周围的侦察员看到，马德福进去了，接着王建国、李银廷、杨逸民、胡宝文……12时整，参加会议的骨干匪特全部到齐了。

马德福这伙匪特，做梦也没有想到，他们的末日到了，正当马德福神气十足地向郭志怀、李国桢、夏文斌等颁发委派令时，公安人员一支支黑洞洞的枪口对准了他们的脑袋……

23日当天，共捕获马德福等匪特9名，及在现场搜出的"委派令"、武器弹药及特务经费。主犯王润亭漏网，第二天，在通往广州的火车上，将其缉拿归案。

京冀联手继续抓捕残余匪特，连同为他们通信联络、窝藏等人员，共抓捕以参谋长王润亭、副总司令尤茂志、马德福为首的在京活动的纵队、支队司令15名。突审后挖出的隐藏在房山、涿县、涞水等地区和潜伏在天津的纵队、支队司令等20余名。常仲华的秘密交通李文俊也被兄弟省公安机关抓获。

北京市人民政府和中国人民解放军北京市军管会，对阴谋暴动的武装匪特是坚持依法从重从快处理和打击的。1950年12月21日，经北京市委书记彭真同志批准，北京市人民政府公安局会同法院召开了宣判大会，市军管会军法处依法对马德福、尤茂志为首的15名案犯进行了宣判。其中马德福、尤茂志、刘某、郭殿玉、孙荩臣等5名首恶分子被判处死刑，立即绑赴天桥刑场执行枪决。

刑场上的几声枪声，宣告了以马德福为首的"河北人民自卫军"的彻底灭亡。

主要参考文献：

三个案件系作者撰写。被《警神》、《冯基平传》、《政法春秋》等书采用。

第十四章　清除和打击教会内的帝国主义间谍和反动分子

　　长期以来，宗教作为一种社会意识形态而存在于世界上。实质上，宗教是对客观世界产生的一种虚幻的、歪曲的反映。人类在漫长的生产活动中，对严酷的自然现象无能为力，也不能做出科学的解释，便在头脑中产生了一种思想，认为在周围的世界里，存在着一种能够给予人们幸福或灾难的、特殊的、超自然的存在物。把自然力人格化和精灵化，这便产生了宗教。在资本主义发展时期，宗教是压迫劳动者的工具。一方面宣扬劳动者对剥削者百依百顺；另一方面宣扬信仰上帝、神道、精灵、因果报应等，把希望寄托于天国和来世，从而使劳动者在精神上解除武装，放弃改造客观世界的斗争，放弃自身解放的斗争。马克思给宗教下的定义是："宗教是那些还没有获得自己或是再度丧失了自己的自我意识和自我感觉。"可见，宗教是把"人的本质变成了幻想的现实性"，是"被压迫生灵的叹息"，是麻醉劳动者的鸦片。

　　宗教属于上层建筑的上层，宗教信仰与教会不是永恒的。它在一定的历史条件下产生和存在，它也会在一定的条件下消亡。社会主义的公有制的经济基础为宗教的消失提供了条件，随着建立在人剥削人基础上的社会制度的消失，产生宗教的条件和土壤也逐渐消失。但是，宗教既然是社会意识形态，解决意识形态的问题也不是一蹴而就的，这种意识偏见不是一下子完全克服的。随着人类文明的进步，科学思想的深入人心，宗教也同其他社会形态一样，经历产生、发展、消亡的历史过程。这是马克思列宁主义对待宗教的观点。

早在中华人民共和国成立前夕，即在1949年9月21日至30日，在北京召开的全国第一次政治协商会议上，所制定的起宪法作用的《共同纲领》第五条就规定了："中华人民共和国公民有宗教信仰的自由。"自中华人民共和国成立至今，宪法曾几次修改，不论在国家发展时期，还是在像"文化大革命"那样的动乱年代，都保留了"宗教信仰自由"这一条款，也就是说，在我国，公民有信仰宗教的自由，也有不信仰宗教的自由。

但是，中华人民共和国自诞生日起，坚决反对任何人以任何借口利用宗教从事间谍活动和一切破坏活动的罪恶行径。

一 首次打击教会内的帝国主义间谍及反动分子

（一）势在必行的一场斗争

北京解放之初，北京市人民政府公安局侦讯处，在紧张的肃特及反间谍等重大政治斗争中，已经觉察到北平教会内敌情是严重的。破获的案件中有的已涉及宗教里的上层人物。如破获的阴谋"炮击天安门"案件，除主犯李安东、山口隆一外，还有一个主犯叫马迪儒。此人是意大利人，1925年奉罗马教廷之命派来中国，当时任罗马教廷驻华公使的北京代表，天主教河北易县教区主教。早在抗日战争时期，他就在易县一带刺探抗日战争的中方的军事情报并及时向罗马教廷报告。1947年协助国民党军队，组织特务刺探易县附近的解放区情报。之后，他又来到北平，充当罗马教廷驻华公使黎培里的北平代表。经人介绍他认识了美国的驻华武官包瑞德上校，从此充当美国间谍，每月不定期地向包瑞德提供情报。以后又和李安东、山口隆一合谋，阴谋炮击天安门检阅台，谋害中国共产党和人民政府的高级领导人。

中华人民共和国诞生后，人民公安机关还破获了一起庞大的负有行动破坏的、由天主教中帝国主义间谍操纵的反革命组织——公教青年报国团。该组织和国民党保密局勾结在一起，策划谋杀中共党、政、军高级领导人，解放前，他们提供情报让国民党空军轰炸河北省平山县党中央驻地。全国解放后，他们秘密潜伏，继续向帝国主义情报机关提供情报。截至1953年，公安机关终于摧毁了这个反革命组织，逮捕了骨干分子130

多名。然而，这个庞大间谍组织的头头却是外国间谍分子、外籍神甫雷鸣远。

全国解放前夕，河北省的邢台、献县，辽宁的沈阳，黑龙江的齐齐哈尔等地都发现和破获了涉及宗教的间谍案件。

鉴于宗教内的帝国主义间谍活动猖狂，打击宗教里的间谍分子势在必行。

北京市公安局侦讯处，根据党中央和市委的指示，在掌握情况的基础上，经过反复研究，决定开展这场斗争。

（二）对教会的基本估计和打击间谍分子的有关政策

打击宗教里的帝国主义间谍，是一项政策性很强的工作，因为宗教具有国际性的特点，天主教总会在梵蒂冈。它不是中国所仅有的。另外，教会中的帝国主义间谍分子大都掌握教会的领导权，有丰富的斗争经验，因此，必须制定切实可行的政策与原则，有理、有利、有节地开展这项斗争。

首先，对广大教徒要有一个基本估计。应当看到，中国的天主教、基督教的广大教徒，是好的，是善良的，他们不但是教徒，而且是爱国公民。他们希望国家独立富强和自由民主，他们憎恨帝国主义，具有强烈的爱国主义热情。如在1950年12月13日，北京的天主教、基督教的广大教徒，及教会所属的医院职工和学校的学生19000多人举行了游行示威，抗击美帝国主义代言人奥斯丁在联合国安理会发表的诬蔑中国教徒和中国人民的无耻谰言，揭露帝国主义用教会进行侵略的罪恶行径。同时，天主教、基督教发起以"自治、自养、自传"为内容的三自革新运动，割断与帝国主义的联系，把天主教、基督教办成一个中国人民自己的教会。因此，在打击教会中帝国主义间谍的时候，必须把广大教徒与一小撮帝国主义间谍分子区别开来。充分依靠广大教徒，相信他们能自己解放自己，孤立和打击极少数间谍分子，这不仅是克敌制胜的群众路线，也是一项重要的政策。

另外一项重要政策，就是要紧紧抓住"间谍"这个问题，决不牵扯宗教信仰，只有这样，才能争取多数，孤立少数，分化教会内部，消除一部分落后教徒的怀疑，揭露间谍分子披着宗教的外衣所干的各种阴谋活动。

这样，才能堵住国内外敌人造谣诽谤，使这场斗争立于不败之地。

（三）充分而确实的准备

古人云："凡事预则立，不预则废"。北京市公安局侦讯处为了取得这场斗争的胜利，用了一年多的时间，作了充分的准备。

1. 材料上的准备。北平解放后，北京市公安局侦讯处没有放松对隐藏在宗教内的间谍分子的侦察，较为充分地掌握了一些重点人员的罪证材料，而且办妥了逮捕罪犯的法律手续。对一些间谍分子还没有取得充分罪证的，也做到心中有数。

2. 集训了干部。参加这次行动的人员，以侦讯处干部为骨干，连同在全局抽调的干部、警卫人员和翻译人员共有500多人。行动前由侦讯处负责集训，他们学习了毛泽东同志在七届二中全会上关于同"不拿枪敌人"斗争的有关论述，学习了党中央、北京市委关于打击隐藏在宗教内帝国主义间谍分子的有关文件，讨论了在行动中一些政策界限。教育参加行动的全体人员，思想上要敢于斗争、敢于胜利，放手大胆地工作，不为帝国主义间谍反动气焰所吓倒。

3. 配备足够的警卫人员和翻译人员。配备警卫人员是为了对一些重点人员进行看管及采取一些果断措施。翻译人员是为了消除中国人与外籍人在语言上的隔阂，以免在工作中产生困难。

4. 制定了工作制度和工作纪律。行动之前，侦讯处对参加行动的全部人员（包括翻译和警卫人员）规定了诸如保密、不得随便答复问题、及时请示报告等工作制度和工作纪律。因为此项斗争情况复杂，政策性很强，没有制度和纪律来保证，是不能完成任务的。

5. 这次斗争，由已成立的市局国际工作组统一领导，统一指挥，协调各方面的关系，处理此项斗争的各种问题，保证斗争的顺利进行。

此外，还把侦察干部、翻译人员及警卫人员混合编组，确定好负责人。各组又多次开会研究，设想更多的困难与问题，以便在行动开始后做到心中有数，不至于手忙脚乱。

（四）进驻教堂

1951年7月25日，在北京市掀起轰轰烈烈打击帝国主义间谍的高潮中，北京市公安局侦讯处组织训练的干部，按照分工，分别进驻西什库教堂（即北堂）、八面槽教堂（即东堂）、牛排子胡同天主教堂、太平仓天主教堂和司铎书院。侦察干部进入5个间谍窝子后，立即宣布逮捕了证据确凿的帝国主义间谍分子狄俊义、苏志远、张汉元等34人，在声势上、气氛上给敌人一个震慑。对其他间谍嫌疑分子和反革命嫌疑分子，立即限制其自由，令其交代问题。对已经交代了一些罪行的间谍分子，侦察人员进行录音取证。同时，充分发动广大教徒大揭发、大控诉。在当时的情况下，发动教徒不是一两句话就能办到的，需要做艰苦细致的思想发动工作。虽然他（她）们有强烈的爱国热情，但毕竟接受帝国主义及其宗教的奴化教育是比较深的。

这些披着宗教外衣，专门搜集情报的间谍分子，在广大教徒的揭发、控诉下，过去那种自命不凡、不可一世的所谓传播"天主福音"的神人，现被打翻在地，个个精神沮丧，威风扫地。在确凿的证据面前，不得不低头认罪。

请看两个间谍的自白："我是一个天主教司铎，我的中国名字叫蔡化民，是×××国人……第二次世界大战结束后，我被派为'圣母圣心会'北京太平仓二号教堂任理家司铎，一直到现在……"

"这也许是你们所想象不到的，但是确是个事实，我虽然表面上是一个传教士，应该是为传播基督的福音而来中国，然而，我确是一个负有间谍使命的伪善者……"

"我毫不迟疑地把我所搜集到的情报都陆续地向总会长报告了。我所采用的通讯方法，都是利用通信的便利，以'佛拉芒文'写的情报直接寄往比利时国的'圣母圣心会'总会长。北平解放后，我把情报寄到香港博扶林道93号利玛窦宿舍潘××神甫，再由他转寄到×××国。潘某是我们'圣母圣心会'委托在香港的联络人。"

另一名间谍，中国名字叫康济民的天主教主教交代道："1948年北平解放前夕，我和其他4位在北平的主教，参加了中国国民党华北'剿总'布置我们的组织中国的流氓、土匪和教友们起来反抗中国共产党和北平解放的行动。1949年北平解放后，我又把解放军进城的情况，解放区的政策、经济情况等情报陆续报告给美国间谍。我还给间谍分子黎培里搜集了关于解放区对待教会等情况。"

侦察员进驻5个教堂后发现，西什库教堂问题更为严重。西什库教堂是天主教中国枢机主教公署所在地，直接受罗马梵蒂冈教廷管辖。西什库天主教堂建于清朝康熙年间，迄今已有300多年的历史。它历来是帝国主义间谍分子掩护藏身之所。进驻西什库教堂的侦察干部深深体会到：西什库教堂是帝国主义利用教会进行侵略中国的最典型的例证，是帝国主义间谍活动的中心。

侦察干部进驻西什库教堂后，除宣布逮捕5名主犯外，就地突审了有间谍嫌疑的中外神甫39名。并在教堂内查获了收报机两架，还在电讯器材零件中查获散装的收发报机各两架。还有一些枪支、弹药、战刀、马砍刀以及大批的反动书籍和大量的情报底稿。

在审讯中，根据实际情况，采取灵活的斗争策略，使其缴械投降。主要的，一是采取正面突审与侧面迂回相结合的办法。在敌人已有准备，而侦察人员掌握材料不多的情况下，对敌人硬挤硬压容易导致失败；有的神甫则以宗教信仰做"护身符"，在审讯中竟以"按照教律，我的罪恶只能向主说"来抗拒。因此正面突审是困难的，必须从侧面搜集、甄别、证实并发现问题，作为进攻的突破口。如神甫张德全（外号洋张），最初死不谈问题，假装不在乎，经从侧面调查得知，他存在其弟处的大头（即银元）有百枚，在无线电修理铺私藏长短波收音机一架，又和西安门大街田某私通等，以此作为进攻的突破口，给张造成心理上的压力，使他不得不供出与狄俊义的情报关系及藏枪问题。

二是促使他们相互揭发。因在同一环境中同时有数个突审对象，侦察人员有意识地采取让甲神甫揭发乙神甫，从乙神甫了解丙神甫这样相互了解、相互揭发的办法，逐步地把问题暴露出来。侦察人员通过每天汇报情况和及时交换材料，不但很快地积累了材料，而且交换了突审经验，找出了重点人员，打击了主要人员。

三是抓住矛盾，猛追猛攻。如神甫胡天铎，自称个性沉默不爱活动，而谈吐表现却异常圆滑，善于交际，并向侦察人员献殷勤，后来从谈话中偶尔漏出一两句特工的内行话，侦察员立即从派出所了解到，他在外边搞女人，交往复杂，以此狠追猛攻，最后他交代了与狄俊义和国民党军统的情报关系。

经过一个多月艰苦工作及广大教徒的揭发，西什库教堂内反动神甫所犯下的罪行昭然地摆在侦察员及广大教徒面前。

（1）西什库教堂历来是帝国主义间谍活动的中心。解放前，通过教堂派遣来北平的外籍传教士，实际上大都是帝国主义侵略中国的先遣情报人员，北平解放后，西什库教堂的间谍活动一直未间断过，从其组织系统上看有三个：

一是"公进情报组"，系帝国主义间谍分子狄俊义所领导的秘密情报组织。该组织的国外领导人即是1936年法国的甘春林，甘住法国的马禄包耶。该组织在西什库教堂的情报人员有于惠民、孙战魁、王忠善、胡天铎等人。该组织的宗旨是所谓的"爱教反共"。

二是"公教青年报国团"，这个庞大的间谍组织，在西什库教堂也有分组织。西什库教堂有不少神甫如边汉元、王兴周、齐玉天参加了该组织。有不少神甫是双料间谍，他们向不同的间谍组织提供情报。

三是"圣母慈爱祈祷会"，这个国际性的秘密组织西什库教堂也有活动。其组织者为外籍神甫苏志远，下有齐玉天、李秉义、石龙章等人参加。

（2）西什库教堂窝藏不少反革命分子，实为藏污纳垢之场所。如孙某是国民党的大乡副，办事人员孙玉玖是国民党保安第三区党部委员，在河北省涿县曾有血债，跑到西什库教堂隐匿起来。还有陈哲敏，是奉黎培里之命来京布置反对和破坏"三自革新"运动的。负有血债的特务分子王在镐，也从西北前来西什库教堂隐藏起来，侦察干部发觉后立即将王捕获。

（3）一些神职人员生活上骄奢淫逸。他们不但披着宗教外衣搞间谍活动，而且神甫的私生活是异常肮脏腐化的。除念经做弥撒、听神功之外，每天不劳而获，大吃大喝。教规规定，神甫不能结婚，事实上，神甫们每天在想如何接近女人。西什库教堂的神甫强奸妇女、私通民妇、诱奸女孩、鸡奸男童的事层出不穷，有的神甫曾和七八个女人发生性关系，这些道貌岸然的神甫，内心世界是如此的卑鄙无耻。

侦察人员通过逮捕、检查、突审、调查、宣传等工作基本上摸清了神甫的情况，搞清了他们的罪行。侦察人员根据这些神甫不同的态度与罪行，采取不同的处理办法。

一类是帝国主义间谍分子、国民党特务及血债累累的反革命分子，这些人在政治上异常反动，对我们的态度是仇视的。如神甫李秉义（外号叫死脑筋）突审中装死装病来抗拒审查；神甫赵至善曾割去舌头四分之一，将血喷到侦察人员胸前，并企图谋杀侦察干部未遂。这一类神甫共计10人，占教堂神甫的25％。对这类神甫的处理，搞清问题，予以逮捕法办。

第二类是本身有罪恶，但不够逮捕条件，处理办法是，华籍神甫驱逐出教，外籍神甫驱逐出境。

最后一类是一些老弱病残者，依靠教会吃饭，无大罪恶，可继续留在教堂。

通过激烈的斗争，5个教堂就地突审间谍112人（逮捕的34名除外），供出间谍嫌疑线索398人，查获的罪证有：手枪12支、盒子枪6支、子弹1260发、炮弹10个、雷管60个、战刀匕首10把、收发报机2架、电台1部、情报底稿51件、其他反动证件119件。

这次打击隐藏在宗教内间谍分子和反革命分子的斗争取得了很大的胜利，不但搞清了西什库教堂等5个间谍窝子的问题，而且为天主教内"三自革新"运动打下了良好的基础。

斗争持续到1952年4月底，为了配合做好"五一"国际劳动节的保卫工作，北京市公安局把西什库等5个教堂的外籍神甫（间谍分子）共31人驱逐出境，华籍间谍分子周翰章、张汉翔、石瑛等5人罪行昭著，证据确凿，逮捕法办，从此基本上结束了这场斗争。首次打击隐藏在宗教内的间谍分子的斗争告一段落。

二 封闭和取缔外地教区驻京办事处

1954年3月，北京市公安局在市委和公安部的领导下，继1951年7月首次打击隐藏在教会中的帝国主义间谍之后，又一次对教会内的反动势力和间谍分子展开了攻势——封闭取缔外地教区的驻京办事处和打击圣母军骨干分子的行动。

北京市公安局调查得知，当时北京有热河、景县、安国、济宁、赤峰、洪洞、易县、赵县、汾阳、正定、顺德、宣化等12个外地郊区有驻京办事处。

这些所谓的驻京办事处，自称在京办理本教会的事务，安排经过北京的司铎和学生住宿和其他有关事宜，实际上是个逋逃薮，类似一个流亡组织。驻京办事处内有些司铎、主教是帝国主义间谍分子及有血债的反革命分子、作恶多端的恶霸等，是解放前后由各教区逃来北京藏身的，他们来到驻京办事处乔装打扮起来，以消极的方式对抗人民政府。

这些驻京办事处，是罗马教廷中1948年批准在北平建立的。主要意图是在北平保留和隐藏一些帝国主义间谍分子。

另外，首都人民公安机关于1951年7月第一次打击隐藏在宗教内的帝国主义间谍时，北京还有42名外籍传教士，因当时没有足够的证据，未能予以处理，他们有的退居幕后，有的隐藏在一些修会、修院里，继续进行阴谋活动。

这是北京市公安机关取缔封闭外教区驻京办事处和打击部分修院、修会的间谍分子和一些反革命分子的主要原因。

1954年3月3日凌晨7时，北京市公安局侦讯处88名干部及332名武装警卫人员分成18个工作小组，在有关派出所的配合下，冒着寒风，分别同时进驻在市区的12个外地教区驻京办事处及主徒会、鲍斯高会、德胜会、光启学院、大名教区小修道等18个单位（西湾子教区小修道3日晚将其中的神甫集中于热河教区驻京办事处内审查）。

行动开始后，北京市人民政府及时发布了取缔封闭外地教区驻京办事处的通告。天主教三自革新委员会也代表全体教民发布《告全市人民书》，书中建议政府将外地教区的驻京办事处封闭，并劝其外地教区的驻京办事处返回教区。

进驻各外地教区驻京办事处的侦察干部，根据事先获得的证据，一举逮捕了外地教区驻京办事处的间谍分子薛清芳、刘玉民、刘世中、肖立人、方廷中等11人。还有北京教区的反革命神甫苏培英、赵天伟等共计27人。其中反革命神甫张进之，因去河北宝坻县（今天津市宝坻区）未归，工作组立即派民警将其缉拿归案。

此次行动比较顺利，大多数堂口没有发生什么问题。少数受帝国主义影响较深、为反动分子长期盘踞的堂口，如鲍斯高会和景县教区驻京办事处的少数落后的修道生和教徒公开和工作组对立。有些反动分子还阴谋于3月24日（天主教瞻礼日）纠集落后教徒赴鲍斯高会集会，企图里应外合制造骚乱。除此之外，不少单位的修士修生给工作组出难题，要求反动神甫给他们做弥撒，热河教区驻京办事处的部分修士，德胜院的部分修生，数次要求由已被限制自由的反动神甫给他们做圣体降福。

针对上述情况，工作组向广大教徒进行耐心的宣传教育工作。同时选择了问题不大，在教会内不得势和与被捕的间谍分子有矛盾的神甫，迅速突审后控制使用，放出后做弥撒，以稳定教徒的情绪；打击幕后的煽动分子，还采取了加强警卫，划定警戒区，宣布戒严的措施。

工作组协同民政局对鲍斯高会实行接管，拿下这个反动窝子，打击了一些反动分子的嚣张气焰，为赢得斗争胜利打下了良好基础。

对各堂口教徒要求做弥撒的问题，工作组遵照市委的有关指示，除一个公用堂口，4个自由堂由工作组控制使用的神甫或未予看管的神甫继续做弥撒外，其他堂口暂不准做弥撒。经宣传教育，大部分教徒都转往附近的革新堂口。

通过以上措施，各"坑"内部转为平静。

这次封闭取缔外地教区驻京办事处工作，得到了市委宣传部门大力支持，报纸、电台配合进行宣传报道，不但震慑了敌人，也教育了群众。

这场斗争的后期，各工作组先后转入了对有罪行的神职人员的审查。这次逮捕的27名神甫中，都是帝国主义派来的间谍分子，如鲍斯高会的神甫、前母佑儿童工艺院长方廷中，经常与在香港的帝国主义间谍陈基慈（意大利籍）联系，利用通讯及出境的教徒向外国情报机关及向某某国驻华公使某某提供情报。景县教区驻京办事处的神甫薛清芳，将搜集到的农村土改和扩军情况及北京市天主教内神甫动态等情况提供给帝国主义间谍分子司化兴。还有广安门天主教堂神甫苏培英，北京教区神甫张进之等都是为帝国主义情报机关提供情报的间谍。

三 打击取缔天主教内秘密反动组织圣母军

圣母军，原名叫"圣母慈爱祈祷会"，又叫"圣母御侍团"。是天主教内部具有国际性、带有恐怖性质的秘密反动组织。1921年9月成立于爱尔兰的都柏林。它是在世界上资本主义总危机时期产生的。资本主义的金融寡头为了维护他们奴役和剥削人民的制度，挽救他们日趋灭亡的命运，便加强了对宗教的利用。用帝国主义间谍分子黎培里的话讲，圣母军是一个"别具装潢，有特别吸引力"的反动组织。

圣母军是完全仿照古罗马帝国为专制暴君效命、残酷屠杀奴隶的罗马军团而组织的，它订立了许多极严厉的"禁戒"和"军纪"，强迫其成员盲目服从，并用浓厚的宗教气氛来麻醉成员。他们规定："服从是无限的，无保留的。"该组织纪律森严，如果有的成员把该组织的秘密透露出去，"是不可容忍的"，"等于出卖圣母"，会给予酷刑制裁。

圣母军这个组织，是由主教和司铎来指挥的，这些主教和司铎大都是帝国主义的间谍分子。实际上，圣母军是帝国主义间谍分子进行情报活动和一切阴谋活动的工具。

在中国，圣母军是在大陆接近全部解放时开始活动的。中国人民解放战争的伟大胜利，打碎了帝国主义继续奴役和压迫中国人民的美梦。但是，帝国主义不甘心自己的失败，积极利用反动组织圣母军进行垂死挣扎。这个反动组织在中国的组织者和领导者，就是当时罗马教廷驻华公使、帝国主义间谍分子黎培里。大陆解放前后，圣母军在上海、南京、天津、北京等地的活动是很猖獗的。

然而，圣母军在北平的活动可以追溯到1945年。当时，圣母军在北平辅仁本堂和南城成立了两个支部，由美国间谍芮歌尼的情报员、德籍神甫富施公领导。富施公是中国圣言会总负责人，在上海居住。1947年黎培里来平，大肆叫嚣圣母军是在共产主义中国防止共产主义危险所能采用的最好的办法和工具。1948年6、7月份，黎培里要求爱尔兰都柏林圣母军总部指派莫克勤（爱尔兰人，解放后被上海公安局逮捕）来平发展组织，准备在新中国成立后，以圣母军为工具策划新的反共活动。莫克勤来平后，先后与帝国主义间谍分子孔文德、马迪儒、万广礼等人磋商，建立圣母军慈爱祈祷会北京分会。1950年10月，经都柏林总部批准圣母军慈爱祈祷会正式成立，会址设在牛排子胡同2号。

北京解放后，"圣母军慈爱祈祷会北京分会"大力发展秘密组织，除在太原、保定、榆次、归绥、汉中、宣化、大同等地设有5个区会、91个支会外，在北京设有9个区会、109个支会，各组织设有指导司铎、会长、副会长、秘书及会计，据调查，北京各级指导司铎63名，各级会长、副会长、秘书、会计418名，合计职员以上人员418名。

会员共计4种：（1）御侍员，即核心成员，又称御侍团员。御侍会员约有50名。（2）工作会员，即正式会员。（3）辅助会员，即外围会员。（4）协理会员，即协助圣母军活动的神甫、修士等，约有2300名。

据侦察，圣母慈爱祈祷会北京分会中上层人物皆是帝国主义间谍分子，如分会指导司铎万广礼（比利时籍人）是美国间谍雷震远直接领导的间谍分子，解放前接受美国间谍乔治（南斯拉夫人）布置的情报任务。并以天主教为掩护，网罗中外间谍分子，组织怀仁学会、社会问题研究会等组织，为帝国主义套取和搜集大量情报，此外还组织所谓的"小儿团"，书写反动标语等。前支会司铎曾是怀仁学会组织的第四组组长，曾供给美、英、法、葡等国的情报机关大量情报。其他如分会指导司铎周翰章、分会长张汉翔等，均系间谍分子。

北京市公安局对反动组织圣母军的第一次打击，是伴随着北京1951年7月25日首次打击隐藏在宗教里的间谍分子的行动同步进行的。

这次打击圣母军的行动中，逮捕了圣母军的骨干分子13名（其中指导司铎9名，其他职员4名），驱逐外籍圣母军骨干分子19名（其中指导司铎14名，协理会员5名）。在声势浩大的打击帝国主义间谍分子的震慑下，由于本人惊慌而自行申请离境的圣母军骨干分子有9名（指导司铎7名，其他职员2名）。各分局登记了大量的圣母军一般分子。市局侦讯处，对有罪行的圣母军上层分子如万广礼、孔文德、周翰章、张汉翔依法实施逮捕。

然而，经过第一次打击，圣母军北京分会并未彻底摧毁，其间谍活动和其他反动活动并未完全停止。据侦察得知，第一次打击取缔圣母军工作之后，北京还有区会指导1名，支会司铎31名（外籍1名），各级会长、副会长、秘书、会计共334名，御侍员19名，工作会员716名，辅助会员279名，协力会员178名，共计圣母军分子1558名（其中在机关者84名，在学校者139名）。帝国主义分子以及外国情报机关仍多方利用上述圣母军分子搜集情报，并秘密集会进行反革命宣传，歪曲中国的宗教政策，破坏教徒群众的"三自革新"运动，有的帝国主义间谍分子，积极组织与策动大、中学校公教生进行秘密活动，支会指导司铎石立贞（德国籍）与间谍分子德化隆（协理会员）阴谋策动西什库教堂的革新神甫回头，并指示下层的圣母军的骨干分子继续反对"三自革新"运动，与人民政府闹对立。至于其他的圣母军分子的造谣破坏活动更为普遍。因此，再一次地打击取缔圣母军分子，彻底摧毁其反动组织，是十分必要的，也是势在必行的。

北京市公安局第二次打击取缔圣母军的工作，是在1954年3月，市公安局派出工作组进驻外地教区驻京办事处和部分修院、修会打击帝国主义间谍分子的行动中进行的。

市局侦讯处在第二次打击取缔圣母军的过程中，坚决执行党中央、市委的指示，坚决执行党的有关政策。在具体工作中，坚持"打击少数，争取多数"的方针，凡是帝国主义间谍分子，敌视社会主义制度的反动者坚决予以打击，对一般无明显罪恶的职员及绝大多数会员尽量争取。也就是说，根据其罪恶大小和目前反动活动情况，参照职务高低予以逮捕、驱逐出境（仅对外国人）、管制、登记。声明退会者不予追究。

为了全面铺开登记工作，市局侦讯处及时召开了各分县局侦察科科长会议，会议交流了试点工作的经验，进一步统一了思想，使分县局的登记工作得以顺利进行。

各分县局铺开登记后，从3月5日至4月17日的42天的时间里，据城郊12个分、县局统计，已登记了圣母军骨干分子126名，其中指导司铎3名，区会会长5名，区会秘书3名，区会会计1名，支会会计12名，御侍员4名，百分之九十以上都表示认错悔改，达到了预期的目的。

在打击取缔圣母军的行动中，侦讯处还破获了一起伸向公安机关搜集情报的间谍案。间谍分子史安日（外籍神甫）解放后在辅仁大学组织反动的圣母军组织，并充"忧苦之慰"支会会长，阻挠与破坏学生参加各项爱国运动。1950年曾向逃港的间谍报告辅仁大学师生的反帝爱国的活动情况，1952年至1953年又勾结混入海淀区公安分局的民警马永安（马系圣母军"真福之母"支会会长）搜集公安机关情报，并报告给香港的外国情报机关。北京市公安局侦讯处于1954年3月16日将史安日、马永安二人逮捕，并依法惩处。

打击取缔圣母军的工作于4月底基本结束。

综上所述，北京解放初期，北京市公安局清除和打击宗教内的反动势力和间谍分子的斗争取得了伟大的胜利。但是，斗争仍在继续，外国情报机关和境外的反动势力仍变本加厉地利用宗教派遣间谍分子进行搜集情报和采取不同的形式对大陆进行渗透、颠覆等破坏活动，继这次打击隐藏在宗教里的间谍分子之后，北京市公安局侦讯处还陆续地破获了一些隐藏在宗教里的间谍案件。为保卫党中央、保卫首都安全作出了贡献。

主要参考文献：

系作者撰写。被《警神》、《冯基平传》、《政法春秋》等书采用。

第十五章 取缔一贯道

一贯道得名于孔子《论语》中"吾道一以贯之"一句。实际上，两者其内涵大相径庭，格格不入。它既没有"一以贯之"的道义，也没有儒家作为一家学派的影响力和生命力。一贯道的创立者，用偷换概念的卑鄙手法，把风马牛不相及的两个词语扯在一起。

一贯道鼓吹所谓的"万教归一"，实际上，是一个集封建迷信之大成的大杂烩。纵观一贯道的所作所为，它是一个被帝国主义和国民党反动派所掌握和利用的工具，是一个誓与人民为敌的、扰乱社会稳定的反革命会道门。

一　一贯道发展的渊源

一贯道起于山东济宁。前身是清光绪年间的"东震堂"，后改名为一贯道。此道自称奉达摩为始祖，传至十七代"祖师"路中一时，尚因乏人信仰而默默无闻。路中一和其妹路中节相继死后，道号为"天然子"的流氓道士张光壁窃取衣钵，自称"济公下凡而奉承运办理道务"，在济宁发展了三千道徒，后又与小有势力的师妹姘居，离开济宁到各地传道。1931年，日本帝国主义发动了"九一八"事变，关内关外，人心惶惶，一贯道乘机大肆鼓吹："三期未劫，罡风扫世，天下大乱，将死人无数，唯有入道者才能躲灾避难、逢凶化吉……"于是，大批深受苦难的农民和城镇市民、商贾便纷纷入道求安，一贯道由此兴旺起来。

一贯道鼓吹"万教归一"，其供奉者，上至"无极老母"、"济公活佛"，下至关羽张飞、吕祖洞宾，外带耶稣上帝、穆罕默德，佛堂里请哪位尊神上座，全视当地群众传统信仰而定，目的无非是多"度"人，多骗钱财而已。

道务发展起来后，张光璧设中枢坛于济南，然后，派员到各地建坛，时称"开荒"。1933年旧军人出身的点传师栗春旭奉张光璧之命来北平"开荒"办道，在东城新开路周景成（曾任国会议员和山东烟酒事务局长等职）家中成立佛堂，参加者多是失意政客和军阀，如曾任袁世凯财政部长的周子齐、军阀唐天喜等。这就是一贯道最早的坛口。

1936年，一贯道已遍及鲁、冀、沪等地，道徒有数十万之多。张光璧自命为"师尊"，妻刘率真、妾孙素珍为师母，声势越来越大。此事引起国民政府和蒋介石的注意，蒋以邀请赴宴为名，将张光璧软禁于南京。栗春旭闻讯后，便向道徒谎称张光璧已死，妄图取而代之；而天津道徒张玉福则反其道而行之，愿以性命财产担保，来保释师尊。张光璧归顺老蒋后，被放出后做的第一件事，就是开除栗春旭道籍而重用张玉福。不久，就派张玉福、杨灌楚和董雪桥三人来平接管道务，成立了信一、道一、纯一三大坛。其中以张玉福的信一坛发展最快。1939年1月，张玉福请张光璧、孙素珍来京居住，在北新桥财神庙2号租房作为总坛。张光璧任命张玉福负责北平道务，由刘新泉、宫彭龄襄助。

是年4月初（旧历二月二十八），张光璧等人召集各地一贯道头目在东城郎家胡同50号院内举办了一场以训练骨干为目的的"顺天炉会"，参加者达190余人，分别来自北京、天津、山东、绥远、包头、张家口等地。"炉会"期间，参加者一律不准走出院门，每天烧香磕头，并由各大道首，演讲"道义"及《大学》、《中庸》、《金刚经》等等，同时还设置种种荒唐的"考验"，如"考酒"、"考色"、"考财"。

长达45天的"炉会"，将"三纲五常，仁义道德"与欺男霸女、谋财害命熔于一炉，培养了一批精于此道的骨干分子。然后将他们派往各地"开荒"办道。

张玉福是在"炉会"后被"师尊"正式任命为北京道长的。之后，他便在德胜门兴化寺街15号设北京总坛，在南长街及后广平库开办了一个"树民小学校"，作为办道的掩护机关。北京一贯道的领导核心便以"树民小学董事会"的公开身份出现，张玉福经常在这里"办公"。不久，又在琉璃厂开设一处"中华善书局"，设专人在此管理道中人名总册和收支账目，并印制发放道卷及各类文件。

一贯道是在当时中国社会动荡，民生艰难困窘情况下发展起来的，它利用了人们求安护身的心理。一贯道在中国的出现和发展，有着其深刻的历史根源和社会根源。

二 日伪和国民党政权的御用工具

北京的一贯道在1937年"七七"卢沟桥事变之后迅猛发展起来，主要原因是依附了中华民族的死敌日本侵略者和汪伪政权。

在南京，一贯道的"师尊"张光壁率先投靠日本特务头子三满。北平的张玉福与驻京的日本宪兵队长由里相勾结，领了个"宪兵队顾问"的身份证，与师母孙素珍一起到各地传道，宣传不抵抗主义和亡国论，并积极为日伪搜集抗日情报。当时有一句话：日本人打到哪里，一贯道便发展到哪里。这句话活脱脱地勾画出该道卖国求荣、为虎作伥的可耻嘴脸。

汪伪政权的头面人物不少是一贯道道徒，大汉奸周佛海、褚民谊、王楫唐、胡毓坤、江朝宗之流，都是一贯道道徒，周佛海还是坛主、褚民谊是点传师。一贯道不以为耻，反以为荣。1943年，张光壁在北京道首米国权家中"度"曾任华北政务委员会委员长的王楫唐入道，礼仪十分隆重，张玉福亲自点道。伪外交部长褚民谊来京，张光壁率张玉福等前往迎接，并设宴款待。席间，张光壁还讨个"外交部顾问"的身份证。褚民谊对一贯道赞不绝口，并表示要把一贯道介绍给日本人冈村宁次和兴亚渡边少将（日特务机关长），张光壁、张玉福等连连致谢，奴气十足。

一贯道上层如此，下层自不待说，一贯道不少小头目都身兼伪职，如伪保甲长、特务之类。协助张玉福办交际的点传师周灿如就是日本特务。京西志达坛坛主张鸿海是个兵痞出身的伪保长，他经常勾结伪警察残害乡民，奸淫乡民妻女，惨死在他手下的乡民不下九人。他还伙同日特冒充八路军诈取抗日情报。类似这样血债累累的汉奸恶霸坛主为数不少，如丰台群众见了"怕得发抖"的坛主孙玉藤、号称"吕三爷"的吕善庭，北郊的刘燮元、东郊穆肇增等。尤其值得一提的天桥的"北霸天"，点传师刘凤林（又名刘翔亭），此人原是军阀部队的连长，后充天桥伪自治会长，他公然勾结日寇和伪警，搜刮地皮，勒索百姓，放债贩毒，逼死人命。尤为可恶的是，竟在光天化日之下，指挥爪牙绑劫穷汉、乞丐，送到他们经管的吉祥戏院集中看管。待夜深人静时，押上日本人的汽车，拉出去当劳工。天桥一带市民，提起此人，莫不切齿痛恨。

1945年日寇投降，一贯道唯恐失去依靠，急忙向国民党摇尾乞怜。而国民党看到一贯道有浓厚的反革命政治色彩及为数不少的人力资源可利用，虽然表面上下令取缔该道，暗中却通过特务机关对其控制，并在报纸上公开为其开脱罪行。为掩世人耳目，一贯道改名"中华道德慈善会"，由拥护"大东亚政策"变为拥护"戡乱救国政策"，继续与共产党和人民为敌。

1947年，国民党北平特务机关曾召集一贯道坛主以上人员和其他会道门在地坛附近集训了一个月。之后，张玉福向军统特务头子马汉三等人表示，与共产党势不两立，并答应在解放区的道徒刺探共产党和人民解放军的情报提供给"国军"。

为了取悦国民党北平特务机关，张玉福和王维山、王勋臣、米国权等人赴东城煤渣胡同给马汉三送名人虎画一张及镜框等物品，求马汉三照顾一贯道。马汉三任民政局局长时，张玉福等人前去鞠躬道喜，并送数百万元现金，并承诺，动员道徒为马妻散发选票，竞选国大代表。对国民党北平法院院长居正、国民党防空司令胡伯翰夫妇等人也是百般逢迎，在兴华寺街总坛、东安市场市隆饭店多次宴请和赠送礼品。

张玉福与北平军统的密切联系，使一贯道紧紧依附在国民党反动当局的高枝上，反动气焰不减当年。那些曾为日伪政权效劳的汉奸坛主，摇身一变，又成了"党国"的忠实鹰犬，"吕三爷"吕善庭和刘燮元当上了军统的突击队员，东郊的恶霸坛主穆肇增还组织起"清共委员会"，从国民党当局领取武器进行反革命活动。

1948年，刘燮元纠集属下和特务分子60余人，用暴力手段阻止清华大学学生"反饥饿、反内战"游行示威活动。至于为国民党抓兵、抓夫，提供各类情报，乃是该道大小坛主们的看家本事。所以说，一贯道是一切反动政权的走狗和御用工具，实不为过。

三　恶贯满盈的魔窟

一贯道的道长们对外勾结权贵，对内部道徒则是精神上禁锢，肉体上摧残，骗钱、骗奸，谋财害命，无所不用其极。

道徒从踏上一贯道的门槛那天起，就不得不像流水般的从口袋里向外掏钱，如"入道费"、"功德费"、"行动费"、"免宽费"、"献心费"、"尽孝费"，花样繁多，胜过苛捐杂税。仅入道时每人交的"功德费"一项，就折合十几斤白面，全市20多万道徒，就是5万袋白面，这些白面大都落入少数道首的囊中。日伪时期，一贯道敛财机构之一的"中华善书局"，每天记载的"功德费"一项，收入就在黄金10条以上。

道首们诈骗财物，除了办"佛事"、"超度亡灵"等手段，主要还靠办什么"仙佛研究班"、"忏悔班"以及"度大仙"等，借办班"考财"、"考恐惧"之际大肆勒索钱财。丰台小屯的点传师王致文开班"考恐惧"，把女三才王淑琴的母亲等四人藏在冰冷的花生囤里，冻得要死，王淑琴为了救出亲人，不得不赶紧"舍财"救人。

北京的大小坛主、点传师，靠"办道"发横财者不计其数，点传师韦玉林原来很穷，做了点传师之后，在通县买地49亩，在城内买房80多间。他自己得意地说："我发财全仗借大佛爷！"

北京一贯道所属各坛的收入，大部分都上交到张玉福、张光壁手中，供他们过着花天酒地、纸醉金迷的生活。

少数道首的暴富，致使大批道徒倾家荡产，生活无着。朝外大街修自行车的道徒黎某说："我入道后，站着赚的钱却跪着花了，3块洋钱只买了三个五字真言，合6毛钱一个字儿！"

一贯道道首以"开班考色"和"坛训结缘"等名目骗奸女道徒。有些坛口竟然组织了所谓的"暴字队"，以男子为骨干，专司骗奸女道徒之责，稍有不从，当众鞭笞，死在"暴字队"鞭下的妇女，为数不少。

崇文区体一坛坛主刘殿芝，十几年奸污道徒妇女百余人，他不以为耻，反以为荣，公然以此炫耀："我一辈子搞了一百多个女人，总算没有白活。"

点传师王维一，以办"考色班"为名，以卑鄙手段强奸昌平妇女阎某，又诱骗至重庆，阎不堪蹂躏，便自杀身亡。

西郊八角村坛主刘景全，以"结丹"为名，奸污18岁的道徒康兰英，致使康堕胎而死。刘继而又强奸了康的姐姐（有夫之妇）及道徒李某之女，使李气病而死。

北辛安坛主庞顺，强奸其童养媳，使之受孕，产后身死，紧接着又霸占了其子的二房，儿子被活活气死。他不以为耻，继续与儿媳妇姘居。

类似这样卑鄙龌龊的禽兽行径，在一贯道内比比皆是，其中最典型、最可恶的当数专诚坛主张承忠与其妾丁氏，这对狗男女为了私欲，居然在坛内大搞"结仙缘"，在男女道徒之间拉皮条、配鸳鸯，强迫"结缘"，男女交纳可观的"感恩费"、"了怨费"。如不从，则"降乩"赐罪，常常棍棒相加活活被打死，以"了冤欠"。在死的威胁下，众多女道徒被糟蹋蹂躏，敢怒不敢言。张承忠则变本加厉，不断以"献贞考色"之名诱奸女道徒。若怀了孕，便交丁氏扎针堕胎，由此丧生的，家里还要拿出"超拔费"！在这暗无天日、蛮横欺诈的环境里，许多道徒家破人亡，沦为他家的奴仆，有的远走他乡，去避祸谋生。

满口救苦救难、普度众生的一贯道，就是这么个乌烟瘴气、无恶不作、敲骨吸髓、视人的生命为草芥的魔窟鬼穴。

四　誓与人民为敌

1947年，人民解放军在中原战场上和东北战场上实施战略反攻。张光璧和孙素珍看大势不好，连忙收拾细软远窜四川成都。不久，张光璧猝死。其妻刘率真和其子张英誉即与孙素珍争夺道权。由此，一贯道便分裂成"师兄派"（又称正义派，以刘率真为道主）和"师母派"（又称金钱派，以孙素珍为道主），北京道长张玉福皈依师母孙素珍门下。

随着人民解放军在各个战场上的节节胜利，一贯道的道徒们深感末日即将来临，但还要作垂死的挣扎。1948年初，孙素珍委派一个姓白的点传师从四川来平，协助张玉福在各坛开办"忏悔班"，实行"考道"，以巩固内部。忏悔班上，道首们大肆宣传共产党杀人放火，要求道徒立愿效忠师母"从今后随孙师母上山到顶，下山到底，如遇任何魔考不拉前不扯后，守定三宝不开斋、不破戒，有始有终……"。之后，张玉福将总佛堂转移，财产藏匿，并与王仲麟等人共同策划"撤销佛像化整为零"等隐蔽方案。

1949年1月31日，北平和平解放。4月，张玉福召集四大组负责人十余人在王府井大街福丰西服楼上秘密集会，他说："天时紧急，我将不出面了，以后道中事务统由王仲麟负责，单线传道……"张玉福以东北等地一贯道被取缔为鉴，要求道徒"不忘洪愿忍辱待时"，遇"考"时要"咬紧牙关，虚虚实实，承认错误，不承认罪恶，账目决不承认"等19条对策。

1949年夏，孙素珍自四川潜入北平，为筹措长期隐蔽活动的经费，发起"度大仙"高潮，骗得道徒黄金730两。并指派王仲麟、马书鲁、安松樵、陈名源、于德裕五人组成核心小组，代行道长的职务，张玉福则隐匿，暗中操纵。同时确定隐蔽活动的原则："谨言慎行、小心大胆，外暗、内彰"。为了方便行动，各道首还纷纷开设店铺、商号作为职业掩护。时称四化：佛堂家庭化、道徒工商化、言语现代化、行动群众化。其用心之良苦，可见一斑。

孙素珍、张玉福通过王仲麟等人向城郊各坛发指令、传谣言。在1949年至1950年期间，一贯道传出的谣言严重扰乱了社会治安。如，在1949年散布说："国民党打不了，八路军长不了，将来是一贯道的天下。"1950年他们又散布说："天时将变，世界大战起。""五魔闹中原，万教齐发，法术齐施。"指使道徒："别参加工作，都起来和政府干，能文用文，能武用武。"农村进行土地改革时，传出"母训"，不许道徒入农会，一些坛主还强迫道徒退还已分得的土地，说："种地是瞎费力气，将来收粮是八路军的。""秋后要实行二次土改"等。使得许多道徒不敢要地，更无心生产。八角村坛主刘景全还威胁群众说："你们穷小子别得意，等我翻过身来，一个个都把你们脑袋切下来。"西郊的道首造谣说："新开山有一个黑龙大仙，舍圣水给人看病。"使众多百姓放下生产，成群结队进山取"圣水"。更为荒唐的是，一贯道造谣说："苏联人要人眼和女人胎盘做迷魂药。""现在有拍花子的专割女人的乳房和小孩的小便。"弄得农民白天不安心生产，晚上睡觉不敢熄灯，用砖头堵上窗户。

朝鲜战争爆发后，一贯道的道首们欣喜若狂，自以为出头有日，到处散布："第三次世界大战快要打起来了。美国有原子弹，足以对付四五个苏联那样的国家。八路要完了，国民党一回来，师母就是真主，点传师就是县长。"

在这些谣言中，要数1950年夏天一则谣言最蛊惑人心，传播和影响面也最大。他们造谣说："天安门石狮流泪，鼓楼上冒烟，天下将大乱！"还说，"天安门的石狮，在李闯王时就流过泪，天下没有长久，如今又掉了泪。"言外之意，谁都明白。又说："鼓楼冒烟，八路要颠儿。"这则谣言一时传遍北京城，一些人纷纷涌到鼓楼下观看。天津市的市民听说后，也来到这里观看，交通严重堵塞。当时，确实看到鼓楼上有一股烟气在升腾、弥漫。顿时舆论哗然，群众更加迷惑不解。

为了弄清真相，北京市公安局遵照市委指示，由治安处副处长刘坚夫组织消防人员先搭乘云梯爬上去查看，但是，鼓楼高为9.9丈，而且又有向外延伸的飞檐，云梯够不着。刘坚夫决定搭木架子上去看。找了几家私人营造厂，却因太高不敢接这个活，最后由永定门外一家营造厂用木料搭成架子。之后，民众教育馆青年干部铁军随同消防人员、架子工、记者爬上去查看，发现这股烟是一群小飞虫，在楼顶上一片洼水上飞舞。后经昆虫专家鉴定说，这种飞虫叫"摇蚊"，是昆虫的一种，成虫像蚊子，体长为普通蚊子的三分之一。喜欢高峰，性群居，生活在不流动的水中。成虫吸食植物的汁液，不叮咬人。秋季是交尾季节，当时，正在清淤什刹海、后海和北海，摇蚊无处交尾产卵，而鼓楼顶部，从楼脊西边兽头向东形成一条长沟，周围杂草丛生，积留的水排不出去，形成了约八九寸的一片水洼，引起数以万计的摇蚊徘徊飞舞，这是"鼓楼冒烟"的真实原因。为此，《北京日报》专门发了消息，并在鼓楼下展览了实物，谣言不攻自破。

集反动与封建迷信于一体的一贯道，为新的社会制度所不容。随着时间的推移，人民群众也看清了一贯道的庐山真面目，取缔一贯道，铲除这腐朽没落的社会毒瘤，已经责无旁贷、刻不容缓地摆在人民政府和公安机关面前。

五 取缔一贯道

北京取缔一贯道工作，经历了比较长时间的调查准备工作，由于一贯道组织庞大，人员复杂，在敌伪留下的档案中查不到他们的情况。人民解放军进城之后，他们化整为零，转入地下进行秘密活动。所以在短时间内摸清他们的底数并予以彻底摧毁，是很难办到的。

在这种情况下，市公安局在市委、市政府领导下，一方面采取专案侦察等手段与一贯道的造谣破坏活动进行斗争，另一方面派出人员组成专门小组，有重点地深入到一贯道活动比较猖獗的地区做系统深入的调查研究工作。

1949年8月，由市局治安处特行管理科和东郊分局几个民警组成一个调查组进驻东坝镇派出所，在群众治保分子配合下，调查当地一贯道活动的情况。工作中，调查组发现一个线索：一个名叫高永周的男"三才"，1946年前曾给张玉福当过七八年的天才机手，此人刚从外地返平，可能熟知本市一贯道的情况，现住城内西河沿某号。

调查组长白生智及时将情况向上级汇报。经批准，对高实施秘密拘捕。经教育，高表示愿意配合政府摸清北京市一贯道情况，并绘制了一幅北京市一贯道组织总坛以下的各坛分布图。并介绍说："道长张玉福在德胜门内兴华寺街15号设总坛。总坛下设坛、分坛和家坛，每坛设坛主，另设点传师和三才。后因道务发展太快，总坛难以掌握，张玉福将全市一贯道坛，分为七善，即孝、悌、忠、信、礼、义、廉。每善设善长管理数个大坛。七善划成八个中心，每个中心设代表1个人，称八大中心代表，掌管全市道务。"

根据高永周提供的情况，市局指示各分局对本地区一贯道组织及活动情况进行认真的调查与核实。

1950年7月，各个分局大张旗鼓地进行了对一贯道的普查工作。外五分局局长李岩，亲自带领干警深入各街道走访群众，进行摸底。李岩是公安局唯一的一位女分局长，她参加了中央社会部在西黄泥村办的训练班。进城接管时她当了女警队长，在教育留用女警方面作出了贡献。女警队撤销后，被调到治安情况复杂的外五区分局当分局长。她很快掌握了专诚坛张承忠为首的一批一贯道坛主、点传师的罪恶。她鼓励和激发广大市民与一贯道作斗争，为以后大规模取缔工作奠定了基础。

丰台分局经过广泛的调查摸底，到11月份基本摸清了南郊区一贯道10个本坛、91个分坛、284个家坛的情况。

10月份，北京市公安局治安处已经将全市的一贯道组织及其内部的道长和二、三等道首的名单、地址等基本情况基本摸清。市公安局根据市委指示和参考1949年1月4日华北人民政府取缔封建会道门布告精神，拟定了《北京市处理一贯道计划》（草案）和《北京市人民政府取缔一贯道布告》。

《计划》中，提出了对一贯道的处理方针，（1）点传师以上的重要分子及其他有政治破坏活动者逮捕法办。（2）点传师以下，坛主以上（包括三才）勒令登记，加以甄别，实施管制。（3）对一般道徒则号召退道。凡脱离组织停止活动者即宽大处理，免予追究。

《计划》还对逮捕登记等项工作的具体实施办法和注意事项做了详尽的规定和说明，因一贯道有20万群众道徒，而且已经渗透到党政机关、群众团体、城乡、工矿、学校等单位内部，在取缔一贯道中，必须坚持区别对待的方针。要区别是政治问题还是封建迷信问题，对反革命分子坚决镇压，对群众道徒要做耐心的思想教育工作。

《北京市处理一贯道计划》经市委审定后，于1950年12月3日报华北局和中共中央审批。

同时，北京市委成立了以秘书长顾大川同志为首的取缔一贯道指挥部。从全市党政机关、群众团体抽调人员组成若干工作组。取缔开始前，工作组深入城乡各地展开宣传动员工作。市公安局组成以治安处为主的指挥机构，领导逮捕、登记等项工作的具体实施。

至此，取缔一贯道的准备工作已全部就绪。

1950年12月18日，北京市委的《北京市处理一贯道计划》已得到华北局和中共中央批准，市委取缔一贯道指挥部发出命令，全市统一行动，即日取缔一贯道。

各公安分局根据市局治安处拟定的名单，按照原来的分工，于深夜突然行动，以查户口、集中开会等形式将全市的130余名一贯道首一举擒获。除孙素珍、张玉福等少数大道首事先闻讯潜逃外，其他重要道首王仲麟、米国全、安松樵、郭绪恪、王维忠和逃到通县的张承忠，以及在6月7日逮捕的刘燮元、穆肇增、白秀如、陈启祥、刘景泰等人全部落网。并当场搜出了日伪及国民党证件、国民党党旗、美国国旗、潜伏活动计划、反动乱语（谣言）底稿、手枪、刺刀、短剑以及埋在地下、藏于密室的大量金银资财。曾经营十几年的兴华寺总坛被查封。

市委组织部部长刘仁于清晨前往兴华寺一贯道总坛视察。

19日凌晨，北京市大街小巷张贴出由市长聂荣臻，副市长张友渔、吴晗签署的《北京市人民政府布告》，布告历数了一贯道在其反动道首的操纵下，与日寇和国民党特务相勾结，出卖国家，危害人民，阴谋暴动等种种罪恶，郑重宣布："本府为保证人民利益，维护社会秩序，并挽救误入歧途的受骗群众，坚决予以取缔……"

即日，首都各报均在显著位置登载了北京市人民政府布告，和逮捕反动道首的消息，同时刊登了社论短评。《人民日报》在题为《坚决取缔一贯道》的社论中指出："这是维护首都治安，保护生产，打击反革命破坏活动和反革命谣言的必要措施。"

之后，市委工作组深入工矿、学校、机关、企业等单位，在党委领导下，动员群众道徒登记。各公安分局在管区内设立登记点，抽调干部组成登记小组，负责登记、谈话、记录和收缴物品。然而，登记工作并不是想象的那么顺利，有的不来登记采取观望的态度，有的外出"避风"，有的来登记也不坦白，不交出组织系统名册等。

针对这种情况，中央、市委有关部门加大宣传力度，揭露一贯道罪行，提高群众对一贯道的认识，中央和北京的报刊刊登了一些一贯道的文章和资料，如《一贯道是什么东西》、《一贯道的罪恶史实》、《扶乩真相》等，揭露了一贯道的真面目。

各公安分局和各区的工作组，也深入街道、村庄、工矿组织群众揭发控诉一贯道的罪行。让已有觉悟的道徒在会上现身说法。推动登记退道工作的开展。外五分局还召开了片会、院落会，宣传动员群众，做到家喻户晓。1951年1月16日，外五分局在区委的领导下，在天桥小桃园戏院和吉祥戏院分别召开了千人大会，控诉了罪行累累的一贯道坛主张承忠和恶霸点传师刘翔亭。受害道徒的血泪控诉，激发了道徒对一贯道的仇恨，当场要求登记退道者不计其数。

1951年1月14日，北京市公安局治安处在中山公园水榭举办了一贯道罪行罪证展览会，展出了一贯道"师尊"、"师母"和道首们从道徒手中诈骗来的财物样品，其中包括古玩、字画、金砖、银锭、珠宝玉器、首饰等，还有他们过着荒淫无耻生活的见证：画着春宫图的烟具、榨果汁机、八音盒等。还有一贯道勾结日伪和国民党进行反革命活动的铁证：收发报机、枪支、子弹、刺刀、短剑、反动证件、谣言乱语的底册和潜伏计划等。

展览会开幕后，参观的人络绎不绝，每天不下4000人，至3月4日前后，参观者达266000余人，其中有中央和地方领导同志200余人，各国使节60余人。通过展览，有力地推动了全市的登记退道工作。

北京取缔一贯道工作取得了决定性的胜利。此次行动，先后逮捕反动道首381人，枪毙王仲麟、米国全、张承忠、刘翔亭等反动道首42人。登记点传师720人，坛主4775人，三才663人。声明退道的178074人。封闭大小坛口1283处。更重要的是在取缔过程中发现并摧毁了隐蔽的核心组织"号"、"善"、"里"、"分号"等。道产全部没收。有633名道首退出的道费约50亿元（旧币）。

北京通过取缔一贯道，全市治安情况明显好转，谣言、反动标语明显减少。近20万退道群众已安心生产，过去一向在年关时生意兴隆的香烛业变得无人问津，群众破除迷信，生产热情高涨。当时有一名外国人说："共产党是一把铁扫把，把妓院扫光了，现在又扫了一贯道，真厉害！"

1951年2月23日，北京市委将北京取缔一贯道的情况和做法向华北局和中共中央写了报告。2月28日，中央将此报告批转全国，在批示中，对北京的做法给予高度评价，认为北京取缔一贯道是很成功的。

主要参考文献：

刘光人、赵益民、于行前：《冯基平传》，群众出版社1997年版。

第十六章　镇压反革命

新中国成立不久，面对国内国际复杂的形势，尤其不容忽视的国内治安形势，中共中央和毛泽东主席不失时机地在全国范围内开展了轰轰烈烈的镇压反革命运动，历时七年，为历史罕见。本章就北京镇压反革命运动作一陈述。

一　中央发布"双十指示"的缘由

一种新型社会制度诞生，必然会招致旧势力或者说腐朽势力的反抗。他们不愿意退出历史舞台，他们要做垂死挣扎，他们要对新的社会制度进行疯狂的破坏和反抗。这一点，刚刚上任不久的中华人民共和国公安部部长罗瑞卿体会最深。罗瑞卿是在新中国成立后不到二十天，也就是1949年10月19日被任命为公安部长的，他告别熟悉的军旅生活来到关系国家安危的公安部工作。他一来到公安部，就被全国各地送来的反革命破坏活动材料震惊。从1949年10月到1950年下半年近一年时间里，全国各地发生的大小暴动、暴乱事件就有800多起，4万多名干部和积极分子惨遭杀害。

身兼北京市公安局局长的罗瑞卿，对北京的治安情况也是了如指掌。北京和平解放初期，人民公安机关进行肃特斗争，把国民党潜伏在北平的特务大部分收入网内，并对危害社会治安的土匪、流氓、恶霸进行有力打击，社会治安秩序曾有所好转。但是，随着时间的推移，敌情又有了新的变化，敌人对共产党的政策、措施已经初步摸清和熟悉，漏网的特务已找好了隐藏的阵地，用种种手段包括伪装来积极隐蔽自己，惊慌溃乱情况已经过去，南逃的特务陆续北返，并站稳了脚跟，潜伏下来。逃到台湾的国民党特务机关重整旗鼓，开始向大陆尤其北京派遣特务。未肃清的潜伏特务蠢蠢欲动，企盼和准备迎接蒋介石鼓吹的"反攻大陆"。这个时期破获的几起重大的特务案件足以说明问题。如1949年11月27日破获的"华北义勇军案"，潜伏特务曹文俊等11名特务被逮捕，还有前边所陈述的"万能潜伏台计兆祥"案、"河北人民自卫军"案件。逮捕案犯马德福等19名匪特。9月26日，破获美国间谍李安东、山口隆一阴谋炮击天安门案件。逮捕案犯7名。更值得一提的是，国民党保密局重要特务，号称"飞贼"的段云鹏，曾于1950年6月来到北京，他能够在北京立足，说明北京还有他的社会基础。也说明北京作为首都，还有一些国民党特务的社会基础，我们还未触及和解决。新中国成立伊始，西方帝国主义国家千方百计想把共产党领导的东方大国扼杀在摇篮之中，他们不但进行经济封锁，而且在我国的周边设置众多情报机构。搜集我们的政治、经济和军事情报。美国侵略朝鲜的战争，战火已烧到鸭绿江边，美国的第七舰队开到台湾海峡并侵占了我国的宝岛台湾。对我国安全构成威胁。蒋介石集团叫嚣反攻大陆，在这种形势下境内外反动势力遥相呼应，大有"山雨欲来风满楼"之势。

罗瑞卿认识到，必须进行一场保卫新生革命政权的斗争。

罗瑞卿把各地发生的重大事件、重要问题及时向党中央和毛泽东主席报告，党中央和政务院很重视，为此召开专门会议进行讨论、分析和研究。党中央于1950年3月和7月两次向各省、自治区和直辖市发出镇压反革命的指示。然而，党中央的两次指示并没有引起各级党委的重视。因为在当时，党内不少干部包括一些高级干部因为胜利而滋长了麻痹思想，认为敌人已被消灭，蒋介石被赶到台湾，大陆上有几个"泥鳅"也掀不起大浪。有些干部对党的"镇压与宽大结合"的政策理解不全面，甚至产生误解。在"镇压"与"宽大"两个方面掌握上有偏差。有的地区只讲"宽大"不讲"镇压"，有的甚至宽大无边，使当地反革命分子继续作恶，人民群众仍然抬不起头来。北京地区在解放初期虽然肃清反革命势力方面搞得比较彻底，但是也存在着宽大无边和镇压不力的问题。

1950年10月初，罗瑞卿向党中央写出报告，报告中反映了严峻的治安形势，和目前在我党内存在着镇压反革命方面的右倾偏向，提出在全国范围内开展镇压反革命运动的建议。党中央和毛泽东主席采纳了这个建议，并责成罗瑞卿和北京市委书记彭真一同起草这个文件。他们于10月9日连夜拟出了初稿，10日凌晨2时呈送毛泽东主席审阅。毛泽东审阅后，立即批示下达全党执行。可以看出，毛泽东对此事高度重视。

"双十指示"深刻阐明了这次镇反的重要意义。强调这次镇反运动必须在党中央和各级党委领导下，实行全党动员，依靠群众，大张旗鼓开展一次群众性的镇压反革命运动。运动中坚持"严肃与谨慎相结合"的政策，对首要的、怙恶不悛的，特别是经过宽大处理后仍然继续作恶的反革命分子，必须严厉制裁，决不手软。对于确属胁从分子，自动坦白或有立功表现的，应分别给予宽大处理或予以适当奖励。

"双十指示"强调，各级党委认真贯彻党中央制定的方针政策，要防止在镇压反革命运动中发生"左"的偏向，要求各级党委坚持反对逼、供、信和禁止肉刑；要重证据而不轻信口供，对该判死刑的反革命分子必须经省、市委和区党委以及受委托地委批准。对外国人的处理必须经政务院批准。

为了传达贯彻"双十指示"，公安部于10月16日至21日召开了全国第二次公安会议，会议决定对反革命分子杀一批，关一批，管一批。对外国的反革命分子赶一批。全国轰轰烈烈的镇压反革命运动，由此拉开了序幕。

二 北京的镇压反革命运动

北京的镇反运动是在党中央和毛泽东主席关怀和指导下进行的。

北京市委根据"双十指示"，在全市范围内，大张旗鼓地开展了镇压反革命运动。打击的对象是：特务、土匪、恶霸、反动党团骨干及反动会道门五个方面的反革命分子。

北京的镇反运动是在各级党委领导下，依靠广大群众，依靠社会各界人士支持来进行的。

北京的镇反运动，是北京人民公安机关的主要工作和任务。

北京市公安局首先为镇反运动的开始做了充分的准备工作。全局的干部民警，特别是各分局、各派出所的民警，除治安巡逻，维持正常工作外，都投入镇反工作。户籍民警配合区里抽调的干部深入管片召开群众会，宣传中央的"双十指示"，号召群众揭发检举反革命分子，组织专人对群众检举的嫌疑线索，逐件调查核实，对已构成反革命分子的材料，需要上报定案处理的，按照审批权限，分别上报分局、市局和市委。这些反革命分子的材料经市委审核定为反革命分子后，市公安局将按照市委的指示，择日进行逮捕实施镇压。

1951年2月17日，全市统一行动，逮捕了第一批反革命分子共675名。18日，北京市军管会军法处判处国民党特务杨守德等58人死刑。这是北京镇反的第一个高潮。在北京北郊土城刑场枪毙这些特务和惯匪的时候，观看群众有4万余人，有的群众当场愤愤地说："枪毙他们应该，太便宜他们了，应该用石头砸死他们，用小刀剐死他们！"还有群众说："解放两年了，这些反革命分子还做反人民的事情，罪该万死，死有余辜！"

首次镇压反革命分子之后，对社会震动很大，造成了声势。有的市民主动到公安局派出所检举、控诉反革命分子，有些与反革命分子有牵连的人主动站出来进行检举，不敢再包庇了。邵宝元的儿子是军统特务，家中藏有枪支和弹药，过去几次动员他都没有交出来。这次，主动交出5支手枪，1000多发子弹。首次捕杀反革命分子，拉开了北京镇反的序幕。

3月7日，全市统一行动，逮捕各类反革命分子1050人，这是北京镇反的第二个高潮。3月15日，北京市委召开市协商委员会扩大会议，参加会议的除市协商委员外，还有市人民政府委员及政府各局处负责干部。

各区协商委员会主席、各民主党派、宗教界、少数民族、工商界和工厂、学校的代表共180人。这种形式的会议是过去没有过的。会上，讨论如何执行中央人民政府制定的《惩治反革命条例》，北京市公安局局长冯基平作了揭露反革命罪行的报告，《报告》用大量事实揭露反革命分子亲自枪杀、活埋、勒死革命干部和收罗散匪阴谋暴乱的罪行。并将反革命分子的罪证（包括实物及132份典型案卷材料）陈列展览，这个办法很好，大大激发了与会者对反革命分子的仇恨。他们发言非常热烈，坚决拥护人民政府镇压反革命的决策。与会的民主人士看了展览后，非常吃惊。燕京大学的一位著名教授说："没有想到世界上竟有这样的败类。"

与会者形成了一个呼声："对反革命分子，有一百杀一百，有一千杀一千。"

3月24日，北京市委在中山公园音乐堂召开市、区人民代表联席会议。主要讨论惩治反革命分子的问题。市委书记彭真在会上作了重要讲话，罗瑞卿部长兼局长作了《彻底肃清反革命活动》的报告，一批罪大恶极的反革命罪犯被押到会场，受害群众当场控诉，掩面痛哭，有的当场晕倒。市人民广播电台转播了大会实况。这个会议，成了全市人民声讨反革命分子的誓师大会。这活生生的场面给广大群众以极大教育，认识到，反革命分子的确可恨，的确该杀。有一个参加会议的和尚说："杀一个反革命，救活了很多人，这就是功德。"

翌日，市公安局根据市军管会军法处的判决，分别在天桥、右安门、东郊刑场处决反革命分子199名，这一天，市区万人空巷，都前去几个刑场观看。广大群众无不拍手称快。

《人民日报》为此发表了社论"处决反革命首恶分子"，将北京的镇反又推向一个高潮。

北京镇反第三个高潮，是在当年的5月下旬，这次方法和步骤与第二次大同小异，就是自下而上地分头发动十几万群众对反革命分子进行控诉。同时动员各民主党派、工商界、大学教授、宗教界参加，然后提到市协商委员会扩大会上商讨和审查。5月18日，市协商委员会召开扩大会议，共分8个小组，审查了市公安局提出的519份案卷，这519份案卷就是519个反革命分子的材料。这是应该依法惩处的。20日，市协商委员会将审查结果向北京市各界人民代表会议作了报告。

为了体现毛泽东主席在"双十指示"中的精神和执行全国第二次公安工作会议的决议，以便全面体现镇压和宽大相结合的政策，北京市军管会军法处依据《惩治反革命条例》，对505名反革命分子判处徒刑（519个反革命分子有14个案犯缓办），除221名反革命分子判处死刑外，还有判处死缓的47名，判处有期和无期的218名，取保释放的19名。

22日，北京市军管会军法处对221名反革命分子执行死刑，分别在城郊10个刑场执行。

在处决的221名反革命分子中，有罪大恶极特务94名、恶霸72名、惯匪36名、反动会道门头子8名、拘押已久的汉奸11名。在已处决的特务分子中，有中统内政部调查局绥远办事处处长李鲲生等首要分子，其余大部分是校级、组长以上，受过中美合作所专门训练的老特务。有一部分特务，在解放后隐匿特务身份，假登记，继续进行反革命活动。有的还组织暴乱，有的结伙行抢，有的在关押中还胆敢组织所谓"蒙难同志会"，和人民政府对抗。

在已处决的恶霸中，这些人大都兼有特务、伪保甲长、地主和惯匪等身份，有一部分还是还乡团成员，"清共先锋队"等反动武装的头目。

群众对他们恨之入骨，称他们是"四霸天"、"土皇上"、"坐地虎"、"活阎王"等等。

在已处决的惯匪中，有的为匪数十年，有的抢劫二三十次，大多数有血债，勒死事主，活埋事主，甚至将事主全家杀死。这些人多系伪军、兵痞。

在已处决的汉奸中，有伪华北政务委员会情报局局长管翼贤，伪冀东防共政府行政长官池宗墨，伪华北军政委员会政务厅厅长张仲直，伪满洲国热河省省长张海鹏，伪天津特别市市长张仁蠡，伪北京特别市警察局局长游伯麋。这些汉奸解放后始终未作处理，引起很多群众的怀疑和不满。这次镇压这些汉奸，大快人心，群众拍手叫好。

北京经过三个高潮的镇压反革命之后，社会治安形势大有好转。随着时间的推移，北京市委和公安机关看到，残余的历史反革命还需要查清处理。同时还看到，帝国主义和盘踞台湾的蒋介石集团加强向北京派遣间谍和特务，尤其国民党特务，自大陆放宽港澳入境限制后，他们乘机派遣特务来大陆，尤其来北京搜集情报，有的特务担负暗杀中共领导人和其他行动破坏任务。社会上和机关、厂矿、学校内部还不断出现反动标语、传单和信件。厂矿和企业内部不断发生各种破坏事故。

遵照中央提出的"国内反革命残余势力活动还很猖獗，我们必须有计划、有分析、实事求是地再给他们几个打击"的指示，在北京市委的领导下，从1955年6月至1956年8月第二次开展了镇反运动，重点打击破坏社会主义建设的暗藏的特务和反革命分子，有严重罪恶的、漏网的反革命分子，同时肃清内部暗藏的反革命分子。

三　北京镇反取得了伟大胜利

由于北京的特殊地位，党中央和毛泽东主席对北京的镇反运动给予特别的关注，并给予极高的评价。从1951年2月至7月，在北京市委给中共中央和华北局的7个关于镇反方面的报告中，就有5个毛泽东主席做了批示。

北京的镇反运动，正确贯彻了党中央和历次全国公安会议精神，坚持党委领导，依靠群众和社会各界人士，群策群力，既打击了反革命，也教育了群众。对需要处决的反革命分子，先由市协商委员会审查、提出意见，再由司法部门作出判决。上下结合，比较稳妥。市公安局根据市委和公安部的指示，对1955年和1956年上半年逮捕的反革命分子和刑事犯罪分子的质量进行检查，除极少数错捕的、不该捕的和可捕可不捕的外（发现后立即得到纠正），大部分罪犯量刑适当。正如罗瑞卿部长兼局长在北京市第三届第二次人民代表大会上《关于镇压反革命工作的报告》中指出的："北京市的镇压反革命工作，历来就是做得稳当的，准确的。"

历经七年的镇压反革命运动，在全国范围内取得了重大胜利，巩固了无产阶级专政，使年轻的共和国走过了从创建到巩固的历程。1956年，我国完成了对农业、手工业、资本主义工商业的社会主义改造。开始由新民主主义社会向社会主义社会过渡。国家蒸蒸日上，国际威望也越来越高。

然而，1956年却是个多事之秋。就在这一年，西方列强掀起一股反共、反华的浪潮。尤其是在国际共产主义运动中，发生了震惊世界的匈牙利事件。该事件理所当然地波及中国。然而，中国像吹皱一泓秋水，波澜不惊。年轻的共和国巍然屹立在世界东方。首都北京也非常平静。当时毛泽东在总结这一历史经验时说："原因之一，就是我们相当彻底地肃清了反革命。"毛泽东的这句话，为我国七年的镇压反革命运动，作了一个科学的准确的评价，画上了一个圆满的句号。

主要参考文献：

刘朝江：《警神》，大众文艺出版社2002年版。

后 记

    北京市公安局的建立和发展，是随着共和国创建和稳定的脚步走过来的。初创时期的北京公安人肩负着党和人民的重托，从河北的一个小乡村走来，一路风雨兼程，来到尚待解放的北平。在中共北平市委的领导下，他们像一支利剑，战恶魔，斩凶顽。他们搬走横在前进道路上的顽石，铲平前进道路上的荆棘，为接管北平、为共和国的创立和稳定作出了卓越的贡献。"天翻地覆慨而慷"，他们在1949年创造了人间奇迹！

    回顾新中国成立前后这一段历史，许多亲身经历这一段历史的北京市公安局的老同志无不激动不已。每当我深入到这一时期浩繁的史料之中时，那波澜壮阔、惊天地、泣鬼神的斗争画面常常使我为之动容。同时，前辈们不怕困难、不怕牺牲、大公无私、英勇献身的精神使我感动万分。我决心把这段历史史实呈现在读者面前。

    在中国共产党九十周年诞辰之际，我萌生了撰写《1949-1956：北京整肃与保卫纪实》一书的强烈愿望。

    在撰写过程中，我下大气力力争把每一个史料的细节搞准确。我发现，许多历史事件的细节说法不一，这需要查阅大量资料，去粗取精、去伪存真地甄别和分析，力争把这些历史史实搞准确。

    《1949-1956：北京整肃与保卫纪实》一书是以马列主义、毛泽东思想、邓小平理论及三个代表重要思想为指导，坚持科学的发展观，坚持辩证唯物主义和历史唯物主义的观点，本着尊重历史、实事求是的精神来撰写的。

    该书集资料性、文学性于一身。也就是说，该书不但有翔实的资料，而且有惊心动魄的案例故事。

我非常感谢中国社会科学出版社副总编辑曹宏举先生的支持和关心，感谢责任编辑的辛苦工作。

由于水平有限，史料收集不够全面，可能有错讹之处，希广大读者批评指正。

朱振才

2012年9月